AF280573

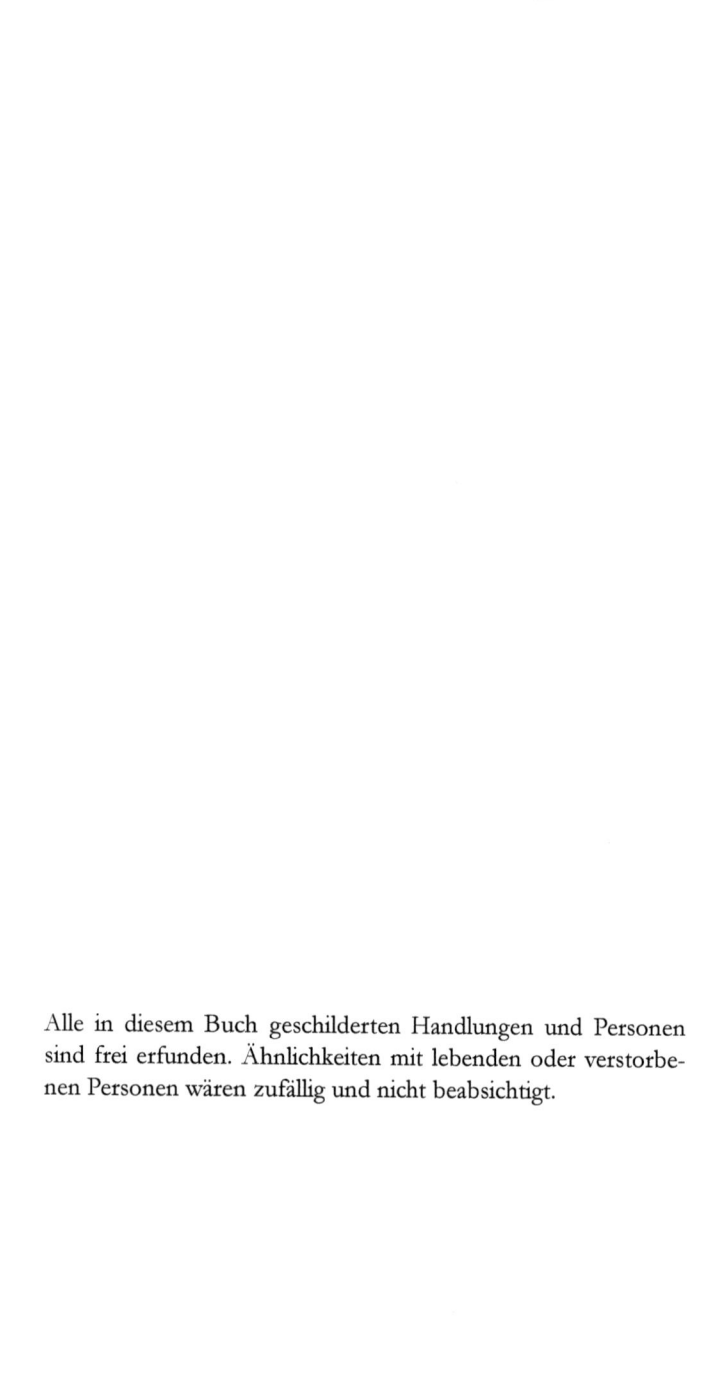

Bert Sieverding

Der gedankenlesende Fluch

Roman

Bibliografische Information der Deutschen Nationalbibliothek:
Die Deutsche Nationalbibliothek verzeichnet diese Publikation in der
Deutschen Nationalbibliografie; detaillierte bibliografische Daten sind
im Internet über http://dnb.dnb.de abrufbar.

© 2025 Bert Sieverding
Verlag: BoD · Books on Demand GmbH, Überseering 33,
22297 Hamburg, bod@bod.de
Druck: Libri Plureos GmbH, Friedensallee 273, 22763 Hamburg
ISBN: 978-3-8192-2813-1

Coverfoto: ChatGPT

1

Herbert und Marie

Mit fünfeinhalb Jahren zeigten sich Karls wahre Talente zum ersten Mal. Obwohl er nur ein paar Worte schreiben konnte, erreichte seine Feinmotorik bereits die eines Spitzenchirurgen. Herbert, seinem Vater war das eine große Hilfe, denn im Zuge des Alterns hatte sich das Augenlicht verschlechtert und die Gelenkigkeit seines linken Arms war nach einem Arbeitsunfall eingeschränkt. Karl war ein Einzelkind und sein Vater bei seiner Geburt bereits 40 Jahre alt. Und wenn Herbert nicht aus Zufall, die um 10 Jahre jüngere Marie, Tochter des Apothekers, kennen- und liebengelernt hätte, wäre Karl gar nicht auf der Welt und Herberts Leben so trostlos wie zuvor. Nie hätte Herbert sich getraut, die schöne Marie auf der Straße oder nach dem Kirchgang anzusprechen. Er war ein einfacher Tischler, zwar Meister seines Faches, aber ohne höhere Bildung. Marie hingegen, Tochter des Apothekers, der neben dem Pfarrer, dem Grundschullehrer und dem Arzt als angesehene Person im Ort galt, war damals kurz vor Abschluss ihres Studiums. Zuerst hatte sie sich in der Tradition ihres Elternhauses im Studium der Pharmazie versucht, war jedoch nach drei Jahren gescheitert, was auch mit ihrem Studienort und einer zerbrochenen Liebe zusammenhing. Mit zwanzig war sie in die ferne Universitätsstadt gezogen, hatte ein Zimmer zur Untermiete bewohnt und vor lauter Vorlesungen und Laborarbeiten ganz das Leben vergessen. Als dann ein junger Medizinstudent in ihr Leben trat und Marie die Freuden der körperlichen Liebe in allen damals bekannten Varianten genoss, vernachlässigte sie ihr Studium und gab, nachdem sich ihr Liebster einer Schöneren zugewendet hatte, entnervt vom Großstadtleben, ihr Studien sehr zum Leidwesen des Vaters auf und schwor, ihr Heimatdorf nie wieder zu verlassen und nie mehr einen Mann auch nur anzusehen. Einen von den Eltern vorgeschlagen Vetter dritten Grades wollte sie nicht heiraten, so ganz ohne Ausbildung ging es alternativ auch nicht, es wäre für den Vater zu blamabel gewesen, wenn seine Tochter nicht einen ehrenhaften Beruf gehabt hätte. Was blieb, war das Pädagogikstudium, denn der Grundschullehrer war angesehen und alt und seine Stelle in vier Jahren neu zu besetzen. Drei Jahre später näherte sich das Ende ihres Studiums. Es war Sommer 1975.

Dass es dennoch zwischen Marie und Herbert funkte, lag am Lärm, den Herbert beim Umbau der Apotheke verursachte. Der Apotheker wollte mit der Zeit gehen und das Interieur seines Geschäfts der neuen Mode anpassen. Die alte, sehr schöne Apothekeneinrichtung blieb zwar teilweise erhalten, doch orderte der Apotheker neue HV-Tische beim ortsansässigen Tischler, mit der Auflage, den Umbau der Apotheke zur geschäftsschwachen Zeit am Samstag durchzuführen, denn am Samstag hatten die beiden Ärzte frei und die Anzahl der Kunden reduzierte sich gegenüber Montags und Donnerstag, den beiden Tagen mit höchster Kundenfrequenz, deutlich. Herbert sagte zu und war sich sicher an einem Samstag die alten Tische abbauen und die neuen Möbel aufbauen zu können. Leider hatte er zwei Dinge nicht beachtet. Zum einen führten Stromleitungen unter dem Fußboden zum HV-Tisch und speisten die Kasse und die Beleuchtung, zum anderen fiel Maries Abschlussprüfung just auf den Montag nach dem Samstag, an dem Herbert die Renovierung der Apotheke in Angriff nahm. Nachdem die alten HV-Tische ausgeräumt und vor der Apotheke und unter dem Glotzen der Passanten abgestellt worden waren, stellte Herbert fest, dass er die aus dem Boden reichende Kabellage nicht berücksichtigt hatte. Es gab zwei Lösungen: Fußboden aufstemmen und das Kabelleerrohr neu verlegen oder die neue Tischkonstruktion vor Ort passend machen. Herbert war Tischler, kein Fliesenleger. Nicht dass er keine Fliesen verlegen konnte, Herbert konnte alle Handgewerke, egal ob Elektriker, Klempner oder Schreiner, nein, es fehlten die passenden Fliesen. Und so fing Herbert am Samstagnachmittag an, in die neuen Möbel Kabelschächte zu fräsen und jeder, der die hohen Drehzahlen einer Fräse kennt, weiß dass man sich dabei nicht auf sein Examen konzentrieren kann. Kurzum: Marie stand mit wutverzerrtem Gesicht, die Hände zu Fäusten geballt und angewinkelt, vor Herbert und schimpfte laut und in einer Tonart, die Herbert noch nie aus einem Frauenmund vernommen hatte. Nun war guter Rat teuer. Die Arbeiten mussten fertig werden, aber Ruhe brauchte Marie auch. Findig schlug Herbert einen Tausch vor. Marie könne zu ihm in die Wohnung gehen, dort sei es still und somit ideal zum Arbeiten. Und er könne währenddessen in der Apotheke sein Werk vollenden. Gesagt, getan. Marie nahm den Schlüssel seiner Wohnung, eigentlich nur ein Zimmer oberhalb der Werkstatt, denn mehr brauchte der Junggeselle nicht, und schwang sich mitsamt ihren Unterlagen aufs Rad, um bereits wenig später anzurufen und sich beim Tischlermeister zu beschweren, es sei kein Kaffeepulver im Hause, sie bräuchte aber Koffein für ihre Konzentration. Fuchsteufelswild ließ Herbert alles stehen und liegen, klingelte beim Krämer, organisierte trotz des am Samstagnachmittag geschlossenen Ladens ein Pfund Kaffee, brachte es nach Hause, wo ihm Marie freudestrahlend das ersehnte Pulver abnahm. In diesem Moment traf sein Blick zum ersten Mal ihre lächelnden graugrünen Augen und für eine Stunde konnte Herbert sich kaum auf seine Arbeit konzentrieren, ihr Lächeln, ihre roten Lippen und ihre blonden Locken raubten seinen Verstand. Sonntagsarbeit war im Dorf tabu. Niemand konnte sich die geschäftsschädigende Schelte des Pfarrers erlauben, weder der Apotheker noch Herbert. Daher musste das Werk am Samstag beendet werden, was auch gelang. Jedoch war es bereits elf Uhr nachts durch, als Herbert mit seinem klapprigen VW zu Hause vorfuhr. Die Tür war verschlossen. Er hatte vergessen, dass Marie seinen Haustürschlüssel mitgenommen hatte und einen zweiten Haustürschlüssel hatte er nicht dabei. Auch glaubte er, die Tochter des Apothekers sei längst zu Hause, wollte schon verärgert wieder ins Auto steigen, dachte dann an die späte Uhrzeit und dass es unhöflich sei, so spät beim Apotheker zu klingeln, und außerdem brannte in der Wohnung noch das Licht. Vielleicht hatte Marie vergessen, es auszuschalten, vielleicht war sie noch da. Er klopfte. Vergeblich. Schließlich blieb Herbert keine andere Wahl, als aus zwei hinter der Werkstatt lagernden Holzbohlen und ein paar Brettern mithilfe des im Auto lagernden Werkzeugs eine provisorische Leiter zu zimmern und zu seinem Fenster hochzusteigen. Das Licht brannte, doch der Raum war leer. Er kraxelte zum nächsten Fenster. Im Zimmer lag Marie schlafend auf dem Bett – seinem Bett. Ein Klopfen zeigte keine Wirkung und Herbert fürchtete schon, sie könne sich etwas angetan haben. Doch dann sah er eine Likörflasche leer am Boden liegen. Den Eierlikör hatte er selbst als Geschenk für seine Schwester zubereitet und dabei extra viel reinen Alkohol beigemengt, mindestens 45%. Dies musste Marie wohl nicht gewusst haben, als sie am frühen Abend, erschöpft vom Pauken, zum erlösenden Likör griff, eine Eigenschaft, die sie sich als Trost in den letzten Jahren angewöhnt hatte und die ihrer Figur nicht gerade zuträglich gewesen war. Herbert blieb nichts anderes übrig, als mit dem Glasschneider ein Loch in die Scheibe zu schneiden und in seine eigene Wohnung einzubrechen und dort mit viel Kaffee die Betrunkene zum Leben zu erwecken. Es war ihr unendlich peinlich. Umso mehr verwunderte es sie, dass sich Herbert überhaupt nicht darüber monierte und stattdessen anfing, Spiegeleier mit geröstetem Brot und Schinken zuzubereiten, das ideale Mittel gegen einen dicken Kopf mit Ausnahme von Ölsardinen, die er aber nicht im Hause hatte. Und so fing der urige Kauz Herbert mit seinen schon fast grauen Haaren und seinem spitzen Kinn an, ihr zu gefallen. Dieser große schlanke Handwerker strahlte eine Aura aus, die Mitgliedern ihrer Familie fremd war. Selbst in seinem Arbeitsoverall mit dicken Schuhsohlen war sein Gang tänzelnd, seine Bewegungen selbst beim Führen eines Werkzeugs grazil und wenn er einen Hobel ansetzte, glaubte man, er würde das Holz massieren, wie den Rücken einer schönen Frau.

Zwei Jahre später hatte Marie ihr Referendariat überstanden und dank der Beziehungen ihres Papas die Nachfolge des angesehenen Grundschullehrers angetreten. Nur wenige Monate nach der Hochzeit mit Herbert wurde sie schwanger. Als Vertretung sprang der pensionierte Lehrer erneut ein, denn er konnte in seinem Häuschen nichts mit sich anfangen und zur Gartenarbeit oder zum Küchendienst fühlte er sich zu fein.

1979 kam Karl zur Welt, benannt nach Maries Vater, der bereits ein Jahr vorher aus Trauer über den Verlust seiner krebskranken Frau freiwillig aus dem Leben geschieden war. Der Tod des Apothekers fiel zusammen mit einen weiteren Einschnitt im Dorfleben. Nachdem nämlich einer der beiden Ärzte sein Rentnerdasein begonnen hatte, rentierte sich die Apotheke nicht mehr und daher verkaufte Marie das Haus, das nach dem Tod ihres Vaters von einer angestellten Apothekerin geleitet worden war und Marie nur Kummer bereitet hatte.

Der Verkauf des Elternhauses brachte Marie und Herbert einen stattlichen Zuschuss zum Bau des Eigenheims mit angrenzender Werkstatt ein, welches in einer Neubausiedlung am Dorfrand just zu der Zeit im Entstehen war, als Marie nach einem Jahr Babypause ihren Beruf als Lehrerin wieder aufnahm. Auch Herberts Eltern hatten bereits ein paar Jahre vorher dem Leben Adieu gesagt. Nachdem ein Schlaganfall Herberts Vater niedergestreckt hatte, verstarb seine Mutter wenig später aus Kummer. Vielleicht waren auch ihr übermäßiger Süßigkeitenkonsum und ihre lethargische Lebenseinstellung nicht ganz unschuldig am körperlichen Verfall. Ihre letzten Jahre hatten die beiden im Heim verbracht und Herbert hatte Vaters Schreinerwerkstatt, den alten Lieferwagen und die Wohnung übernommen, die sich wie beschrieben im Dachgeschoss der Werkstatt befand. Zwar hatten sich Marie und Herbert dort kennen- und liebengelernt, doch dauerhaft wohnen wollte Marie dort nicht und drängte daher auf einen Neubau: Wohnhaus neben Werkstatt. Der Verkauf der Apotheke, in Ortsmitte liegend, brachte ausreichend Geld zur Finanzierung des Neubaus. Hingegen stotterte Herbert seit Jahren die Hypothek ab, die immer noch auf der Werkstatt lag und die dazu geführt hatte, dass seine beiden Geschwister ihren Erbanteil ausgeschlagen hatten. Im Gegensatz zur geschwisterlose Marie war Herbert der mittlere von drei. Ein älterer Bruder Ewald wohnte weit weg und war nach dem Tod seiner Eltern froh, nicht mit Problemen belästigt zu werden. Seine ledige zehn Jahre jüngere Schwester Lucia arbeitet in einer Schneiderwerkstatt in der Stadt, hatte früh ihren Meister gemachte und träumte seitdem von einem eigenen Modeatelier. Traurig schluckend hatte sie die Schuldenhöhe des Vaters bei der Testamentseröffnung zur Kenntnis genommen.

Als Karl ein Jahr alt war und laufen konnte, stieg Marie wieder in ihren Schuldienst ein. Es gab Vormittage, die Karl bei der Nachbarin verbrachte, an manchen Tagen munterte er die Schülerinnen der Grundschulklasse auf, weil Marie ihren Kleinen mit in die Schule nahm. Alle Kinder der Klasse liebten sein verschmitztes Lächeln und seine blonden Locken und in den Pausen schauten sie anfangs dabei zu, wie Marie ihm die Windeln wechselte. Ein paar Monate später durfte das bravste und beste Kind der Klasse auf Karl aufpassen, was bei den meisten Mädchen zu stark verbesserten Leistungen führte, denn jede wollte die Beste sein. Die Jungs hingegen bedauerten Karl, da er ja bereits als Kleinkind zur Schule musste.

Später, als das neue Haus fertig und Karl bereits drei Jahre alt war, nahm Herbert ihn mit in die Werkstatt. Auf die Baustelle durfte der Kleine natürlich nicht, in einer

Ecke der Werkstatt basteln hingegen schon. Karl hatte in der Schule gelernt, ruhig und diszipliniert zu sein. In der Werkstatt war er eifrig, bastelte mit Holz, schlug Nägel in ein Brett und nervte kaum, auch wenn die Anzahl der verbrauchten Nägel dem Vater an manchen Tagen auf den Wecker ging. Abhilfe schaffte ein Metallbaukasten, dessen Elemente man zusammenschrauben konnte. Herbert zeigte seinem Sohn, wie man mit Schraubendreher und Schlüsseln umzugehen hatte, gemeinsam blätterten sie durch die Anleitung. Karl war von dem Spiel begeistert und rührte keinen Hammer mehr an, vergeudete keine Nägel mehr. Stundenlang konnte er mit seinen kleinen flinken Fingern an den Metallelementen herumschrauben und die verrücktesten Dinge gestalten, die für ihn eine Bedeutung hatten, für den Vater aber nur wirre Gebilde darstellten.

An den Tagen, an denen sein Vater beim Kunden zu tun hatte, nahm Marie ihn mit in die Schule. Dort bastelte er mit Papier, Schere und Kleber. Anfangs hatte die Mutter sich an den bekannten Warnspruch ›Messer, Gabel, Schere, Licht – dürfen kleine Kinder nicht!‹ gehalten, doch dann eingesehen, dass neue Zeiten auch neue Methoden erfordern, und hatte Karl eine Papierschere in die Hand gedrückt. Damit schnippelte er, klebte aus alten Zeitungen windschiefe Papierhäuser zusammen und bat einen der Schüler, eine Kuh aus Papier zu falten, was dieser nicht konnte, Karl aber zu denken gab, denn wozu sonst würde man die Schule besuchen? Auch waren einige Jungs unter den Grundschülern neidisch auf Karl. So eine Schule mit Bastelstunde jeden Tag hätten sie auch gerne besucht.

Herbert konnte nicht nur tischlern, auch die Reparatur der Fahrräder, des Rasenmähers und des alten VW gehörten zu seinen Arbeiten. Die Schrauberei an diesen Dingen war für den kleinen Jungen überaus faszinierend. Er beobachtete jeden Handgriff des Vaters und reichte gerne das Werkzeug an. Marie war stolz auf ihren Sohn. Er hätte ja auch nach ihrem Vater gehen können, der zwei linke Hände gehabt hatte, dafür aber ein feines Gespür für Kundenbedürfnisse und das Geld.

Mit fünf Jahren ging Klein-Karl seinem Vater regelmäßig zur Hand. Er hielt Hölzer beim Zuschnitt, reichte Zangen und Werkzeuge bei Reparaturarbeiten an. Sprachlich hinkte das Kind hinterher. Wozu sollte er viel sprechen? Seine Eltern plauderten den ganzen Tag und erklärten ihre Tätigkeiten, vom Apfelschälen bis hin zum Zähneputzen sehr detailliert. Auch fehlte der Kontakt zu anderen Kindern gleichen Alters. Das Haus lag abseits, einen Kindergarten gab es nicht, die Eltern hatten wenig Zeit und auf die Gesellschaft der Grundschulkinder hatte er keine Lust mehr, nachdem ihm das Bastelfieber befallen hatte. Außerdem waren alle Kinder älter als er.

Neben seinen Eltern gab es noch eine Bezugsperson, nämlich den einzigen Mitarbeiter seines Vaters, einem ehemaligen Landwirt, der seinen Hof hatte aufgeben müssen und fast alle Hardwerkstätigkeiten beherrschte. Leo war schon fast 60, als er bei Herbert anheuerte. Seine Gesichtshaut war von der sommerlichen Sonne gestählt, er trug immerzu einen Hut und seine weißgrauen Haare waren unten lang und auf dem Kopf gar nicht nicht mehr. Marie hatte den Eindruck, dass der alte Mann Herbert leidgetan und er ihm nur aus Mitleid eine Arbeit gegeben hatte, zunächst Schwarz, was große Probleme mit der Krankenversicherung mit sich brachte, ohne die Landwirte zwar ackern, Schreiner aber nicht auskommen durften. Und so wurde Leo offiziell Mitarbeiter der Schreinerei. Leo war vernarrt in den kleinen Karl. Leo war schweigsam und Karl quasselte mit ihm. Wann immer Karl eine Bitte oder Probleme hatte, Leo war stets zur Stelle. Zeit, die er so verplemperte, holte er nach, obwohl Herbert sie ihm auch als Arbeitsstunden angerechnet hätte, wenn Leo darauf bestanden hätte. Schon bald verließen sich Marie und Herbert auf die treue Seele Leo und immer wenn etwas anlag, zu dem sie Karl nicht mitnehmen konnten, baten sie Leo um Hilfe.

Leos Bauerhof, die Ländereien hatte er verpachtet und in dem alten Fachwerkhaus mit Lehmmauern wohnte er mit seiner drei Jahre jüngeren Frau allein, lag auf dem Esch, zwei Kilometer von der Werkstatt entfernt. Hatten Marie und Herbert einen Termin, so brachten sie entweder Karl zu Leo oder Leo nahm den Kleinen auf seinem Fahrrad mit und die Eltern holten ihn spät abends vom Bauernhof ab. Leo hatte sich extra einen stabilen Gepäckträger montiert, auf dem Karl, stoßgeschützt durch zwei Lagen Pappen, befördert wurde. Meta, Leos Frau, verliebte sich sofort in das Kind. Sie selbst hatte keine Kinder mehr. Zwar hatte Leo als Soldat während eines Heimmalurlaubs ein Kind gezeugt, doch ging die Geburt fehl, da die damals noch sehr junge Meta bei einem Luftangriff in Panik geriet. Wenig später war Leo verwundet worden und blieb danach trotz ärztlicher Bemühungen zeugungsunfähig. Meta empfand Karl als eine von Gott gesandte späte Wiedergutmachung für ihre Leiden. Gerne hob sie den Kleinen hoch und ließ ihn mit seiner Nase durch ihre dunklen Haare wuscheln.

Leo hatte noch einen alten Traktor, einen roten Porsche mit luftgekühltem Diesel, sehr laut. Zwar benötigte er das Gerät eigentlich nicht mehr, aber zum Holzholen sehr wohl, denn Leo besaß ein kleines Wäldchen und sein Haus wurde immer noch mit Öfen beheizt. Nur den alten Küchenherd hatte man durch einen elektrischen ersetzt. Typischerweise im Spätherbst fuhr Leo zur Holzernte. Er lud eine Kettensäge auf den Anhänger und fuhr in den Wald. Karl liebte den lauten alten Trecker, bei dem ein einfacher Metallrahmen auf dem linken hinteren Kotflügel als zusätzliche Sitzgelegenheit diente. Karls Füße reichten nicht bis zum Boden, er musste sich am Bügel festklammern. Trotzdem liebte er das Abenteuer Treckerfahren. Beim Fällen einer Buche, ein Vorgang, bei dem Karl interessiert zuguckte und später fragte, ob das Sägen dem Baum nicht wehtun würde, verzog der fallende Baum ein wenig die Richtung und knallte auf den Traktor. Zum Glück ging die Sache glimpflich aus, lediglich der vordere Scheinwerfer wurde zerfetzt und die Haube zeigte eine große Beule. Nach dem Zersägen des Baums stapelte Leo die Holzstücke auf den Anhänger. Auf dem Weg nach Hause ging zunächst alles gut. Dann jedoch versagten die Bremsen des Anhängers und Leo konnte den wild gewordenen Porsche nur noch mit Mühe durch Herunterschalten der unsynchronisierten Gänge stoppen. Zum Glück wohnte in der Nähe ein Landwirt, den Leo aus seiner aktiven Zeit gut kannte, wie auch alle Landwirte sich untereinander kannten. Dieser schleppte mit seinem schweren John Deere den Anhänger ab und bekam als Dank von Meta einen Schnaps eingeschenkt. Nachdem Leo unter Stöhnen die Holzstücke in den Schuppen geschafft hatte, machte er sich an die Reparatur des kaputten Traktors. Wie er es sich angewöhnt hatte, erklärte er dem kleinen Jungen jeden Handgriff. Das verbeulte Blech richtete er mit einem Hammer, die angebrochene Lampe erhielt eine neue Halterung, wozu Leo einen alten Fahrradlenker umfunktionierte. Beim Anhänger war ein Bremsschlauch defekt, warum auch immer.

Es war schon Winter, als Karl wieder einmal den Vormittag bei Leo verbrachte. Sein Anhänger wurde gebraucht und musste repariert werden. In der sonst leeren Scheune leuchtete Leo mit einer Stablampe die Bremsanlage des Anhängers ab. Der war auf Basis des Fahrgestells eines alten LKWs gebaut worden und hatte sogar hydraulische Bremsen, weshalb Leo ihn gerne zum Transport der schweren Hölzer verwendete. Einer der Bremsschläuche war porös und nässte bereits. Er musste ausgetauscht werden. Um eine Verschmutzung des Bodens zu vermeiden, legte Leo mehrere Pappen unter die Achse und zerschnitt dann den Schlauch, um beim Händler ein Gummi gleicher Größe bestellen zu können. Auf diese Weise lernte Karl sehr viel von Leo: Im Herbst wird der Trecker angeworfen, ein Baum wird gefällt und kann dabei Schaden anrichten. Und wenn die Bremse schwächelt, muss man den Bremsschlauch zerschneiden, um ihn erneuern zu können.

Einen Monat später klagte Herbert am Abendbrottisch über die schwache Bremsleistung seines alten VW 1600, den er über all die Jahre behalten hatte. Marie fuhr einen Neuwagen, denn es war ihr nicht zuzumuten, wegen einer Autopanne zu spät zu Schule zu kommen. Für seine Transporte nutzte Herbert zudem einen VW Transporter. Karl hörte alles mit. Am folgenden Vormittag, Marie war in der Früh zur Schule gefahren, musste Herbert ein paar Türen ausliefern und beim Kunden montieren. Karl sollte zu Hause bleiben. Leo würde bald kommen und auf das

Kind achtgeben. Es war Winter und in der Nacht hatte es ein wenig geschneit. Das Thermometer zeigte rote Zahlen. Es kam selten, aber doch stetig vor, dass Leos Holzofen am Morgen nicht brennen wollte. Zwar hatte Meta sich an das alte Haus mit seiner maroden Infrastruktur gewöhnt, doch so ganz im Kalten konnte und wollte sie nicht hausen. Leo brauchte lange, um den Holzofen zum Glühen zu bringen. In dieser Zeit war Karl allein. Herbert hatte am Vorabend den alten VW in die Werkstatt gefahren, wollte sich am Abend nach der Arbeit um die Bremsanlage kümmern. Karl kannte das Versteck des Werkstattschlüssels und wollte seinem Vater helfen. Obwohl Leo noch nicht da war, öffnete er die Werkstatttür. Dort kramte er eine Stablampe hervor und machte unterm Auto Licht. Karl war klein und konnte unter den VW kriechen, ohne das Auto aufzubocken. Er wusste, dass man die Bremsschläuche zuerst durchzuschneiden hatte, um neue zu montieren. Doch die Schläuche des VW waren dick und fest, nicht so locker und spröde, wie die des Anhängers.

Gegen Mittag rief Marie dort an, wo Herbert die neuen Türen montierte. Ihr Auto sprang wohl aufgrund der Kälte nicht an. Herbert bat den Kunden um Geduld, fuhr zur Werkstatt, auch weil sie auf dem Weg lag und er noch ein Werkzeug oder ein Teil für die Montage benötigte. Leider war der Tank des Transporters fast leer. Und so kam eins zum anderen. Leo war inzwischen in der Werkstatt eingetroffen und werkelte an einem Fenster. Karl guckte zu. Nachdem Herbert den Transporter vor der Werkstatt geparkt hatte, erhielt Leo den Auftrag, den Transporter mit Benzin aus dem Reservekanister nachzutanken. Herbert, der seine Frau Marie holen wollte, nahm den VW.

Nach über einer Stunde wurde Leo unruhig. Zur Schule waren es vielleicht drei Kilometer. Es war eine hügelige, kurvenreiche Strecke, doch es konnte unmöglich so lange dauern. Nach einer weiteren Stunde stand die Polizei in der Werkstatt: Marie und Herbert seien auf dem Weg von der Schule nach Hause verunglückt, die Bremsen hätten versagt und das Auto sei frontal gegen einen Baum gerast. Beide Insassen seien ums Leben gekommen. Eine spätere Untersuchung ergab, dass die Bremsschläuche des VWs defekt waren, was zum Versagen derselben geführt hatte. Als Ursache vermutete der Gutachter, ein Scheuern des Schlauchs am Chassis. Niemand verdächtigte einen fünfjährigen Jungen.

2

Lucia und der Schneidermeister

Karl war ins Haus gerannt, als Leo die Nachricht ent-
gegennahm, kreidebleich wurde und zusammensackte. Er
wusste nicht was, nur das etwas Schlimmes passiert sein
musste. Wenig später kam Leo, trug ihn in den Transporter und lieferte ihn bei seiner Frau ab, die er hinter ver-
schlossener Tür über das Unglück aufklärte, worauf sie
einen Strom Tränen fließen ließ, was Karl noch mehr
beunruhigte. Dann setzte Leo sich ins Auto und fuhr zum
Kunden, denn schließlich konnte man trotz des Unfalls
den Kunden nicht mit halb montierten Türen sitzen lassen. Meta tröstete Karl und schluchzte dabei in einer Tour.
Was wirklich passiert war, sagte ihm niemand. Am Abend
des Tages kam seine Tante Lucia. Sie redete lange und
umständlich mit Meta, immer wieder von Heulkrämpfen
unterbrochen. Am nächsten Tag kam Lucia erneut vorbei
und sie und Leo fuhren zum Haus. Karl musste bei Meta
bleiben. Lucia war mit der Situation sichtlich überfordert.
Sie hatte eine Beerdigung zu organisieren, wie damals
üblich binnen weniger Tage. Zum Glück halfen ihr Leo
und Meta. Man schrieb die Liste der Bekannten und Verwandten zusammen, sprach mit dem Pfarrer, wählte beim
Bestatter zwei Särge und sprach mit der Sparkasse.
Abends brachte Lucia einen Koffer mit Kleidung für Karl
mit. Unter Tränen hatte sie im Haus Wäsche und Kleidung des kleinen Jungen zusammengesucht und auch

Spielsachen waren dabei, für die sich Karl aber überhaupt nicht interessierte. Am Folgetag fuhr Lucia mit Karl in die Stadt. Dort kaufte sie für ihn einen schwarzen Anzug, im Grunde verschwendetes Geld, doch gutes Aussehen war ihr wichtig. Sie selbst schneiderte sich in einer Nacht ein schwarzes Kleid, kaufte schwarze Strümpfe und borgte sich einen schwarzen Mantel. Auch ließ sie sich ihren haselnussbraunen Haare machen und wurde dabei von der Friseurin ausgefragt, schwieg aber beharrlich über den Grund des außerplanmäßigen Schnitts. Karl verstand die Situation immer noch nicht und wenn er nach seinen Eltern fragte, heule Lucia los und er gab bald auf zu fragen, wurde sehr wortkarg. Am Tag der Beisetzung reihten sich viele schwarz gekleidete Menschen auf dem verschneiten Friedhof. Nur mit Mühe und Spitzhacke hatte man zwei tiefe Kuhlen in die gefrorene Erde treiben können. Karl ging vorne in der Mitte, links seine Tante Lucia, rechts sein Onkel Ewald, den Karl noch nie gesehen hatte. Es folgten Leo und Meta, die die schwarze Kleidung in den letzten Monaten mehrfach gebraucht hatten, und dann kam das halbe Dorf, denn Herbert war genauso bekannt und beliebt gewesen, wie Marie. Die Grundschulklasse hatte schulfrei. Alle Schülerinnen und Schüler reihten sich mit ein, einige albern wie immer, andere nachdenklich und traurig. Der pensionierte Lehrer versuchte Ordnung in die Riegen zu bringen und war wie immer nur teilweise erfolgreich, bei den Mädchen mehr, bei den Jungs weniger.

Karl hatte einen Tag vorher seine toten Eltern aufgebahrt in der Friedhofskapelle gesehen. Meta hatte ein Gebet gesprochen, was Karl fremd war, denn er war auf Wunsch seiner Mutter nicht religiös erzogen worden. Erst hier realisierte der kleine Kerl sein ereiltes Schicksal, unterdrückte dennoch alle Tränen und war schweigsam, wie er es seit dem Unfall die ganze Zeit gewesen war.

Im warm beheizten nahegelegenen Gasthaus gab es Kaffee und Butterkuchen für alle. Das ganze Dorf schien da zu sein, man unterhielt sich lautstark und die Schulkinder aßen ein Stück Kuchen nach dem anderen, so dass der Wirt nachlegen musste. Auch tobten sie bald herum. Der pensionierte Lehrer schimpfte – vergeblich. Nur um Karl kümmerte sich niemand. Ewald und Lucia stritten um das Erbe. Ein Testament gab es nicht, keiner von beiden Elternteile hatte die Absicht gehabt, früh zu sterben. Klar war, dass Karl der Alleinerbe war, aber er konnte noch nicht darüber verfügen. Ewald hatte keine Kinder, war nicht verheiratet und viel in der Welt unterwegs. Lucia war deutlich jünger und auf dem Papier die ideale Ersatzmama, doch sie war arm, arbeitete jeden Tag und manchmal auch noch nachts. Am Ende der Beerdigungsfeier war klar, dass Lucia den Waisenjungen zu sich nehmen würde, jedoch musste sie einiges vorbereiten und solange blieb Karl bei Meta und Leo, die jetzt auch nicht wussten, wie es weiterging, denn Leo war Landwirt und hatten keinen Meisterbrief als Tischler und war damit nicht geeignet, den Betrieb zu führen. Das Alter und ihre Erfahrung halfen ihnen, die Situation klar zu analysieren und Lucia das aus ihrer Sicht beste vorzuschlagen: Verkaufe Haus und Werkstatt, leg das Geld für Karl auf der Bank an, zwack dir jeden Monat so viel ab, wie du für das Wohl des Kleinen brauchst und behandle es ansonsten treuhänderisch. Lucia war einverstanden und erhielt beim Makler von Leo und Meta die Unterstützung, die sie benötigte. Karl wohnte zunächst bei Meta und Leo auf dem Bauernhof, hatte

Heimweh und fragte immer wieder, wann er wieder in die Werkstatt könne. Für die beiden Alten war dies nur schwer zu ertragen und um ihn und sich selbst abzulenken, spannten sie ihn in ihre Hausarbeiten ein. Leo pflügte den letzten halben Hektar Acker, den er noch besaß und wollte im Frühjahr Gemüse zur Selbstversorgung pflanzen. Meta hatte im Haus zu tun, begann im Winter morgens den Tag mit dem Anheizen des Ofens, kochte Kaffee und Spiegeleier für ihren beiden Männer. Später machte sie die Wäsche, fuhr drei Kilometer mit dem Rad zum Einkaufen, kochte das Essen und erst nach dem Abwasch studierte sie bei einer Tasse Kaffee die Tageszeitung. Karl lernte von ihr das Feuermachen, Geschirrabwaschen und auch das Putzen der Toilette und der Waschbecken. Bei schlechtem Wetter murrte er selten, bei schönem Wetter drängte er nach draußen und half Leo bei seinen bäuerlichen Arbeiten. Nur eins lernte er nicht: Den Umgang mit gleichaltrigen Kindern.

Lucia organisierte derweil ein Bett für ihre Zweizimmerwohnung, die liebevoll eingerichtet war und statt eines Fernsehers eine Nähmaschine und einen großen Tisch umfasste. In ihrem Schlafzimmer wollte sie den Jungen nicht schlafen lassen, wie auch sonst kein Mann ihr Schlafzimmer je gesehen hatte. So kam das winzige Bett ins Wohnzimmer, was ja eigentlich ein Arbeitszimmer war. Wichtigste Möbel dort waren, neben den Utensilien zum Nähen, ein Radio und ein Schallplattenspieler. Im Regal standen Langspielplatten in Reih und Glied. Zwar liebte Lucia den Swing, die Rumba und auch den Slowfox, aber sie konnte nicht tanzen. Grund war ihr erster Freund, den sie bei einem Tanzkurs kennengelernt hatte. Sie war schon siebzehn, er achtzehn und ein Springer, hatte den Kurs bereits zwei Mal absolviert und sprang immer ein, wenn zu wenig Jungs da waren – wie fast immer. Er besaß Charme und Lucia verknallte sich Hals über Kopf in ihn. Alles mit ihm machte Spaß, das Tanzen, das Knutschen, ja selbst die Arbeiten gingen ihr leichter von der Hand. Dann kam der Tag, an dem er sie zu sich nach Hause mitnahm. Dort hatte sie zum ersten Mal Sex. Es war wunderbar, auch weil sie es schon lange herbeigesehnt hatte, schließlich hatten alle Mitschülerinnen schon oder zumindest sagten sie es. Doch kaum, dass er sein Ziel erreicht hatte, sank sein Interesse und wenig später traf sie ihn per Zufall in einer Eisdiele – mit einer anderen, die er ihr als Eva vorstellte. Lucia war sauer und schwor, nie wieder auf einen Mann hereinzufallen, auch nicht auf einen guten Tänzer. Ein halbes Jahr später lief Eva ihr über den Weg. Die Stadt war klein und beide waren auf der Suche nach günstiger Mode. Eva konnte sich zuerst nicht erinnern, doch als Lucia ihr das Drama mit ihrem ersten Freund beklagte, wurde sie hellhörig und schilderte ihre Erfahrung mit dem Typen, die Lucias Schilderungen wie eine Schablone glich. Die beiden Frauen wurden Freundinnen und Eva die beste Kundin von Lucias Kreationen, denn während sie innerhalb der Arbeitszeit die Aufträge der Kundinnen abarbeitete, zumeist Änderungen, weil frau mal wieder zugenommen hatte, nähte Lucia in ihrer Freizeit wunderschöne Ballkleider. Eine Abmachung mit ihrem Chef erlaubte es Lucia, ihre Kleider im Schaufenster der Schneiderei zur Schau zu stellen und feilzubieten. Gelegen in der Fußgängerzone auf dem Weg vom Parkhaus zum Marktplatz, strömten täglich tausende Kundinnen an den Auslagen vorbei. Meist dauerte es nur wenige Tage, bis sich eine Passantin in ein Ausstellungsstück verliebt hatte. Eva arbeitete auf dem Amt und verbrachte die meiste Arbeitszeit mit Telefonieren und Nagelpflege, zumindest behauptete sie das über sich selbst. Während Lucia immer noch am gebrochenen Herz litt und die Scherben ihrer ersten Lieben noch wie Splitter im Gedächtnis saßen, war Eva auf Rache aus, tanzte gerne und lockte Männer mit ihren reichlich vorhandenen Reizen, um sie danach ins Unglück zu führen. Kurzum: Sie war ein Biest.

Der Frühling nahte, als Lucia an einem Wochenende ihren Neffen holen kam. Meta hatte Tränen in den Augen und Leo verabschiedete sich kurz und verschwand im Stall, konnte den Abschied nicht ertragen. Natürlich wussten sie, dass der Kleine nicht bei ihnen bleiben konnte, denn die Einschulung stand bevor und vom Hof wäre es viel zu weit zur Grundschule, die außerdem bei Karl immer nur Erinnerungen an seine Mutter ausgelöst hätte.

Mit dem neuen Leben in der Kreisstadt kam Karl anfangs überhaupt nicht klar. Die Stadt war größer als das Dorf, es gab viele Menschen, die sich untereinander nicht kannten, und die Wohnung war im Vergleich zum Elternhaus und dem Bauernhof sehr klein. Lucia ging kaum aus. Nur zur Arbeit und zum Einkaufen verließ sie das Haus. War sie zu Hause, dann arbeitete sie dort. Und wenn sie nähte, spielte Karl im Wohnzimmer, legte die Platten auf, die er mochte, schnippelte mit ihrer teuren Schere Zeitungspapier entzwei und versuchte Schnittmuster anzufertigen, wozu er einen roten Stift schwungvoll über Zeitungspapier gleiten ließ. Lucia hatte ihre Burda-Hefte bereits ganz nach oben aufs Regal in Sicherheit gebracht und alle Schnittbögen wanderten aus Angst vor Karls flinken Fingern auf den Schrank. Tagsüber nahm sie ihn mit zur Arbeit. Wohin sollte er auch sonst? Bis zur Einschulung waren es nur noch Monate. Der Schneidermeister, ihr Chef, war nicht erfreut, doch er sah auch keine andere Lösung, ob der Tatsache, dass kein Kindergartenplatz frei war und kein Kindergarten den Kleinen mit fünfeinhalb noch genommen hätte. Für eine Tagesmutter fehlte Lucia das Geld, denn ihr Chef gestand ihr zwar den Platz im Fenster zu, bezahlte sie aber schlecht. Bisher hatte es ausgereicht, doch mit Karl war ein zusätzlicher Esser eingezogen, der an manchen Tagen mehr Appetit zeigte, als Lucia selbst. Morgens brauchte sie länger, da sie nicht nur ein Mittagessen für sich, sondern für zwei vorbereiten musste, und abends hatte sie keinen Nerv aus dem Haus zu gehen, obwohl Karl den herannahenden Frühling gerne in der Natur verbracht hätte. Nur am Sonntag machten sie Ausflüge. Meist nur kurz, denn unterwegs sammelte Lucia Ideen, die sie gerne sofort umsetzen wollte. Einmal stiegen sie in den Bus und besuchten Leo und Meta, wahrlich eine kleine Weltreise, denn die letzten drei Kilometer vom Dorf zum Haus mussten sie laufen. Der Junge freute sich so, die beiden Alten wiederzusehen, dass sie ihn für eine Woche bei Meta und Leo ließ, auch weil gerade in der Schneiderei besonders viel zu tun war. Das Ehepaar nutzte die Woche für einen Frühjahrsputz, wie in jedem Jahr. Die Wände der Diele wurden neu gekalkt, die Fliesen geschruppt. Karl wollte und sollte mithelfen. Das Kalken war zu gefährlich und so drückte man dem Jungen einen Schrubber und einen Eimer in die Hand und ließ ihn den Boden wischen. Karl liebte den Schaum, den ein großer Spritzer Spülmittel im Spülbecken verursachte, doch Meta bevorzugte Schmierseife zum Wischen. Er begann sein Werk in der Waschküche, in der früher auch die Milchkannen gestanden hatten und gewaschen worden waren. Dieser Raum war Nässe gewöhnt und daher konnte Karl hier kleckern, so viel er wollte. Weil er aber ungewöhnlich sauber arbeitete, ließ Meta ihn auch die Küche und den Flur wischen und unterwies ihn auch in der Reinigung der Treppenstufen, die er mit einem leicht feuchten Lappen von Hand zu reinigen hatte. Karl freute sich über diese ungewohnte neue Tätigkeit. Bei seiner Tante hatte nur bisher keine Hausarbeiten verrichten dürfen, denn Lucia war ängstlich, er könne mehr kaputtmachen als nützen. Ein paar hartnäckige Flecken auf der Außentreppe bekam Karl nicht weg. Meta reichte ihm Bürste und Schmierseife. Karl war fasziniert von der Konsistenz der Seife. Vom Spülmittel wusste er, dass reichlich davon auch reichlich Schaum erzeugt und gut reinigt. Das musste bei Schmierseife auch wohl so sein, dachte Karl. Er tunkte zuerst die Bürste in die Seife. Als das nicht genug schäumte, nahm er, fasziniert von der breiigen Konsistenz, eine Handvoll und strich sie auf die verschmutzte Stelle. Zwar brauchte er Unmengen Wasser, um die Fliesen wieder stumpf zu bekommen, doch der Fleck war weg. Meta war über die Lernfähigkeit des Kleinen begeistert und steckte ihm bei seiner Abreise eine Dose Seife zu.

Lucias Chef, ein gestandener Schneidermeister Mitte/ Ende fünfzig arbeitete im vorderen Raum der Schneiderei. Krummbucklig konnte er während seiner Arbeiten aus dem Fenster gucken, die Passanten beobachten und nebenbei Nadel und Faden ansetzen. Seine Spezialität waren Änderungen an Hosen und Jacken. Hosen waren typischerweise zu lang oder auch mal zu kurz, vor allem nach Weihnachten auch zu eng. Und bei den Jacken, die jahrelang im Schrank auf ihren Auftritt gewartet hatten, fehlte es typischerweise dann an Weite, wenn der letzte Auftritt, meist ein Ball, schon geraume Zeit vorbei und der nächste Auftritt, meist eine Beerdigung, unmittelbar bevorstand. Dann musste es immer schnell gehen. Lucia werkelte in hinteren Raum, zu dem eine steile Holztreppe mit acht Stufe hochging. Ein trübes Fenster ließ kaum Licht herein, denn der Innenhof war eng und hoch. Es gab Tage, da ließ Lucia den Vorhang gleich geschlossen und arbeitete nur mit einer hellen Lampe, die über Kordel und Rolle in der Höhe verstellt werden konnte. Wozu der Vorhang überhaupt dienen sollte war ihr immer schon unklar gewesen, denn die Fensterscheibe bestand aus Milchglas. Wenn Karl im Raum war, dann bastelte er unterm Tisch. Nur dort war Platz. Meist durfte er alte Stoffreste verarbeiten, dazu nahm er Kreide, zeichnete etwas Gegenständliches, was andere als Abstrakt ansahen, um anschließend mit seiner Schere am Stoff herumzuschnippeln. Nähen konnte er nicht, beziehungsweise durfte er nicht und so klebte er die Stoffstücke mit Uhu zusammen. Zwei- bis dreimal die Woche kam eine Person zur Anprobe vorbei. Nach der Begrüßung zog Lucia den Vorhang zu, der als Ersatz für die Tür ihren Raum vom Rest abtrennte. Meist fiel die Anwesenheit des kleinen Karl gar nicht auf und er wurde immer ganz still, wenn eine Kundin hereinkam. Im Laufe der Anprobe zog die Kundin ihre Straßenkleidung aus und probierte die geänderte Kleidung. Dabei kam zumeist ein Gespräch zwischen den beiden Damen auf. Die Gespräche handelten von Konfektionsgrößen, von der aktuell bevorzugten

Rocklänge und anderen Dingen, die nur Frauen in Bezug auf Mode austauschen können. Nun war es damals die Zeit der Miniröcke, über die sich die älteren Damen monierten; die Jüngeren prahlten gegenüber Lucia oft mit dem Aufsehen, das sie durch Tragen derartiger Kleidung erregt hätten. Eine Kundin jünger als Lucia berichtete leise flüsternd über ihre sexuellen Hochgenüsse, die sie genossen habe, nachdem sie ein Kleid aus Lucias Kollektion ausgeführt hätte. Natürlich verstand der kleine Karl nichts von diesen Dingen, doch er spürte an Lautstärke und Tonfall durchaus, ob intime Dinge besprochen wurden oder nur Allgemeingeschwätz. Natürlich sah Karl von seinem Versteck unterm Tisch auch nackte Rundungen, die er interessiert betrachtete, deren Reize jedoch ihn nicht erreichten. Bereits ein halbes Jahr später konnte er die Attraktivität einer Kundin sofort einschätzen. Gutaussehende Damen waren in der Regel schweigsamer, als solche mit reichlich Körperbau, die versuchten ihren Makel durch viel Reden auszugleichen.

Karl war ein pflegeleichtes Kind und entwickelte sich zum Stubenhocker. Auf die Straße ließ Lucia ihn nicht und da sie selbst den ganzen Tag in der Schneiderstube saß, verspürte sie auch keinerlei Bedürfnis mit dem Kleinen an die frische Luft oder auf einen Spielplatz zu gehen. Nachbarskinder und Freunde gab es nicht, Karl wuchs mit Erwachsenen auf. Er war blass und schweigsam, als er mit sechs Jahren eingeschult wurde. Lucia hatte ihm ein paar schöne Sachen genäht, die leider in Bezug auf ihr Aussehen vom kommerziellen Standard stark abwichen. So wurde Karl bereits am ersten Schultag zum Gespött der Klasse. Auch die Fittiche der Lehrerin, unter die diese ihn nahm, nutzten in der Pause nichts. Karl wusste nichts mit den anderen Kindern anzufangen, hockte einfach nur an seinem Platz und studierte die Bücher und Hefte, ohne richtig lesen zu können. Bereits nach einer Woche rief die Lehrerin in der Schneiderei an und beklagte die Verhaltensstörung des kleinen Karl. Seine Leistungen konnte sie dagegen nicht beklagen, denn aus Gründen, die sie nicht kannte, war Karl in allen Belangen nahezu perfekt, fast so, als hätte er die erste Klasse schon einmal besucht. Nur seine sportlichen Leistungen waren eine Katastrophe, dafür war er im Basteln unschlagbar. Nach ein paar Wochen freundete er sich mit einer zierlichen Mitschülerin, Typ Prinzessin an, die von allen anderen Mädchen gemoppt wurde, da sie – wie Karl – keine Klamotten von der Stange, sondern Selbstgenähtes, Alternatives trug. In den Pausen hockten beide zusammen und Karl erzählte von der Schneiderin, die seine Tante sei, und ihren Kleidern und für einen Erstklässler kannte er sich in Damenmode wirklich gut aus. Wenn die Sprache auf die Eltern kam, egal, ob von der Lehrerin oder von der kleine Babette, seiner Freundin, schwieg Karl und einmal benannte er Meta und Leo als Eltern.

Es kam der Herbst. Karl hatte sich eingewöhnt, seine Lehrerin war mit seiner Entwicklung leidlich zufrieden, denn er galt als zuverlässig. Immer wenn etwas erledigt werden musste, sie dem Hausmeister Bescheid geben musste oder etwas aus dem Lehrerzimmer zu holen war, stets rief sie Karl und war sicher, dass er die Aufgabe gewissenhaft ausführte. Die Schule ging verlässlich bis um halb eins. Morgens gab Lucia dem Jungen ein Schulbrot mit auf den Weg, beim Hausmeister erhielt er einen warmen Kakao, den er in der großen Pause vorsichtig mit einem Strohhalm schlürfte. Es war ein Freitag, als die 4.

Stunde, das kleine Einmaleins, vom Direktor unterbrochen wurde. Er bat Karl zu sich. Karl verließ den Klassenraum, der Direktor redete auf den Kleinen ein und forderte ihn auf, sofort nach Hause zu gehen und eine Unterschrift der Ersatzmama (ja, so nannte er Lucia) einzuholen. Es sei wichtig, denn es hätte eine Nachfrage gegeben. Karl nahm den Umschlag und ging rasch nach Hause, das heißt, zur Schneiderstube, dort, wo Lucia arbeitete. Auf dem Weg dorthin aß er noch sein zweites Pausenbrot, denn er hatte Hunger und würde wohl die zweite große Pause verpassen. Es war kurz nach elf, als Karl dort ankam. Der Schneidermeister war nicht an seinem Platz. Der Vorhang zum hinteren Raum war geschlossen, als wenn eine Kundin gerade ihr neues Kleid anprobierte. Karl konnte Lucia hören, doch sie sprach nicht wie üblich verständnisvoll mit einer Kundin, sondern es klang wie »Nein, lass das« oder »ich will nicht«.

Karl kroch leise wie immer die Treppe hoch und lugte durch den Schlitz zwischen Türrahmen und Vorhang. Er sah Lucia rücklings auf dem Schneidetisch liegen, ihre Schenkel gespreizt und dazwischen stand der Schneidermeister mit heruntergelassenen Hosen und bewegte seinen nackten Hintern stoßartig. Dabei drückte er mit den Händen Lucias Arme herunter, so dass sie sich nicht wehren konnte. Karl war schockiert. So etwas hatte er noch nie gesehen. Die Tante tat ihm leid, doch gegen den alten Mann hatte er keine Chance. Als er sah, wie der Schneider in Lucia hineinstieß, wurde ihm schlecht. Sein Pausenbrot, mit Mortadella belegt, die er sowieso nicht gerne mochte, kam mit Macht hoch. Er kotzte auf die Treppe. Es sah fürchterlich aus, überall lag angekautes Brot zusammen mit Magensaft und gelbroten Wurstresten. Hochrot wollte er losbrüllen, doch fürchtete er eine Reaktion des Alten. Er rannte auf die Toilette, ein niedriger Raum, der sich quasi unter der Treppe befand, halb in die Erde eingelassen, und halb unterhalb des Raums, in dem Lucia arbeitete. Dort nahm er einen Schluck Wasser und spülte seinen Mund aus. Sein schlechtes Gewissen quälte ihn: Was würde passieren? Er hatte die Treppe vollgekotzt, man würde ihn schelten, womöglich schlagen. Er musste das Erbrochene sofort aufwischen, noch bevor der böse alte Schneidermeister es bemerkte. In der Toilette stand ein Eimer, Putzlappen und Schmierseife steckten darin. Er erinnerte sich an das Putzen der Treppe auf dem Bauernhof, an die Schmierseife, die er erfolgreich gegen einen Flecken eingesetzt hatte. Karl ließ Wasser in den Eimer rinnen, war mit Seife und Lappen rasch wieder bei der Treppe, wischte das Erbrochene in den Eimer und schüttete viel, sehr viel Schmierseife auf die Holzstufen, wollte sein Malheur wiedergutmachen. Irgendwie musste Karl dabei etwas zu laut gewesen sein, denn aus dem Raum hinter dem Vorhang kamen keine rhythmischen Geräusche mehr, sondern die Stimme des Alten fragte: »Ist da wer?« Im gleichen Moment wurde der Vorhang ruckartig zur Seite gezogen, der Schneider glotzte erstaunt auf den Kleinen, brüllte laut: »Hast du gelauscht, du Flegel? Warum bist du nicht in der Schule?« Karl erschrak und rannte zur Eingangstür und wollte weg, weg von diesem ekeligen Mann. Der Schneider stürmte hinterher, wollte Karl abfangen, ihm endlich die lange verdiente Tracht Prügel verpassen. Doch er trat auf die Treppe, rutschte auf der Schmierseife aus, sein Hinterkopf schlug auf die Treppenstufenkante. Der Schneider war auf der Stelle tot.

3

Der Tanzlehrer

Ohne etwas anzurühren, rief Lucia sofort die Polizei. Als diese eintraf, zeigte sie zunächst den Missbrauch an, über den Unfall konnte sie nichts sagen, hatte ja nur mitbekommen, dass ihr Chef, einen Kunden vermutend, aus dem Raum gestürzt war. Karl hatte sich auf dem Klo versteckt und die Tür verriegelt. Als die Polizei eintraf und er Lucias Stimme hörte, kroch er aus seinem Versteck, rannte zu ihr und drückte heulend seinen Kopf in ihren Schoß. Zu einer Aussage war er erst am Folgetag fähig und schilderte einer Polizistin, jünger als Lucia, was er erlebt hatte. Die Polizistin musste schmunzeln, als sie von der Schmierseife und dem Wunsch nach Sauberkeit erfuhr. Der Vorfall wurde als Unfall in die Akten eingetragen, die Anzeige der Vergewaltigung zwar aufgenommen, doch der Beklagte hatte seine Strafe bereits erhalten.

Bei Lucia warf der plötzliche Tod des Chefs große Fragen auf. Sie war faktisch arbeitslos, erhielt kein Gehalt mehr. Doch konnte man die Kunden und Kundinnen einfach so hängenlassen? Als Kompromiss hängte sie einen Hinweis an die Tür, dass keine neuen Aufträge mehr angenommen, vorliegende jedoch abgeholt werden könnten. Tapfer setzte sie sich jeden Tag in die Schneiderstube und arbeitete. Am schlimmsten war die Neugier der Kundinnen, während die Männer zumeist schweigend die geschilderten Ereignisse zur Kenntnis nahmen. Karl verbrachte diese Zeit bei Meta und Leo. Auf Bitten von Lucia hatte ein Polizist ihn dort vorbeigebracht und um Unterstützung gebeten, alternativ hätte man den Kleinen in ein Heim gesteckt. Um den Kleinen zu erfreuen, hatte der Polizist auf freier Strecke sogar das Martinshorn aktiviert.

Um die Beerdigung des Verstorbenen wollte sich Lucia nicht kümmern. Was hatte sie mit diesem Mann zu tun? Es stellte sich bald heraus, dass der Schneidermeister keine Familie und keine Verwandte hatte. Daher organisierte die Stadt die Beisetzung. Lucia bestellte in der benachbarten Gärtnerei einen Lorbeerkranz und ließ einen düsteren Spruch auf das Band drucken. Der Trauerzug war nicht kurz, doch interessanterweise war Lucia die Erste, die dem Sarg folgte. Eine Feier gab es nicht, schließlich wollte die Stadt den Aufwand gering halten, auch wenn der Schneidermeister stadtbekannt gewesen war.

Ein paar Tage später, sie hatte nur noch wenige Arbeiten auszuführen und machte sich große Sorgen um ihre Zukunft, erhielt Lucia ein Schreiben von einem Notar, worüber sie sich wunderte. Es enthielt eine Einladung zur Testamentseröffnung. Als sie dort ein paar Tage später eintraf, war sie die einzige Person, die dem Notar gegenübersaß. Nach Feststellung der Personalien, wollte der Notar Lucias Vertrag mit dem Verstorbenen einsehen, womit sie nicht gerechnet und diesen auch nicht dabei hatte. Der Notar klärte sie auf: Der Verstorbene habe in seinem Testament, welches er vor vielen Jahren verfasst hätte, hinterlegt, dass sein Erbe auf seine zum Zeitpunkt des Todes bei ihm Angestellten übergehen solle. Frau und Kind hätte er nicht gehabt. Lucia zeigte sich erstaunt über diesen letzten Willen und fragte nach den Vermögensverhältnissen des Erblassers. Der Schneidermeister hinterließ ein paar tausend auf dem Konto und einen Anteil am Haus, nämlich die Schneiderei und eine Dreizimmerwohnung im ersten Obergeschoss desselben Hauses. Noch am selben Tag legte Lucia ihren Arbeitsvertrag beim Notar vor und nahm die Schlüssel zur Wohnung entgegen. Zwar hatte sie von der Wohnung gewusst, sie jedoch nie besichtigt. Als sie eintrat, war sie über die völlig veraltete Einrichtung erstaunt. Wie konnte jemand in solchen Räumen hausen? Schaf- und Wohnzimmer mussten entrümpelt, neu gestrichen und eingerichtet werden. Die Küche hatte nichts vom Charme der Fünfziger verloren und gehörte komplett saniert. Wie sollte sie das alles bezahlen?

Bereits am nächsten Tag öffnete sie die Nähstube wieder. Die Kundinnen freuten sich. Als sie am Wochenende Meta und Leo besuchte, wurde sie von Karl mit einer Umarmung und einem Küsschen begrüßt, denn der Kleine hatte immer noch Gewissensbisse wegen seiner Missetat, die ja letztlich den Tod des alten Schneiders herbeigeführt hatte, auch wenn er böse gewesen war. Meta und Leo beglückwünschten sie, als sie vom Erbe erfuhren. Dass Lucia vergewaltigt worden war, wussten sie nicht und Lucia verschwieg es. Schließlich diskutierten sie Lucias Situation und Leo machte ihr folgenden Vorschlag: Er würde die Wohnung renovieren und eine neue Küche einbauen. Sie müsste nur die Möbel und ihm einen Tageslohn zahlen. Letzteres natürlich schwarz. Lucia war einverstanden und wollte zunächst das geerbte Barvermögen aufbrauchen. Für den Rest musste sie wohl oder übel auf Karls Erbe zurückgreifen. Meta und Leo bestärkten sie darin. Gleich am Montag legte Leo mit den Arbeiten los und Lucia kündigte ihre Wohnung zum nächstmöglichen

Termin. Wenn Karl aus der Schule kam, lief er gleich zu Leo und half jeden Nachmittag, bis Lucia hochgestürmt kam und den Jungen zu seinen Hausarbeiten anhielt.

Das Versetzungszeugnis in die zweite Klasse enthielt kodierte Hinweise auf das miese Sozialverhalten des kleinen Jungen. Lucia sah sich außerstande die Situation grundlegend zu verändern. Sie war alleinerziehend und Karl schon in den ersten Lebensjahren sehr isoliert aufgewachsen. Hinzu kamen der Tod der Eltern und seine Traumata, was die Mitschuld am Tod des Schneiders anging. Urlaub hatte Lucia kaum, denn jetzt, wo sie das Geschäft alleine führte, war mehr zu tun, denn je zuvor. Hinzu kam der Verwaltungskram, mit dem sie früher nichts zu tun gehabt hatte. Meta hatte ihr angeboten, den Kleinen in den Sommerferien zu sich zu nehmen, doch dort gab es auch keine anderen Kindern, die seiner Sozialisierung förderlich sein konnten. Die Ferienaktivität der Stadt, z.B. die ganztägige Betreuung auf einem Abenteuerspielplatz waren seit Monaten ausgebucht. Um einen solchen Platz hätte Lucia sich viel früher kümmern müssen. Als sie ihm eine Teilnahme an den Angeboten des örtlichen Sportvereins anbot, zog Karl saure Miene. Außer Fußball bot man dort für kleine Kinder nur Turnen und Cheerleading an und in beiden letztgenannten Gruppen war die Mehrzahl der Teilnehmer weiblich. Fußball hingegen war dem kleinen Karl schnuppe, ja er hasste es, war es schließlich das Spiel, welches seine Klassenkameraden immer in der Pause ohne ihn spielten. Übrig blieb ein Schwimmkurs im städtischen Freibad, an fünf Tagen die Woche, zwei Wochen lang morgens um zehn. Karl war noch nie in einem Bad gewesen, zeigte Neugierde und beruhigte so Lucias Gewissen. Sie würde ihn in den ersten Tagen hinbringen und gegen Mittag abholen. Die Öffnungszeiten ihres Geschäfts hatte sie angepasst. An der Tür bat ein Schild um eine telefonische Terminabsprache. Ansonsten war offen, wenn sie da war, sonst nicht. Nach dem Tod des alten Schneiders hatte sie das nervige Änderungsgeschäft reduziert und die Annahme von Herrenkleidung komplett eingestellt. Sie konzentrierte sich auf Maßschneiderei für Damen im besten Alter und gefülltem Portemonnaie. Ihr Vorzeigemodell und auf allen Fotos und in Werbeanzeigen zu sehen, war Eva. Sie hatte Stil, konnte auf Knopfdruck lächern und stolzierte über die wenigen Laufstege, die für Lucia offenstanden, als sei sie ein Profi.

Eva tat die jetzt selbstständige Schneiderin leid. Zu viel zu tun und dann noch mit Kind. Wenn es das Eigene gewesen wäre, dann Okay – vielleicht. Doch so? Neben ihrem Fulltimejob? Am späten Nachmittag kam Eva fast jeden Tag kurz bei Lucia im Laden vorbei. Sie kochte in der neu eingerichteten Küche einen Pott Kaffee, gabelte ein wenig Trockenobst aus einem der Gläser, um dann zu Lucia runterzugehen und mit ihr zu trinken und zu klönen. Ihr Gespräch begann typischerweise mit Evas neuester Eroberung, detailliert wurden die miesen Charaktereigenschaften des Kandidaten diskutiert und Lucia glaubte hin und wieder, es sei etwas Ernstes, doch Eva zog ihre Befriedigung daraus, Männer auflaufen und sitzen zu lassen. Ob zwischendurch auch mal mehr passierte, ließ sie offen und Lucia rätselte jedes Mal aufs Neue. Natürlich versuchte Eva bei jedem Treffen ihre Freundin zu einem gemeinsamen Besuch einer Tanzveranstaltung, eines Konzerts oder was auch immer zu überreden. Lucias Killerphrase war stets der kleine Karl. Bald würde er acht und mit neun können man ihn schon mal einen Abend allein lassen, tröstete sie sich. Die Sommerferien verbrachte Karl im Schwimmbad. Nach nur einer Woche bestand keine Gefahr des Untergangs mehr, nach weiteren Tagen schwamm er älteren Jungs davon und wurde vom Bademeister, der auch Trainer der Schwimmmanschaft war frenetisch angefeuert, was den Jungen noch mehr anspornte. Andere Kinder bewunderten ihn und er fand sogar ein paar Freunde, mit denen zusammen er den Sprungturm unsicher machte. Am Nachmittag war er meist so kaputt, dass er nach dem Essen, er liebte Spagetti, todmüde auf dem Sofa einschlief. Danach setzte er sich ans offene Fenster, las Comics und Kinderbücher, zeichnete und malte phantasievolle Szenen, mal mit dystopischer, mal mit utopischer Stimmung, je nach Wetter. Gegen Ende der Ferien schien seine Sozialphobie überwunden zu sein. Im Schwimmbad hatte ihn ein gleichaltes Mädchen angesprochen, welches in der Parallelstraße wohnte. Denise bewunderte Karls Schwimmkünste und ihn erinnerte sie an Lucia und ein wenig an Meta, wenn sie altkluge Weisheiten von sich gab, die sie allesamt von ihrer im Haus wohnenden Oma aufgeschnappt hatte.

Als die Schule wieder begann, besserte sich die Situation für Lucia. Das neue Leben hatte sich eingeschwungen und Karl endlich Kontakt mit Gleichaltrigen und aufgrund seiner Schwimmleistungen Respekt bei seinen Klassenkameraden erfahren. Den Nachmittag verbrachte er gerne mit Denise, dem Mädchen aus der Nachbarschaft. Wenn Jungs wegen seiner Mädchenbekanntschaft über ihn lästerten, ignorierte er es, auch weil Lucia ihm gesagt hatte, dass in zehn Jahren alle Jungs die Bekanntschaft von

Mädchen suchen würden. Den Abend verbrachte er mit Lucia in der Schneiderstube. Sie hatte mit dem Umzug in die neue Eigentumswohnung ihre privaten Nähutensilien ins Geschäft gebracht und eigentlich machte sie jetzt nur noch das, was sie früher als Hobby gemacht hatte. Ihre Schallplatten, Radio und Plattenspieler hatte sie im Geschäft platziert, die Wohnung war zum Schlafen und zum Essen da. Einen Fernseher hatten sie nicht. Wie früher saß Karl oft unter dem Tisch, hörte Musik und bastelte Modelle aus Papier und anderen Utensilien, die er immer in seinen Hosentaschen mit sich trug. Kam dann spät am Abend noch eine Kundin zur Anprobe vorbei, versteckte sich Karl und war mucksmäuschenstill. Das teilweise sehr intime Gespräch zwischen Lucia und der Kundin ließ ihn immer aufhorchen, er erfuhr Details, die selbst die Ehemänner nicht kannten, doch Karl konnte mit den Informationen nichts anfangen, weil er die körperliche Liebe nicht kannte. Karl suchte eine Erklärung für das, was er gesehen hatte, kurz bevor der alte Schneider stürzte und starb. Was hatte der Alte mit Lucia angestellt? Diese Frage hatte sich in Karl Gedächtnis festgebohrt und immer wenn er Erwachsene beobachtete, konnte er kein vergleichbares Verhalten feststellen. Weder die Lehrer in der Schule, noch die Menschen auf der Straße, noch Meta und Leo taten das, was der Schneidermeister mit Lucia gemacht hatte. Als er Denise danach fragte, antwortete sie, er solle mal den Zoo besuchen. Diese Antwort war sehr unbefriedigend, denn einen Zoo gab es in der Stadt nicht und selbst auf dem Bauernhof von Meta und Leo lebten keine Tiere mehr.

Mit acht war Karl sehr pflegeleicht. Er gehorchte, wurde nie frech und war einsichtig, wenn mal wieder Dinge getan werden mussten, die bei anderen Kindern zu Protest geführt hätten. Lucias Einsiedlerleben hingegen, stieß Eva immer wieder auf. Als Karl in die dritten Klasse ging, überredete Eva ihre Freundin zur Teilnahme an einem Tanzkurs, einem Anfängerkurs für Personen ohne Partner, veranstaltet vom Sportverein, stattfindend im Vereinsheim. Eva selbst tanzte sehr gut und alle Stile. Kaum hörte sie Musik, wippte und tänzelte sie immer im Takt. Im Verein war sie Mitglied der Tennis-Abteilung und hatte auf einer Vereinsversammlung ein Paar kennengelernt. Er hieß Felix, sie Beatrix. Felix hatte angeregt, das Angebot des Vereins um einen Tanzkurs zu ergänzen und prompt den Auftrag erhalten, diesen zu organisieren. Nun hatte Beatrix zwei linke Beine, sprich ihre Tanzkünste waren bescheiden. Eva hingegen war von der Idee begeistert und bot sich als Tanzlehrerin an, obwohl sie dies nie gelernt hatte. Felix war im Übrigen auch Amateur, hatte jedoch, bevor er zu Beatrix in die Stadt zog, in einer entfernten Großstadt als Mitglied eines Tanzsportvereins erfolgreich auf Turnieren getanzt. Nachdem nun die Tanzsparte des Vereins unter Leitung von Felix gegründet worden war, ging es daran Teilnehmer des ersten Kurses zu suchen. An alle Vereinsmitglieder wurde eine Einladung verschickt und Eva bearbeitete Lucia, bis sie nachgab.

Der Kurs war für den frühen Sonntagabend angesetzt, zu anderen Zeiten wochentags war die Halle nicht frei. Karl maulte ein wenig, wollte nicht allein zu Hause sein und sprach daher die Bitte aus, bei Denise Fernsehen gucken zu dürfen. Am liebsten hätte er die Zeit bei Meta und Leo verbracht, doch die beiden wohnten zu weit weg und Lucia hatte kein Auto. Denise Mutter war inzwischen auch Kundin bei Lucia geworden. Als sie in der Nähstube vorbeischaute, fragte Lucia sie, ob Karl an frühen Sonntagabend vorbeikommen dürfe, sie wolle endlich einen Tanzkurs machen. Denise Mutter wusste längst um das Schicksal des Jungen und auch, wie Lucia zu ihrer Aufgabe gekommen war. Sie konnte nicht nein sagen und versprach auf den Jungen acht zu geben. Zur ersten Tanzstunde erschienen elf Paare, teilweise bereits im Rentneralter. Obwohl der Kurs anders ausgeschrieben war, stellte sich schnell heraus, dass für Lucia kein passender Partner gefunden worden war. Lucia wollte schon entnervt aufgeben, als Felix ihr vorschlug, sie könne abwechselnd mit ihm und Eva tanzen, so würde Eva auch gleich die Männerschritte lernen. Lucia stimmte zu, hatte sie doch alles arrangiert und wollte jetzt gegenüber Karl keinen Rückzieher machen. Der Kurs lief so ab, wie Tanzkurse ablaufen: Der Lehrer erklärt und tanzt vor. Dann üben alle. Beim ersten Tanz, einem Cha-Cha-Cha, klappte das leidlich, denn für Eva war die Rolle der Führenden ungewohnt. Sie fiel immer wieder in die Schrittfolge der Geführten hinein und verunsicherte Lucia damit. Felix sah es und griff ein. In den Armen des Tanzlehrers fühlte es sich für Lucia wunderbar an. Intuitiv setzte sie ihre Schritte richtig. Es war wie im Frühling bei strahlender Sonne und blauem Himmel mit Schäfchenwolken. Alles fiel ihr leicht.

Der Kurs dauerte zehn Wochen und umfasste den langsamen Walzer, Cha-Cha-Cha, Rumba, Foxtrott, Jive und den Wiener Walzer. Lucia freute sich bereits Anfang der Woche auf den Unterricht am kommenden Sonntag. Ihre Vorfreude wurde nicht enttäuscht. Schließlich folgte eine Art Abschlussball. Mit elf Paare lohnte sich nicht das

Anmieten eines Saals und in der Gymnastikhalle kam kaum die notwendige feierliche Stimmung auf. Daher verabredete man sich, gemeinsam am Sportlerball teilzunehmen, der regelmäßig im Frühjahr in der Stadthalle abgehalten wurde. Lucia hatte für diesen Anlass für sich und Eva ein neues Ballkleid entworfen und genäht. Als die beiden die Halle betraten, ernteten sie viel Bewunderung. Frauen sprachen sie auf die herrlichen Kleider an, Männer erkundigten sich nach ihrer Sportart. Was auffiel war, dass es sehr viele sehr junge Leute gab. Einige schienen kaum siebzehn zu sein. Die Fußballer, sofort für jeden erkennbar, kamen größtenteils mit ihren Freundinnen, blondiert, sportlich oder frauliche Figuren, aufgetakelt, ohne Geschmack – meinte zumindest Lucia. Auf der anderen Seite gab es die Seniorengruppe. Ältere Menschen ab 50, die Männer Bier trinkend und altklug redend. Nur die Gruppe dazwischen, also im Alter von Lucia und Eva war nur spärlich vertreten. Es war das Alter, in dem man sich um den Nachwuchs kümmert, den Sportverein höchsten zur Schwangerschaftsgymnastik oder zum Bauchweg-Training besucht, sofern man die Kinder nicht beim Cheerleading oder Fußball anfeuert. Es spielte eine Dreimann-Kapelle, Gitarre, Bass und Schlagzeug. Der Frontmann an der Gitarre versuchte sich als Sänger. Die Musik der Gruppe orientierte sich am gängigen Rock & Pop, auch ein paar Schlager wurden zum Besten gegeben. Lucia hatte sich auf diesen Abend gefreut. Sie wollte sich und ihre Tanzkentnisse zeigen. Der erste Mann, der sie zu einem Schlager aufforderte, konnte nur Disco Fox, einen Tanz, die Lucia nicht erlernt hatte. Nachdem er sich redlich abgemüht hatte, ihr ein paar Schritte abzuringen, brach er ab und wandte sich einer älteren Dame zu, die in ihrem unpassenden Hosenanzug eine schöne Darbietung auf Parkett legte. Lucia fluchte. Es folgte ein Cha-Cha-Cha. Eva erkannte ihn, was aufgrund der Instrumentierung schwierig war, und stieß Lucia an. Beide zusammen zeigten das Erlernte und erhielte sogar Beifall von ein paar jungen Männern. Einer von ihnen kam nach ihrem Auftritt zu Lucia, gratulierte ihr zu ihrem Auftritt und bat um einen Tanz. Zum Rock'n roll glänzte Lucia mit Jive, etwas, was der junge Mann nur leidlich auf die Bretter brachte. Doch immerhin, sie hatte mit einem fremden Mann getanzt und eine gute Figur gemacht, was ihrem Selbstbewusstsein guttat. Der junge Mann hatte schon ein paar Bier getrunken, was man roch, und wollte mehr. Er lud Lucia an die Bar, bestellte ihr einen alkoholfreien Cocktail, bezahlte auch dafür, obwohl er wahrscheinlich nicht mit Reichtum gesegnet war. Seine weiteren Anbaggerversuche wehre Lucia später am Abend ab, indem sie nach seinem Alter fragte. Er war halb so alt, wie sie. Sie fühlte sich geschmeichelt, doch eine Nacht mit ihm hätte ihr keine große Befriedigung, höchstens Ärger mir Karl eingebracht, denn der junge Mann wohnte bestimmt noch bei seinen Eltern und die Mutter war bestimmt ihr Jahrgang. Als Lucia sich schließlich mit einem Vorwand – Toilette – davonschlich, sah sie Eva und Felix auf der Tanzfläche. Zur Musik war ein Gesellschaftstanz eigentlich gar nicht möglich, doch die beiden hielten sich locker an den Händen und hotteten auf ihre Zehenspitzen, als sei die Schwerkraft außer Kraft gesetzt. Felix wollte dem Abschlussball einen würdigen Rahmen und hatte den Veranstaltern des Balls einen Auftritt seiner Schülerinnen und Schüler zugesagt. Nach der Rede des Vorsitzenden – Zeit fürs Klo und ein paar Getränke - kündigte Felix die Vorführung an. Und weil er wusste, dass Tanzen zur Livemusik, erst recht zu einer Beat-Band für Tanzanfänger schwierig ist, legte er eine CD ein. Der langsame Walzer von Elvis schaffte eine wunderschöne Atmosphäre. Felix wählte Lucia, Eva hatte sich einen jungen Tänzer ausgeguckt, der sie gut aussehen ließ. Es folgte eine Rumba, für Lucia, geführt von Felix, ein Traum. Beim abschließenden Jive hingegen tänzelte er, als hätte das Parkett Sprungfedern, während Lucia etwas Müdigkeit zeigte und mit Schweiß auf der Stirn nach einem Wasser lechzte. Es war ein Samstagabend, der erste ohne Karl. Als sie auf die Uhr schaute, war es bereits halb elf. Karl hatte versprochen artig zu Hause zu warten, nichts kaputt zu machen, und Lucia hatte ihm extra für diesen Anlass ein neues Comicheft spendiert. Im Nachhinein bedauerlich, dass es ausgerecht ein Heft über Daniel Düsentrieb und sein Helferlein war. Karl hatte mit der Lektüre begonnen, kurz nachdem Lucia zum Tanzabend aufgebrochen war. Der erste Artikel im Heft, erklärte Elektrizität. Helferlein überbrückte ein Stück Kabel, die Steckdose war zu weit weg, um die Lampe anzuschließen. Karl musste dies nachgemacht haben, jedenfalls hatte er aus einem Körbchen mit ein Stück unisolierten Draht, wie man ihn zum Binden von Kränzen oder zum Anfertigen von Gestecken verwendet abgetrennt und in die Steckdose gesteckt. Damals und zumindest im Falle von Lucias Wohnung verfügten die Steckdosen über keine Kindersicherung. Zum Glück hatte er den Nullleiter erwischt, bei Lucia, wie auch fast überall, das linke Loch der Steckdose. Es war nichts passiert, als er den Draht berührte. Schließlich hatte er ja eine Strecke bis zur Lampe zu überbrücken. Also knotete er den Draht an den Stecker der Lampe. Nun fehlte eine weitere Leitung.

Draht hatte er keinen mehr. Man könnte doch auch ein Wollfaden nehmen, dachte Karl. Um den Faden in das rechte Loch der Steckdose zu bekommen, brauchte er ein Hilfsmittel. Erst überlegte er, eine Stricknadel zu nehmen, doch sie erschien ihm zu dick. Schließlich wählte er einen Zahnstocher. An das Holz klebte er mit Alleskleber den Faden, um ihn am anderen Ende an den freien Pohl des Steckers zu wickeln. Dann steckte er die Zahnstocher in die Steckdose. Zu seiner Enttäuschung passierte nichts. Die Lampe brannte nicht. Das Helferlein musste gelogen haben. Er guckte nochmals in das Heft und stellte fest, dass Helferlein Wasser und Salz verwendet hatte. Auf der Fensterbank stand ein Kännchen zum Blumengießen. Es war Wasser mit einem Düngerzusatz. Karl goss davon etwas auf den Wollfaden, begann damit in der Mitte. Hier kreuzten sich Draht und Wollfaden. Nichts passierte. Karl war enttäuscht. Etwas Flüssigkeit schüttete er noch nach, bis er die Steckdose fast erreicht hatte. Dann stoppte er, denn die Tapete nässen wollte er nicht. Lucia würde schimpfen und den mit PVC ausgelegten Fußboden würde er ohnehin wischen müssen, was er ja gut konnte. Der Wollfaden wollte und wollte die Lampe nicht zum Leuchten bringen. Karl schlug erneut das Heft auf und schaute sich eine weitere Geschichte, diesmal die Panzer-knacker an. Er hatte gerade drei Seiten geschafft, als auf einmal ein leises Brutzeln zu hören war. Das Geräusch entstand dort, wo nasser Wollfaden den Draht berührte. Nach ein paar Minuten sprang der Sicherung an und in der ganzen Wohnung fiel das Licht aus. Karl saß im Dun-keln. Mit schlechtem Gewissen kroch er ins Bett und zog die Bettdecke über seinen Kopf. Motto: Wenn ich nichts sehe, sehen mich andere auch nicht.

Als Lucia um elf nach Hause kam, immer noch den Ohrwurm des Abends summend, wunderte sie sich über die Dunkelheit, die auch nicht weichen wollte, als sie den Schalter umlegte. Sie tastete sich vor, schaffte es in die Küche, wühlte in der Schublade nach einer Taschenlampe, doch deren Batterien waren kraftlos. Schließlich fand sie, nur vom spärlichen Licht des Hausflurs beleuchtet, eine Kerze und Streichhölzer, die sie immer oben auf dem Küchenschrank liegen hatte, um zu verhindern, dass Karl damit zündelte. Im Wohnzimmer sah sie Karls Konstruktion und rief nach ihm. Er war mucksmäuschenstill. Nachdem sie mit einem beherztem Fußtritt Wollfaden und Draht von der Steckdose getrennt hatte, legte sie im Zählerkasten die Sicherung um und betrachtete anschließend das Malheur bei Licht. Es war noch einmal gut gegangen. Hätte der Kleine mehr Draht gehabt, er wäre womöglich dabei drauf gegangen. Das Comicheft wanderte sofort in den Müll. Als sie Karl tröstete, fragte der Junge, ob sie jetzt wirklich jeden Samstag wegmüsse. Sie verneinte und drückte ihn fest. Danach kochte sie, obwohl fast Mitternacht Nudeln und Tomatensoße, schließlich war sie auch hungrig. Während sie die Nudelsoße rührte, überlegte sie, ob sie einen Fernseher kaufen sollte. Seit zwei Jahren gab es neben den drei öffentlichen Programmen auch zwei private Sender, doch man brauchte eine zusätzliche starke Antenne, um sie empfangen zu können, und die Privaten sendeten vor allem Werbung und seichte Unterhaltung, die für ihren Sohn, zumindest die Programme am Samstagabend, ungeeignet schienen. Auch den Gedanken an einen Kauf eines sündhaft teuren Videorecorders zum Abspielen von Leihvideos mit geeigneten Kinderfilmen verwarf sie. Ab und an ein Babysitter war billiger und dessen Einfluss wahrscheinlich weniger schädlich. Doch sie kannte, abgesehen von Denise Mutter niemanden, den sie hätte fragen können und diese wollte sie nicht erneut behelligen. Der Tanzkurs war vorbei. Punkt. Als Lucia im Bett lag, nahm sie sich vor, Karl weniger allein zu lassen und egoistische Unternehmungen, wie Tanzkurs und Sportlerball zu unterlassen.

Aus Sicht der Vereinsleitung war der Tanzkurs ein großer Erfolg, zumal man die Anzahl der Sparten erweitert hatte. Daher wurde beschlossen, einen Fortgeschrittenenkurs anzubieten, unter gleicher Leitung wie bisher, nämlich mit Felix und Eva. Man lud schriftlich alle Vereinsmitglieder und auch alle, die am ersten Kurs teilgenommen hatten ein. Auch Lucia erhielt das Schreiben, legte es aber achtlos auf den Stapel mit Rechnungen und sonstigen Schreiben, denn das Thema Tanzen war nach dem Vorfall tabu. Beim nächsten Treffen sprach Eva sie auf den Kurs an. Sie hatte ihren Anruf vermisst und wollte sichergehen, dass Lucia diese Möglichkeit, zumindest einmal die Woche aus dem Haus zu kommen, nutzte. Doch Lucia wiegelte ab. Sie hatte Eva nichts vom Malheur während des Sportlerballs erzählt und holte es nach, wobei sie die Szenerie sehr dramatisch ausmalte. Eva war schockiert, wusste aber Rat. Beim nächsten Besuch hatte sie eine Reihe von Kindersicherungen für die Steckdosen dabei und montierte sie auch fix. Trotzdem war Lucia nicht wohl bei dem Gedanken, den Kleinen erneut allein in der Wohnung zu lassen. Eva verabschiedete sich früher als sonst und schien ein wenig eingeschnappt. Ein paar Tage später am Abend klingelte es. Lucia erhielt eigentlich nie Besuch am Abend. Eva kam am Nachmittag nach der Arbeit, Leo und Meta kamen nur sehr selten und wenn, dann am Vormittag vorbei. Als sie die Tür öffnete, stand Felix davor. In der Hand trug er einen Strauß Osterglocken, denn es war Frühling und bald Ostern. Lucia tat nicht nur, sie war überrascht, nahm die Blumen, holte eine Vase aus dem Bad, stellte die Osterglocken hinein, das alles schweigsam und langsam, um eine Diskussion über den Tanzkurs möglichst lange herauszögern zu können, und dabei wartete sie auf das, was Felix zu sagen hatte. Dass Felix mit einer Frau zusammenlebte, wusste sie nicht, denn sie kannte ihn bisher nur aus den Tanzkursen. Felix redete nicht lange um den Brei herum. Er wolle Lucia im Fortgeschrittenenkurs sehen, es wäre zu traurig, wenn sie im Haus versauern würde, wo sie doch so eine gute Tänzerin sei. In diesem Moment kam Karl aus seinem Zimmer, glotzte Felix wortlos an und ging dann schnurstracks zu Lucia, umklammerte ihr Hosenbein, als wolle er drohend sagen, ich lass dich nicht gehen. Felix hatte nichts von der Existenz des Jungen gewusst, hatte gedacht, Lucia sei unverheiratet, was ja auch stimmte. Die beiden setzten sich an den Küchentisch, Lucia holte eine Flasche Riesling aus dem Kühlschrank, schenkte unaufgefordert ihrem Gast und sich selbst ein und begann Karls Schicksal zu schildern, und zwar so leise, dass Karl, der unterm Tisch saß und immer noch ihr Bein umklammerte, nicht viel von ihren Schilderungen mitbekam. Höhepunkt ihrer Repetition war der Vorfall während des Sportlerballs, der ihre Stimme immer noch zittern ließ. Felix nahm derweil ihre Hand in seine und drückte sie fest am Höhepunkt des Dramas. Dann versprach er, eine Lösung für das Problem zu suchen, und ging, ohne den Wein anzurühren. Kaum war Felix zur Tür heraus, stellte der bis dahin schweigsame Karl seine Tante sofort auf die Probe und fragte, ob sie ihn wieder allein lassen wolle. Natürlich verneinte sie, meinte aber auch, dass er unter gleichaltrige Kinder müsse, die aber schwer in dieser Geschäftsgegend zu finden seien, aber ein Besuch bei Meta und Leo in den Osterferien besser sein würde, als mit ihr allein zu Hause zu hocken. Mit ein paar Tagen bei Meta und Leo war Karl einverstanden. Die beiden waren immer in seinen schönsten Erinnerungen präsent. Gleich am Nachmittag des letzten Schultages vor Ostern stiegen Lucia und Karl in den Bus und fuhren in die Kleinstadt, um von dort die drei Kilometer zum alten Bauernhaus zu laufen. Lucia hatte sich angekündigt und Meta standen die Freudentränen in den Augen, als sie den Kleinen antapsen sah. Leo war im Schuppen am Werkeln und trat zu den dreien, nahm dann den Jungen auf den Arm, staunte, wie groß er in der Zwischenzeit geworden war und fragte, ob er Hunger hätte. Lucia und Karl bekamen einen Eintopf vorgesetzt, der sehr gut mundete und die beiden Alten gönnten sich einen Ersatzkaffee, sie hatten schon zeitig um zwölf gegessen. Man erzählte von den Ereignissen in der Natur, von den Meisen im Garten, von nichtigen Neuigkeiten im Umkreis und dass in der Werkstatt von Karls Elternhaus jetzt ein Autobastler an Oldtimern schrauben und das Haus von einem Ehepaar mit drei Kinder beseelt werden würde. Karl guckte ungläubig ob dieser Neuigkeiten, fragte Leo, ob sie in den nächsten Tagen dort mal vorbeischauen könnten, was Leo bejahte. Lucia erkundigte sich beim Abwasch, den die beiden Frauen gemeinsam vornahmen, nach der finanziellen Situation des Ehepaars. Sie wollte den beiden auf keinen Fall zur Last fallen. Meta beruhigte sie. Ihr Mann hatte das letzte Stück Feld, direkt hinterm Haus gelegen, im letzten

Jahr mit Gemüse beackert und das gut an einen Marktbeschicker veräußern können und so hätten sie den Winter prima überstanden. Bald würde es Zeit für die Rente und bis dahin würden sie weiterhin Gemüse anbauen und dabei sei Karl bestimmt eine große Hilfe und könne sich sein Kostgeld selbst erarbeiten. Im Anschluss an den Abwasch führte Meta sie in ihr Schlafzimmer und zeigte ihr Kleider, die sie vor Jahrzehnten getragen und nicht gewagt hatte, wegzuwerfen. Lucia war begeistert von den Schnitten und Stoffen. Eins zog sie sofort über und Meta erkannte in der Schneiderin sich selbst vor mehr als 20 Jahren. Lucias Idee, die Kleider ein wenig aufzuarbeiten und bei sich feilzubieten, gefiel Meta und Lucia versprach den Erlös mit ihr zu teilen, was für beiden Seiten ein gutes Geschäft darstellte, hatte Lucia doch auch Änderungs- und Ausbesserungsaufwand. Nachdem sich Lucia von Karl und Meta mit festen Umarmungen verabschiedet hatte, brachte Leo sie mit dem alten Lieferwagen, den Lucia ihm nach dem Tod des Bruders geschenkt hatte, zur Bushaltestelle. Dort stieg sie mit zwei alten Koffern in den Bus und es sah aus, als würde sie ihr gesamtes Hab und Gut mitschleppen, dabei waren es nur sechs Sommerkleider.

Eva nutzte die Osterzeit traditionell für eine Kurzreise nach Mallorca, für die sie in den ersten Monaten des Jahres gespart hatte. Sie liebte die noch leeren Strände, das viel zu kalte Wasser und die schroffen Berge der Insel und natürlich gab es viele Möglichkeiten, sich zu vergnügen. Lucia hingegen stürzte sich in die Arbeit. Vor Ostern war immer viel zu tun und Metas Kleider wollten ebenfalls umgearbeitet werden. Sie schuftete von morgens bis Abends ohne Unterlass. Am Sonntag war sie völlig erschöpft, blieb lange im Bett und als sie schließlich nach dem Essen nicht wusste, was sie außer Nähen noch tun könnte, beschloss sie am frühen Abend zur Gymnastikhalle des Vereins zu gehen. Sie wusste nicht, ob die Tanzgruppe am Üben war, es war ihr auch egal, so bewegte sie sich, denn vom vielen Sitzen taten ihr seit Tagen die Beine weh. An der Halle angekommen, war diese verschlossen, aber es brannte Licht, was sie an den Oberlichtern sehen konnte. In die Halle hineinschauen konnte sie nicht. Sie wollte schon wieder gehen, als jemand die Tür öffnete. Es war Felix. Er starrte Lucia überrascht an, fing sich aber sofort und lud sie ein, in die Halle zu kommen. Auf ihre Frage hin erklärte er, dass er nur etwas aufgeräumt hätte, denn in den Ferien würde der Kurs nicht stattfinden, sie seien also gerade allein und könnten gerne zusammen ein paar Tänze üben. Lucia hatte im Laufe der Monate, in denen sie am Tanzkurs teilgenommen hatte, Vertrauen zu Felix gefasst und ließ sich auf sein Bitten ein. Allein in der Halle war es ungewohnt, auch wenn ihr die Musik bekannt vorkam. Felix legte zunächst einen Cha-Cha-Cha, danach eine Rumba und schließlich einen langsamen Walzer auf. Lucia schwebte in den Armen des guten Tänzers durch den Abend, ihr Gesicht strahlte. Ach wie hatte sie dieses herrliche Gefühl vermisst. Nach den drei Tänzen löschten sie das Licht und verließen die Halle, die noch ein wenig den Schweiß der Sporttreibenden widerspiegelte. Beseelt vom Glück der Bewegung, lud Lucia den Tanzlehrer zum Abendessen ein. Sie selbst hatte nur ein spätes Frühstück eingenommen und war hungrig. Felix schlug vor, in ein Lokal zu gegen, lud sie ein. Sie war lange nicht mehr in einem Lokal Essen gewesen und wenn dann mit Karl; mit einem erwachsenen Mann schon lange nicht mehr. Lucia fragte nicht, ob Felix überhaupt Zeit hätte, ob niemand auf ihn warten würde. Sie nahm die Einladung dankend an. Die erste Gaststätte auf dem Weg war ein Italiener. Der Wirt, vollmundig die Schönheit der Dame lobend und lautstark den guten Geschmack des Herren preisend, bot den beiden einen Platz in der Ecke des Lokals an, abseits, nicht sofort einsichtig, denn er hatte längst herausgefunden, dass kein Ehepaar sein Lokal betreten hatte. Leider fiel die Order aus Sicht des Wirts bescheiden aus, denn sie bestellten nur zwei Pizzen. Doch er lobte den Hauswein so lange, bis Felix eine Karaffe davon orderte. Lucia und Felix wurde schnell warm miteinander. Eigentlich stimmte die Chemie zwischen ihnen immer schon und an diesem Abend kam hinzu, dass sie allein und ohne Eva und Karl waren. Sie klönten über den Verein, den aktuellen Tanzkurs, wer weitergemacht und wer neu dabei sei. Lucia erzählte von Meta und Leo und den Kleidern, die sie bekommen hätte und dass Karl dort die Ferien verbringen würde, worüber sie auf der einen Seite glücklich sei, es aber natürlich kein kindgerechter Umgang für ihn sein würde, so allein bei zwei alten Leuten. Die Pizzen kamen, der Wein floss in die Kehlen, der warme Teig zog auf dem Weg zum Mund lange Käsefäden und Messer und Gabel hatte ihren Sinn und Zweck längst verloren, denn mit den Fingern klappte es viel besser. Die Stimmung wurde immer heiterer und als alles verspeist, die Karaffe leer und die Rechnung nebst Trinkgeld bezahlt war, wurde beiden klar, dass nicht jede Person für sich nach Hause gehen würde. Wie selbstverständlich schlug Lucia den Weg nach Hause ein und wie selbstverständlich folgte Felix. Dort angekommen, führte sie ihn zuerst in ihren Laden, zeigte stolz ihren Arbeitsplatz und ihre Werke. Dann stiegen sie hoch in die Wohnung, die leer war und in der kein kleiner Kerl auf seine Tante wartete. Eine Flasche Rotwein fand sich bei den Vorräten, zwei Gläser im Schrank, nur der Korkenzieher musste erst vom Korken der letzten Flasche befreit werden. Es kam, wie es kommen musste. Nach einem Glas küssten sie sich, um dann die Gläser beiseitezustellen und einander Haut und Gliedmaßen zu erkunden. Ihre Hand schob sich gezielt unter sein Hemd und tastete seinen flachen Bauch ab, seine Hand schob sich hinten in die Hose und streichelte ihren kalten Po. Die Wärme seiner Hand brannte auf ihrer Haut. Die Kleidung musste verschwinden, störte nur und das Sofa war viel zu klein, wozu hatte sie ein Bett?

Lucia hatte seit Jahren nicht mehr mit einem Mann geschlafen und Felix erregte Männlichkeit war reichlich groß für sie. Doch der Schmerz verklang schnell, denn er war vorsichtig und als sie es nach einer kurzen Verschnaufpause erneut probierten, klappte es ganz wunderbar und das Glück, welches sie in seinen Armen beim Tanzen gespürt hatte, setzte sich in seinen Liebesumarmungen fort. Als sie am nächsten Morgen erwachte, war das Bett neben ihr leer und von Felix Besuch zeugte nur noch ein Fleck auf der Bettwäsche und eine angebrochene Flasche Wein. Lucia wusste nichts über ihren Liebhaber, hatte nicht mal seine Telefonnummer und die einzige Person, die hätte helfen können war in Spanien. Der Montag begann grau, der Tag zog sich und die Arbeit ging überhaupt nicht locker von der Hand. Sie überlegte die ganze Zeit, wo und wie sie ihn wiedertreffen könnte, wollte schon zur Gymnastikhalle laufen, bedachte aber, dass er gesagt hatte, in den Ferien würde die Kurse nicht stattfinden. Gegen vier stellte sie erstaunt fest, dass sie auf rechts genäht hatte, und musste zur Strafe alles wieder auftrennen. Ihre Konzentration verlor sich auf weißen Bettlaken und bei einem gutaussehenden, durchtrainierten Mann namens Felix, den sie im Gedanken mit ihren anderen Liebhabern verglich. Nur einmal nach ihrer unglücklichen Entjungferung hatte sie Sex gehabt. Das war Ende der 1970er gewesen, unmittelbar vor ihrer Meisterprüfung und in dem Jahr, indem der kleine Karl zur Welt kam. Zur Vorbereitung auf die Prüfung stand ein sechswöchiger Blockunterricht in einem Schullandheim mit Zwangskasernierung im Harz an. Zwar hört sich Zwangskasernierung schlimm an, jedoch war es das nicht. Es gab eine Kantine, Gemeinschaftsräume und Zimmer, wie in der Jugendherberge, doch es waren Schulferien und das Landheim daher frei, mit vielen, sehr vielen Zimmern, allesamt mit Etagenbetten und einem nackten Tisch ausgestattet. Hier hausten 20 Meisteranwärter*innen aus ganz Norddeutschland. Viele teilten sich ein Zimmer, Lucia jedoch konnte die Anwesenheit eines fremden Menschen des Nachts nicht ertragen und schlief allein. An sechs Tagen die Woche büffelte sie, und in dieser Zeit vermittelten ihr die Lehrer das Gefühl, auf der Realschule nichts gelernt zu haben. Einer mäkelte an ihren Rechenkünsten herum; ein anderer beklagte ihre mangelhafte Orthografie. Über ihre Nähkünste sprach man nicht. Überhaupt waren fachliche Themen nebensächlich. Betriebswirtschaftslehre, Buchführung und Steuererklärung bestimmten den Stundenplan. Wie der Beruf vermuten lässt, gab es nur wenige Männer unter den Teilnehmern. Genaugenommen waren es zwei. Beide wollten ihren Meister, um anschließend in der Industrie besser bezahlt zu werden. Der Industriezweig war ihnen dabei egal. Lucia träumte von einem eigenen Modeatelier, andere Frauen wollten nach bestandener Prüfung studieren, da der Meisterbrief der Hochschulreife gleichgestellt war. Von diesen kreativen Modestudierenden gab es viele und die bodenständige Lucia wurde mit ihnen nicht warm. Einer der Jungs, er war auch schon dreißig, hieß Gunnar und kam aus Delmenhorst. Bereits beim ersten Mittagessen setzte er sich zu Lucia, nach zwei Tagen paukten sie zusammen. Zuerst im Gemeinschaftsraum, einen Tag später auf ihrem Zimmer. Sie waren sich beide sehr sympathisch. Es stellte sich heraus, dass weder Gunnar noch Lucia am Wochenende nach Hause fahren wollten, während hingegen die meisten Mitschülerinnen bereits am Samstagmittag von ihren im Auto wartenden Liebsten erwartet wurden. Weder Lucia noch Gunnar waren mit dem Auto da und die Busanbindung des Heims auf den Schulbetrieb ausgelegt. Samstag Nachmittag gingen die beiden im Harz wandern, schafften sogar einen Blick über die deutsch/deutsche Grenze an der Eckertalsperre. Auf dem Weg zurück erzählte Gunnar von seiner enttäuschten Liebe. Er war ein guter Erzähler und die dramatische Schilderung ließ bei Lucia die Tränen fließen. Zurück im Heim waren sie durchgeschwitzt. Die Gemeinschaftsduschen lagen Tür an Tür. Sie kamen gemeinsam dort an und als Lucia mit Turbanhandtuch und mit Badetuch bedeckt wieder in den Gang trat, stand Gunnar in Badehose vor ihr. Deutlich zeichnete sich das Glied durch den Stoff ab. Lucia wusste, was passieren würde, hatte Angst davor, dachte an ihre letzte gescheiterte Liebelei, drückte ihm einen Schmatzer auf die Wange und verschwand in Windes Eile auf ihr Zimmer, dessen Tür sie sofort verschloss. Zwar klopfe Gunnar, entschuldigte sich mehrmals, doch Lucia ließ sich nicht erweichen. Noch nicht. Am nächsten Tag, dem Sonntag, ging sie ihm aus dem Weg und war froh, als am frühen Abend die ersten Mitschülerinnen heimkehrten. Am folgenden Wochenende fuhr Lucia früh und von Gunnar unbeobachtet mit dem Linienbus nach Goslar, spazierte bei Regen durch die mittelalterlichen Gassen und war, als sie am Abend zurück im Schullandheim anlangte, geradezu enttäuscht darüber, dass Gunnar nicht auf sie wartete. Seine Zimmernummer kannte sie nicht und die Leitung des Heims war ausgeflogen. Enttäuscht legte sie sich ins Bett und auch ein spannender Roman konnte ihre schläfrigen Augen nicht offenhalten. Es war schon dunkel, als es klopfte. Sie hatte die Tür offengelassen und murmelte etwas, was Gunnar wohl als »komm herein« aufgefasst haben musste. Jedenfalls beugte er sich wenig später über sie und küsste sie innig. Dann warf er die Decke des schmalen Betts zur Seite und legte sich zu ihr. Lucia hatte ein dünnes langes Nachthemd an, er lag mit Jeans und weißem T-Shirt neben ihr und streichelte zart ihre Haare. Beide schwiegen. Gerade als Lucia die Stille brechen wollte, sagte Gunnar, dass es ihm leidtue, er hätte sie nicht verletzten oder beleidigen wollen und anders könne er sich ihr kindisches Verhalten in der letzten Woche nicht erklären. Lucia lief rot an, fühlte sich durchschaut. Als sie immer noch schwieg, stand er auf, warf ihr eine Kusshand zu und verschwand. Lucia war aufgewühlt und konnte nicht schlafen und ging früh, viel zu früh am Morgen zum Frühstück. Gunnar war nicht da und er kam auch nicht. Auch während der vielen Romanseiten, die sie überflog, verließ er das Haus nicht, welches Lucia von der hölzernen Bank aus mit einem Auge immer im Blick hatte. Was folgte, war die dritte Woche, der gleiche Unterrichtsstoff, dieselben Lehrer, dieselben albernen Hühner und derselbe, kalte, unnahbare Gunnar in der anderen Ecke des Raums, sich in den Pausen mit dem einzigen anderen Mann unterhaltend und sie dabei beobachtend. Am Freitag hielt sie es nicht länger aus und sprach ihn unmittelbar nach Unterrichtsende an, es war bereits 21 Uhr. Sie entschuldigte sich, bat um ein Gespräch unter vier Augen, wolle ihm alles erklären. Es war noch hell, weil Sommer. Die beiden gingen in den nahen Wald, ein Wanderweg führte sie zu einem Wasserfall und im Tal, tief im Westen errötete die Sonne am Horizont. Lucia redete nicht um den heißen Brei herum, erzählte schonungslos, wie ihr erster Freund sie verführt und anschließend sitzengelassen hatte und wie sie ausgerechnet über ihn ihre beste Freundin Eva kennengelernt hätte. Eine Parkbank bot einen schönen Blick über den Wald, der an dieser Stelle Mischwald war. Sie küssten sie oft und lange und vergaßen die Zeit. Es war Neumond zudem und bald war es dunkel und der Weg zurück unklar. Weder er noch sie wussten, welchen Weg sie genommen hatten. Eine Stunde irrten sie über einen Waldweg, bis sie feststellten, im Kreis gegangen zu sein. Der zweite Versuch führte sie zum Heim zurück. Es war jedoch bereits zwölf Uhr durch und der Hausmeister hatte die Tür verschlossen. Als sie klingelten, bellte er sie an, forderte Strafe und vergaß, dass er es mit erwachsenen Menschen und keinen kleinen Kindern zu tun hatte. Vor ihrem Zimmer küssten sie sich erneut, dann ging er seinen Weg und Lucia huschte unter ihre Decke im vom Sommer aufgeheizten viel zu warmen Zimmer. Den Samstagnachmittag sehnte sie herbei, wollte jetzt, wo sie Vertrauen gefasst hatte, alles. Doch so weit kam es nicht. Gunnar schlug beim Frühstück vor, nach dem Unterricht mit dem

Bus zum Torfhaus zu fahren und dort über die Zonengrenze zum nahen Brocken zu gucken, vielleicht eine Kleinigkeit dort zu essen. Lucia war einverstanden, was auch sonst sollte sie tun? An diesem Samstag überzog der Lehrer. Draußen hupten mehrfach die wartenden Freunde, drinnen maulten ein paar der Kreativen über die längst überzogene Stunde. Doch der Lehrer wollte sich wohl für den nicht entgegengebrachten Respekt rächen, und ließ – trotz der fortgeschrittenen Zeit – eine Arbeit schreiben, zumindest drohte er damit. Dies brachte das Fass zum Überlaufen. Fünf Frauen erhoben sich und wollten laut schimpfend den Raum verlassen. Doch der Lehrer setzte nach und drückte allen ein Referat auf, auszuarbeiten bis Montagfrüh. Thema: die Textilindustrie als Vorreiter der industriellen Revolution. Während die zukünftigen Meisterinnen aus dem Raum in die Autos der wartenden Geliebten stürmten, schauten Lucia und Gunnar sich nur achselzuckend an. Der Bus war längst gefahren, die Pläne für den Nachmittag gekippt und Arbeit für den nächsten Tag reichlich erteilt. Die beiden einigten sich darauf, zunächst ein paar Flaschen Bier zu kaufen, sich dann in die Sonne zu setzen und den Abend zu genießen, um am Sonntag gemeinsam das Referat auszuarbeiten. Bier gab es im Automaten nicht, denn es war ein Schullandheim für Kinder. Eine Gaststätte fand sich in der Nähe auch nicht. Lucia bettelte den Hausmeister an, der ihnen mit horrendem Aufschlag einen Sechserträger verkaufte. Nach einer halben Flasche Bier war Lucia schon ziemlich angeheitert, denn sie trank sonst nicht viel. Gunnar war schon bei der zweiten Flasche und seine Zunge für einen Norddeutschen sehr flink. Gegenseitig überboten sie sich mit Anzüglichkeiten. Als Lucia endlich den Rest in die Blumenrabatte kippte, stand auch Gunnar auf und zog sie ins Haus. Auf dem Weg zu ihrem Zimmer küssten sie sich. Der mit Bier belegte Geschmack störte weder ihn noch ihr. Im Zimmer trug Gunnar sie zu Bett. Dort entkleidete er sie, was sie sich wider Erwarten Gefallen ließ, um nackt zum Waschbecken zu huschen und sich mit einem Waschlappen an den intimsten Stellen zu säubern. Gunnar war abgetörnt und setzte sich aufs Bett. Er wollte es jetzt und sofort. Sie wollte es genießen, hatte keine Lust auf Quickies. Als sie endlich gewaschen und nackt vor ihm stand, küsste er ihren Bauchnabel und wollte seine Zunge weiter nach unten wandern lassen. Doch sie zog ihn hoch, bugsierte ihn zum Becken, öffnete seinen Gürtel und Reißverschluss und wusch sein bestes, prall erigiertes Stück mit Wasser und Seife – nicht ohne Folgen. Das Waschbecken verhinderte Schlimmeres. Sie musste lachen und ging schnellen Schrittes zum Bett, er wollte folgen, jedoch hing seine Hosen auf den Knöcheln und so stolperte er und schlug lang auf dem Boden hin. Zum Glück brach er sich nichts. Wenig später im Bett liegend mussten beide über das Vorgefallene lachen. Dann endlich liebten sie sich. Die Vorbereitung ihres Referats gingen sie erst Sonntagmittag an. Jedoch konnte weder sie noch er sich konzentrieren. Die Müdigkeit kroch in sie hoch und beide mussten der schlaflosen Nacht Tribut zollen. Am Montag in der Früh, Gunnar war am Abend zurück in sein Zimmer gegangen, welches er mit dem einzigen anderen Schüler teilte, schrieb Lucia kurz Stichpunkte zum vorgegebenen Thema auf einen Zettel. In der ersten Unterrichtsstunde ließ der Lehrer sich die ausgearbeiteten Referate aushändigen. Gunnar hatte keins, was die Lehrkraft mit einem Kopfschütteln kommentierte. Lucia sagte, sie hätte ein Referat vorbereitet und würde es gerne vortragen. Eine schriftliche Ausarbeitung sei nicht verlangt worden. Der Lehrer glotzte und meinte nur: »Bitte!« Lucia ging nach vorne, schnappte sich ein Stück Kreide, schrieb drei Jahreszahlen auf die Tafel und erzählte kurz und knapp die Geschichte der Webstocks, wie sie es aus dem Roman gelernt hatte, den sie vor ein paar Tagen verschlungen hatte. Als einziger Schüler erhielt Gunnar eine Fünf und reiste vorzeitig ab, weil man ihm nötigte, den ganzen Kurs im nächsten Jahr zu wiederholen. Lucia hatte ihren Kopf gerade noch aus der Schlinge ziehen können und war danach für ein paar Jahre vom Bedürfnis nach sexuellen Zuwendungen geheilt.

Doch diese Heilung war kurz vor Ostern von Felix aufgehoben worden und seit dem Vorabend, genauer, seit seinem Verschwinden in der Nacht, litt sie an einem unersättlichen Durst nach körperlicher Zuwendung, wie sie es, seit ihrer Teenagerzeit nicht mehr erlebt hatte. Statt die dringend anliegenden Näharbeiten abzuschließen, saß sie träumend vor der Nähmaschine und grübelte Stunde für Stunde, wie sie Felix wiedersehen könnte. Als ihr schließlich das Licht aufging und sie sich beim schnellen ruckartigen Aufrichten den Kopf an der Hängelampe stieß, beruhigte sie sich zunächst mit einem Glas Wasser, um dann zum Telefon zu greifen und die Nummer des Sportvereins zu wählen. Gerade rechtzeitig vor Feierabend erwischte sie die Bürokraft und fragte frei heraus nach Adresse und Telefonnummer ihres Tanzlehrers Felix. Natürlich gab die Dame die persönlichen Daten nicht heraus, versprach aber, ihn sofort zu informieren und um einen Rückruf zu bitten. Lucia hinterließ ihre Festnetznummer und würgte in den folgenden Stunden jede Anruferin kurzerhand ab. »Ich melde mich bei Ihnen, sobald ihr Kleid fertig ist«, war ihre Standardaussage, gefolgt von: »Und jetzt muss ich leider auflegen, damit es schneller fertig wird.« Felix meldete sich nicht. Enttäuscht ging sie gegen acht Uhr abends hoch in ihre Wohnung. Schon auf der Treppe versagte ihr Kreislauf, denn sie hatte so gut wie nichts gegessen und außer einem Glas Wasser nichts getrunken, wenn man vom Kaffee als Frühstücksersatz absah. Sie setzte sich auf die Treppe und heulte. Sie war glücklich gewesen, hatte seit langem wieder Sinn in ihrem Leben gesehen, etwas, was ihr vor Karl verloren gegangen war, sich danach aber ausschließlich auf den Kleinen konzentriert hatte. Jetzt wollte sie für sich selbst leben, und sei es nur in den Osterferien. Erneut versuchte sie aufzustehen, es wurde ihr aber sofort erneut schwarz vor Augen und sie musste sich setzen. Just in diesem Moment klingelte es in ihrer Wohnung. Es war nicht das Telefon, die Türklingel schellte. Lucia versuchte, die Treppe hochzukriechen, es war nur ein Stockwerk und eine Hälfte hatte sie geschafft, bevor sie zusammenbrach. Doch sie war zu langsam, das Klingeln erstarb. Dafür klingelte es jetzt in anderen Wohnungen des Hauses. Es muss wohl der Postbote sein, dachte sie. Doch so spät? Schließlich surrte der Türöffner, die Tür wurde aufgedrückt, ein Mann rannte die Treppe hoch, immer drei Stufen auf einmal nehmend. Es war Felix. Als er Lucia am Boden liegen sah, unfähig aufzustehen, stellte er eine Plastiktüte, aus der ein leckerer Duft nach Reis und Hühnchen in Lucias Nase kroch, auf den Boden und half ihr auf. Wie sie diesen Mann liebte! Retter in der Not. Sie kramte den Schlüssel hervor, er schloss auf, trug sie in die Küche, setzte sie dort auf einen

Stuhl, huschte zurück ins Treppenhaus und holte die Tüte mit dem Essen. Erst reichte er ihr ein Glas Wasser, dann setzte er Teewasser auf, suchte in der ihm unbekannten Küche nach Tellern und Besteck und keine fünf Minuten später stand das Hühnchen thailändischer Art vor Lucia. Felix hatte die ganze Zeit kaum ein Wort gesprochen und Lucia ihn nur staunend mit ihren Augen verfolgt. Als sie sich bedanken wollte, piepte der Wasserkessel dazwischen und die Zubereitung des Kräutertees nahm Felix ganze Aufmerksamkeit in Anspruch.

Immer, wenn Lucia zu sprechen versuchte, unterbrach Felix sie und forderte sie fürsorglich zum Essen und vor allem auch zum Teetrinken auf. Sie erholte sich schnell. Nachdem ihre Teller wie von Katzenzunge sauber geleckt in die Spüle gewandert war, küsste sie ihren Retter und er schmeckte mehr nach Hühnchen und Reis als nach Felix. Sie war den ganzen Tag aufgegeilt gewesen, hatte mehrfach in ihren Schritt gegriffen und versucht, sich zu beruhigen, doch jetzt, wo ihr Traummann vor ihr stand, fiel alle Last ab und sie war nur noch müde. Umständlich erklärte sie, warum sie beim Sportverein angerufen hatte, doch Felix meinte nur, er hätte keinen Anruf bekommen, sei von der Arbeit direkt zum Thai und dann zu ihr. Unten im Laden sei es dunkel gewesen und daher hätte er geklingelt. Als sie nach seiner Telefonnummer fragte, zierte er sich zuerst, dann schrieb er ihr die Nummer seines Büros auf. Auch seine Adresse wollte er nicht nennen, was Lucia stutzig machte. Ihre Schlussfolgerung tat weh, sehr weh. Es war das dritte Mal, dass sie sich in einen Mann verliebte hatte. Der Erste war nur Schürzenjäger, ein Hallodri, ein Don Juan, ein Jungfernsammler, der Zweite schon bald verschwunden, weil sie ihn zu intensiv geliebt hatte und jetzt Felix? Verheiratet, wie es schien. Ihr erster Gedanke, als er sie zum Bett trug war, ihn mit letzter Kraft rauszuschmeißen. Doch hätte sie sich danach besser gefühlt? Sie wollte ihn und sie würde ihn bekommen. Und wenn nicht von Dauer, so wollte sie von ihm ein Kind.

Felix war einsichtig mit der geschwächte Lucia, streichelte sie nur und verlangte nicht mehr. Sie fragte ihn direkt: Bist du verheiratet? Seine Antwort war eindeutig: Nein, aber ich lebe mit Beatrix zusammen. Sie kann nicht tanzen, kocht aber gut. Sorry, dass ich dich enttäuscht habe.

Ob so viel Ehrlichkeit, ging Lucia ihre Erinnerungen nochmals durch. Nie hatte Felix gesagt, dass er allein lebte und auch Eva hatte es nicht gewusst oder bewusst oder unbewusst verschwiegen. Klar hätte sie ihn am Vorabend erst aushorchen können, doch nun war es zu spät und im Grunde war es ihr auch egal. Sie hatte ihren Spaß gehabt und wollte, solange Karl bei Leo und Meta weilte, auch weiterhin ihren Spaß haben. Sie küsste ihn und öffnete langsam aber beständig die Knopfleiste seines Hemdes.

Am nächsten Vormittag, Felix war spät am Abend aufgebrochen, gingen Lucia die Arbeiten fix von der Hand. Neue Aufträge nahm sie zwar an, vertröstete die Kundinnen aber auch nach Ostern. Als wenn sie Helfer gehabt hätte, schaffte sie an dem Tag eine ganze Reihe von Änderungsarbeiten und wartete bereits am Nachmittag auf ihren Liebsten. Felix kam pünktlich. Man nutzte die Zeit. Erst gingen sie nach oben in die Wohnung und liebten sich, dann kochten sie zusammen, aßen und liebten sich erneut. Leider musste Felix früh am Abend gehen, doch Lucia war erschöpft von so viel Liebe, dass sie zeitig ins

Bett ging. Lucia hatte Meta und Leo versprochen, am Ostersonntag vorbeizukommen und mit Karl zusammen auf Eiersuche zu gehen. Dieser Termin stand unverrückbar fest und ihr und Felix blieben nur noch zwei Tage, von denen einer der Karfreitag und damit Feiertag war und der Samstag ein Samstag und somit nicht Werktag war. Lucia fragte nicht, wie Felix es schaffen würde, die Zeit mit ihr zu verbringen. Sie vertraute auf sein Geschick, oder besser auf seine Fähigkeiten zur Lüge. Am Donnerstagabend vertröstete Felix sie. Er könne am Karfreitag nur kurz vorbeikommen, dafür sei er am Samstag von Vormittags bis Geschäftsschluss für sie da. Lucia ahnte, dass Beatrix im Einzelhandel tätig war.

Lucia disponierte um und verlegte alle Anprobe- und Abholtermine auf Freitag, obwohl es ein Feiertag war und eigentlich geschlossen sein sollte. Sie begründete die Verlegung mit einem Familienbesuch am Samstag und dass sie Kundinnen dennoch die geänderte Garderobe zu Ostern wünschten. Freitag Mittag kam Felix kurz vorbei. Er hatte Essen besorgt und sie aßen zusammen in der Wohnung und liebten sich kurz aber heftig. Am Samstag kam Felix um kurz vor zehn. Er hatte Beatrix an Wareneingang eines Bekleidungsgeschäfts abgesetzt und war gleich weiter zu Lucia gefahren. Lucia lag noch im Bett, als er klingelte und öffnete im Seidenpyjama, der kurz danach buchstäblich auf der Strecke blieb. Gegen siebzehn Uhr musste Felix gehen. Wehmut stieg auf. In beiden. Doch Felix vermied es, ihr Hoffnungen zu machen, er versprach keine Trennung von Beatrix, nein, für ihn war klar, die Beziehung mit Lucia würde sein Zusammenleben mit Beatrix tangieren aber nicht beenden. Doch forderte er Lucia auf, sich auf jeden Fall für den Tanzkurs am Sonntag anzumelden und sich um einen Babysitter zu kümmern, am Besten nicht nur für die Zeiten des Kurses, sondern auch den Abend im Anschluss. Lucia stimmte zu, hatte sie doch Aussicht auf regelmäßige Treffen und auf Vorfreude beim Tanz. Am Sonntagfrüh fuhr sie mit dem Bus zu Meta und Leo. Während der Fahrt grübelte sie nach, wer auf Karl aufpassen könnte, denn Denise Mutter hatte sie abgesagt und wollte jetzt keinen Rückzieher machen. Es war bereits zehn Uhr durch, als sie ankam. Ungeduldig wartete Karl auf sie. Er wollte unbedingt den Hof nach Ostereier absuchen, Meta hatte ihn jedoch gebremst, um auf Lucia zu warten. Hätte Lucia ein Auto gehabt, hätte sie bereits vor neun da sein können, doch ein Auto hatte sie nicht und wollte sie auch nicht. Die Freude über das Wiedersehen fiel verhalten aus. Karl hatte die Ferien genossen und wäre am liebsten geblieben. Lucia hatte ihren Flirt genossen und wäre gerne noch ein paar Tage, Monate, Jahre mit Felix allein geblieben. Im Gras und unter den Büschen fanden sich viele Eier, einige aus Schokolade, die Karl gleich verspeiste und einige gekochte und von Meta bemalte, die er Lucia zum Verzehr anbot. Doch kalte, hartgekochte Eier waren nicht ihr Ding. Sie steckte sie ein und wollte sie in den nächsten Tagen zu Kartoffelsalat verarbeiten. Leo hatte noch eine Überraschung für den kleinen Jungen. Zusammen hatten sie in den Tagen zuvor an einem alten 20 Zoll Klappfahrrad geschraubt, die Bremsen und die Schläuche erneuert und es blitzeblank geputzt. Dieses Rad sollte nun Karl gehören. Er sei jetzt alt genug dafür, sagte Leo. Beim Mittagessen zeigte Lucia Appetit wie nie, Karl hingegen hatte so viel Schokolade in sich hineingestopft, dass er nur eine Kartoffel und kein bisschen Fleisch herunter bekam. Mit dem letzten Bus am Nachmittag fuhren der Kleine und seine Tante in die Stadt zurück und mussten den Busfahrer erst mit einer Tafel Schokolade überreden, auch das Fahrrad als Gepäck mitzunehmen. Beide waren müde und gingen früh schlafen. Am Montag besuchten sie den Zoo in der Nachbarstadt. Wieder fuhren sie mit dem Bus. Vor dem Kassenhäuschen warteten eine lange Reihe Kinder, begleitet von ihren Eltern, auf den Einlass. Karl erkannte eine Klassenkameradin und lief gleich zu ihr. Ella wurde von ihrem Vater begleitet, der vorschlug, eine Familienkarte zu kaufen, die günstiger sei als vier Einzelkarten. So wurden die Wildfremden zu einer Familie. Lutz war deutlich jünger als Lucia, hatte sich vor einem Jahr von der Mutter des Kindes getrennt und lebte nun mit einer anderen zusammen. Der Ostermontag stand ihm zu. Am Vortag war die Kleine bei der Mama gewesen. Während die beiden Kinder von Tierkäfig zu Tierkäfig zogen und das Verhalten der Tiere lautstark kommentierten, unterhielten sich Lucia und Lutz über dies und das. Lucia empfand das Gespräch als angenehm. Lange nicht hatte sie sich - abgesehen von Felix – mit einem Mann so gut unterhalten. Die Gespräche mit Felix waren meist sehr intim. Er beschrieb gerne und poetisch die Schönheit ihres Körpers, obwohl Lucia durchschnittlich aussah oder sich so fühlte. Die Plauderei mit Lutz thematisierte die Kinder. Über Karls Situation wusste Lutz nichts, hörte aber mitfühlend zu, als Lucia davon erzählte. Mehrfach machte er ihr Komplemente, dass sie die Doppelbelastung aus Geschäftsführung und Kindererziehung so toll meistern würde. Im Laufe der Unterhaltung stellte sich heraus, dass Lutz seine Tochter immer sonntags bei sich hatte und er nur einen Block weiter in derselben Stadt wie Lucia wohnte. Gegen eine Betreuung ihres Neffen während der kommenden Tanzstunden hatte er nichts einzuwenden. Allerdings würde Ella gerne fernsehen und Kindervideos gucken. Damit müsse Lucia einverstanden sein. Auf ihrem Gang durch das Zoogehege waren sie bei den Ziegen im Streichelzoo angekommen. Nebenan hoppelten Kaninchen in einem Pferch. Plötzlich zeigte Ella mit dem Finger auf einen Rammler, der gerade drauf und dran war, eine Häsin zu besteigen. Das Mädchen tuschelte Karl etwas in Ohr. Karl musste lachen und sagte, endlich habe er herausgefunden, was der Schneidermeister mit seiner Tante angestellt hätte. Lucia errötete, als sie das hörte.

Am folgenden Sonntag brachte die Vorfreude Lucias Unterleib heftig in Aufruhr. Sie konnte nichts essen, schaute dauernd auf die Uhr und auf dem Kinderspielplatz, den sie mit Karl besuchte, schritt sie rastlos von einem Ende zum anderen, bis eine andere Mutter sie anbellte, worauf sie Karl von Klettergerüst holte und mit ihm in der nächsten Eisdiele verschwand. Natürlich spürte Karl die Nervosität seiner Tante, doch glaubte er, es hänge mit seiner neuen Betreuung am Abend zusammen, denn sie kannte Lutz ja nur vom Treffen im Zoo und dessen Frau gar nicht. Im Laufe der Jahre hatte sich folgendes Sonntagsritual eingestellt: In der kälteren Jahreszeit gingen Lucia und Karl gerne ins Kino, denn einen Fernseher hatten sie nicht, und wenn ein guter Kinderfilm am frühen Nachmittag auf der Leinwand flimmerte, amüsierten sich die beiden. Danach gab es zu Hause Kakao und selbstgebackenen Kuchen, bevor Lucia die Küche putzte, den Boden wischte, die Wäsche machte und Karl Schularbeiten aufdrückte. Wenn vom April bis Oktober das Wetter einigermaßen gut war, besuchten sie am Sonntagvormittag den Kinderspielplatz. Karl liebte das Klettergerüst. Danach aßen sie eine Pizza und anschließend ein Eis, um am späten Nachmittag nach Hause zu schlendern und dort für Sauberkeit und Ordnung zu sorgen. An machen Wochenenden durfte Karl sogar Küche und Bad wischen. An ganz schönen Sonntage fuhren sie mit dem Bus zu Leo und Meta oder ein paar Stationen ins benachbarte Mittelgebirge, um dort zu wandern, was von Karl häufig maulend kommentiert wurde. Er bastelte lieber, als zu wandern.

Doch an diesem Sonntag, dem ersten nach Ostern, war alles anders. Um halb vier Uhr am Nachmittag brachte sie Karl bei Ella vorbei. Die Kleine öffnete die Tür und bat die beiden sehr höflich hinein. Ellas Stiefmutter war jünger als Lucia, etwas so alt wie ihr Mann Lutz. Lucia schätzte sie auf Anfang/Mitte dreißig. Im Gedanken versuchte Lucia herauszufinden, was diese Frau dazu bewogen hatte, einen Mann wie Lutz mitsamt Kind zu heiraten. Auf der anderen Seite war ihr selbst auch nicht klar, warum sie mit Felix ins Bett ging, obwohl er gebunden war. Zu Lucias Erstaunen war Lutz gar nicht zu Hause. Er trieb sich, laut Aussage seiner Frau, auf dem Fußballplatz herum und so hatte sie sich um Ella zu kümmern, obwohl es seine Tochter war. Ella zeigte sich von ihrer besten Seite. Die Kleine war wohlerzogen, führte Lucia und Karl durchs Haus und verweilte in ihrem Zimmer stolz vor einem Fernseher und zugehörigem Videorecorder. Sie hatte bereits einen Stapel Kassetten bereitgelegt und wollte mit Karl das Programm des Abends zusammenstellen. Lucia war dieser übermäßige Fernsehkonsum nicht geheuer, aber es war wohl der Preis, den sie für ihr Pläsier zu zahlen hatte. Ellas Stiefmutter hatte den Küchentisch gedeckt und servierte heißen Kakao. Während die beiden Kinder daran schlürften und Kekse knabberten, unterhielt sich Lucia mit Ellas Mutter. Sie hieß Frederike und hatte Lutz auf dem Fußballplatz kennengelernt. Zwar war sie überhaupt kein Fan, doch ihr Bruder spielte im Verein und im kleinen städtischen Stadion, das nicht mal über Tribünen verfügte, verloren sich sonntags nur wenige Zuschauer. Bei einem wichtigen Spiel ersuchte ihr Bruder um Unterstützung und so stand Frederike an der Bande und neben ihr gesellte sich Lutz mit seiner kleinen Tochter, die überhaupt keine Lust hatte, sich an ihrem Papa-Tag ein Fußballspiel anzusehen. Die beiden kamen ins Gespräch und als Ella erneut quengelte, schlug Frederike vor, mit Ella ins nächste Eiscafé zu gehen und dort bis zum Spielende auf Lutz zu warten. Lutz hätte dem nicht zugestimmt, wenn ihm Frederike nicht sympathisch gewesen wäre und auch nicht, wenn Ella sich gesträubt hätte. Doch Ella mochte die fremde Frau aus Gründen, die weder sie noch Frederike noch Lutz kannten und so verbrachten die beiden die Zeit mit Eisessen, während Lutz den Bruder, der bis dahin Unbekannten anfeuerte. Als Lucia um halb fünf aufbrechen musste, hatte Frederikes einnehmendes Wesen auch Lucia erfasst und Karl war erneut von seiner kleinen Gastgeberin begeistert, die all das kannte und besaß, was Lucia ihm nie gegönnt hatte.

Eva und Felix warteten bereits in der Gymnastikhalle, als Lucia um kurz vor halb fünf angehechelt kam. Felix hatte schon befürchtet, dass sie es nicht schaffen würde und Eva hatte bereits angeboten, sie holen zu gehen und Karl einfach mitzubringen. Dass es zwischen Felix und Lucia gefunkt hatte, wusste Eva noch nicht, doch ahnte sie etwas, denn Felix war nervös und hippelte herum, wie ein Teenager vorm ersten Date. Als die Angebetete endlich vor ihm stand, strahlte er und Eva wusste Bescheid. Die erste Stunde des Fortgeschrittenekurses begann mit einer Rumba und Felix wählte die schönsten Schmachtfetzen, um Lucia auf das Kommende einzustimmen. Doch diese war so nervös, dass sie zwischendurch aufs Klo musste und eigentlich war ihr auch der Kurs ganz egal, sie wollte nur mit ihm allein sein und fragte sich, wie sie Eva abwimmeln könnte, denn dazu hatte sie sich noch keine Taktik überlegt. Auch rechnete sie die verbleibende Zeit aus. Der Unterricht dauerte neunzig Minuten, also würde sie um kurz nach sechs gehen können. Frederike hatte sie die Abholung für acht Uhr zugesagt. Es blieben ihr und Felix also nur gut eine Stunde. Viel zu wenig.

Zum Glück drängelte sich Eva nicht dazwischen, sie täuschte einen Termin vor, wohlwissend, dass die Zeit knapp war. Nie ging das Aufräumen der Halle so flink, wie an diesem Sonntag und bereits wenige Minuten später waren Felix und Lucia unterwegs, wählten jedoch einen anderen, etwas längeren Weg, um nicht gesehen zu werden. Dennoch winkte ihnen ein Teilnehmerpaar aus dem Auto zu. In der Wohnung angekommen, verloren sie keine Zeit. Unmittelbar nach dem Schließen der Tür küssten sie sich und fummelten an den Kleidern des jeweils anderen herum, bis sie feststellten, dass man sich am schnellsten selbst ausziehen kann. Lucia musste noch kurz auf Klo. Eigentlich brauchte sie eine Intimwäsche, doch es musste schnell gehen. Danach drückte Felix` Blase und als sie endlich im Bett lagen, war die Stimmung anders, die Luft draußen, die Intimbereich durch zu viel Hygiene abgestumpft. So hopphopp ging es nicht. Lucia kochte Kaffee – nackt und in der Hoffnung, dass es Felix erregen würde.

Felix hatte seine Shorts wieder angezogen, suchte nach Tassen, Milch und Löffeln und versuchte mit Fragen ihre Nervosität zu kaschieren. Wie viel Zeit hast du? Können wir es besser organisieren? Felix musste um dreiviertel acht zu Hause sein, Lucia brauchte 10 Minuten um zu Fuß zu Frederike zu gehen. Mit dem Kaffee kaum die Lust zurück und nach dem Höhepunkte ihrer Bemühungen konnten sie noch zwanzig Minuten im Bett verweilen, bis es Zeit zum Aufbruch war. »Kannst du auch vormittags, wenn er zu Schule ist?« »Eigentlich nicht, aber ich guck mal in den Kalender.« Felix Tanzlehreraktivitäten waren nur nebenberuflich, es war ein Ehrenamt und wurde mit einer Aufwandsentschädigung vergütet. Beruflich arbeitete er in einer Vertriebsgesellschaft für Großküchenbedarf und saß fast das ganzen Tag am Telefon, um Kunden zu beraten und Kaufaufträge abzuarbeiten. Viel Zeit am Vormittag bleib da nicht und die Mittagspause war nur 45 Minuten kurz. Sieben weitere Wochen Tanzunterricht am Sonntag schien alles zu sein, was Amor den Liebenden gönnte. Als Lucia bei Frederike und Lutz klingelte, waren die beiden Kinder noch am Gucken und stinksauer, als Lutz den Videorecorder stoppte und die Fernbedienung an sich nahm. Es folgte die übliche Vertröstung: Ihr könnt nächsten Sonntag weiter gucken. Auf dem Fußweg nach Hause erzählte Karl haarklein die Handlung des ersten Films, den sie sich ausgesucht hatten, über den zweiten schwieg er und meinte auf Nachfrage, er wolle für Lucia die Spannung hochhalten. Ihr Lachen verstand der Junge nicht.

Eva hatte natürlich Lunte gerochen und stellte Lucia gleich am Montag zur Rede. Sie gab sofort alles zu, rang ihrer Freundin aber das Versprechen ab, dass niemand und insbesondere nicht Karl und Beatrix es je erfahren dürften. Damit konnte Eva leben, aber beim Weiterhelfen, was die Findung zusätzlich Termine anging, war sie genauso ratlos, wie Lucia. Gerne hätte Lucia mehr Zeit mit Felix verbracht. Am liebsten ganze Nächte und später dann alle Zeit der Welt. Natürlich durfte er nicht ihr Geschäft stören, sollte am besten immer zur Stelle sein, wenn sie ihn brauchte. Das ging logischerweise nicht und die augenblickliche Lösung hatte zumindest den Vorteil, ihr während der Woche Zeit zum Geldverdienen zu geben. Nachdem sie fast den ganzen Montag und auch am Dienstag über ihre Situation nachgebrütet hatte, kam ihr der rettende Einfall. Sie rief tagsüber Felix an, was gar nicht so einfach war, denn telefonieren war sein Geschäft, und fragte nach den Samstagen, an denen Beatrix arbeiten müsse. Alle vierzehn Tage kam es zurück. Übernächsten Samstag sei es wieder so weit und Vor- oder nachmittags könne er es einrichten, den ganze Tag ginge es nicht, da er den Haushalt machen müsse. Nun hing es an Lucia eine Betreuung für Karl zu finden. Leider hatte sie kein Auto und der Transfer zu Meta und Leo dauerte mit dem Bus viel zu lange. Denise war am Samstag immer mit ihren Eltern auf Einkaufsbummel und Ella bei ihrer Mutter. Seit Beginn des Herbstes hatte Karl seine Schwimmbesuche eingestellt, denn bisher hatte er nur das Freibad benutzt. Karl liebte das Schwimmen, denn er war Eigenbrötler und man schwamm allein, hatte keinen Körperkontakt, wie beim Fußball. Aus Sicht von Lucia kam der Junge zu wenig unter Leute und wenn doch, dann verkehrte er mit Mädchen und aus ihrer Sicht verweichlichte er zunehmens, woran sie jedoch nicht unschuldig war. Nun, da sie Felix hatte, brauchte sie Freiraum, konnte und wollte nicht mehr jede Minute für das Waisenkind da sein. Deshalb schleppte sie Karl am Donnerstag nach der Schule zum Schwimmbad und erkundigte sich bei den örtlichen Schwimmvereinen nach einem Schwimmtraining für ihren achtjährigen Sohn. Es war nicht das erste Mal, dass sie Karl so nannte. Gegenüber Fremden machte es diese Bezeichnung immer einfacher. Es gab eine Gruppe für Grundschulkinder, zufällig traf man sich donnerstags am Nachmittag. Lucia und Karl durften in die Halle gucken und auch mit dem Trainer sprechen. Im Becken tobten etwa 10 Jungs und Mädchen, mehr Mädchen als Jungs. Die Jungs waren deutlich größer und älter als Karl, die Mädchen allesamt athletisch schlank. Eine von ihnen kannte Karl vom Freibad und kam gleich aus dem Wasser, um den Jungen zu begrüßen. Damit war das Eis gebrochen. Sie hieß Laura. Karl hatte erneut eine weibliche Bezugsperson gefunden. Der Trainer nahm die Personalien auf, verlangte ein Attest vom Arzt und klärte Lucia über die Regeln und Trainingszeiten auf. Beiläufig erkundigte sie sich, ob samstags ebenfalls Training sei. Am Samstagnachmittag von zwei bis fünf sei freies Training für jeden im Verein, auch Karl sei herzlich willkommen.

Das Problem war der Weg zur Schwimmhalle. Zum Freibad waren es im Sommer nur 500 Meter gewesen, die Karl nach ein paar Tagen alleine gemeistert hatte. Doch die Schwimmhalle lag in einem anderen Stadtteil, mit dem Rad in 15 Minuten erreichbar. Zwar hatte Karl der Fahrradprüfung in der Schule bestanden, doch die Strecke bis zur Schwimmhalle traute sie dem Jungen nicht zu oder wollte sie ihm nicht zumuten, da er eine vierspurige Ringstraße zu kreuzen hatte. Die letzte Möglichkeit war der Bus, der jede Viertelstunde fuhr. Doch in dem fürchtete sich sogar Lucia, wenn sie alleine fuhr, denn oft pöbelten Jugendliche und wahrscheinlich würden sie früher oder später auch Karl ängstigen. Zum Schwimmtraining am Donnerstag musste Lucia ihn also begleiten, zumindest die ersten Male hinbringen und abholen. Vielleicht würde sich später eine Mitfahrgelegenheit für Karl finden. Doch samstags? Der Termin, der ihr viel wichtiger war. Beim nächsten Treffen mit Felix am Sonntag fragte sie ihn auf dem Weg zu ihrer Wohnung, ob er Karl fahren könne. Begeistert schien Felix nicht zu sein, lieber waren ihm Treffen ohne Zeugen. Ein wenig angefressen erreichten sie die Wohnung. Karl war bei Ella und diesmal lief es schon fast routiniert ab. Sex nach Terminkalender war angesagt und machte immer noch Spaß. Der Tanzunterricht mit anschließendem Stelldichein wurde für die nächsten Wochen zur Routine. Eines Montags fragte Lucia Eva, ob sie Karl am Samstag zur Schwimmhalle bringen könnte. Offiziell hatte Lucia zu viel zu tun, die Sommerkleidersaison begann bald. Eva sagte zu. Zurück müsse Lucia aber ihren Neffen selbst abholen. Karl kannte Eva seit langem, war mit ihr und Lucia mehrmals zum Einkaufen gefahren und sie hatten das Kino oder die Eisdiele zusammen besucht. Daher war er einverstanden. Es war das zweite Mal, dass Karl am Samstag das freie Training besuchte. In der Woche zuvor hatte Lucia ihn hingebracht und abgeholt, war zwischenzeitlich im Discounter nebenan schoppen und anschließend selbst schwimmen gewesen. An diesem Samstag hatte Beatrix Dienst und Felix und Lucia hatte alles fein eingefädelt, wollten endlich mehr als eine Stunde miteinander verbringen. Kaum hatte Eva den Jungen abgeholt, klingelt Felix bereits an der Tür. Nach dem obligatorischen Toilettengang huschten die zwei ins Bett und liebten sich. Es war so, wie Lucia es sich gewünscht hatte. Lucia hatte bereits ein Essen vorbereitet und sie gönnten sich dazu einen Rotwein. Angeheitert ließen sie ein weiteres Liebesspiel folgen. Danach war Lucia müde, sehr müde. Sie hatte den ganzen Vormittag mit den Vorbereitungen verbracht und in der Nacht davor kaum geschlafen. Sonntags war Lucia in der Regel durch die vorherige Tanzstunde bereits aufgegeilt. An diesem Samstag war sie erschöpft und Felix hatte sich abmühen müssen, sie zu befriedigen. In Folge war auch Felix ausgelaugt, der Wein tat ein übriges und beide schliefen sofort ein.

Karl hatte sich geduscht und umgezogen. Das konnte er inzwischen wunderbar. Er war ja schon groß. Als er in den Kassenvorraum der Schwimmhalle trat, war seine Tante noch nicht da. Er setzte sich auf eine dort stehende Bank und wartete. Nach mehr als einer halben Stunde erkundigte er sich beim Personal. Niemand hatte eine Frau gesehen, auf die die Beschreibung des Jungen zutraf. Auch Laura war am Ende des Trainings zusammen mit Karl aus dem Wasser gestiegen. Doch während Karl seine kurzen Haare nur einmal durchrubbeln musste, brauchte Laura zum Umziehen und Föhnen die halbe Stunde mehr, die Karl in der Vorhalle verbracht hatte. Als sie ihn sah, ahnte sie, dass man ihn versetzt hatte. Zwar freute er sich, sie zu sehen, erklärte aber mit zitternder Stimme, dass Lucia bestimmt etwas zugestoßen sei. Wenig später kam Lauras Vater zur Tür herein und das Mädchen bat ihn, Karl mitzunehmen und zu Hause abzusetzen. Karl hatte seit dem Umzug in die neue Wohnung immer einen Schlüssel dabei. Er war für Notfälle und Lucia hatte extra dafür eine kleine Tasche angefertigt, die Karl immer am

Gürtel bei sich trug. An jenem Samstag lag ein Notfall vor, da war sich Karl sicher.

An Lucias Adresse angekommen, versicherte sich Lauras Vater, dass Karls Schlüssel auch wirklich passte. Als Karl mühelos das schwere Schloss aufschloss, fuhr er beruhigt nach Hause. Karl stapfte die Treppe zur Wohnung hoch. Auch hier passte der Schlüssel. Doch drinnen war es dunkel. Im Flur lag Kleidung auf dem Boden, in der Küche standen zwei Teller mit Essensresten und auch eine angebrochene Flasche Rotwein auf dem Tisch. Als Karl dies sah, ängstigte er sich, denn die Szenerie glich der im Film, den er bei Ella am letzten Sonntag gesehen hatte. Ella hatte ihm stolz die Kassette gezeigt und gesagt, sie seien noch zu klein, dürften den Film eigentlich gar nicht gucken. Trotzdem hatte sie ihn gestartet. Eine schrumpelige alte Frau mit langen Zähnen wollte kleine Kinder verspeisen und hatte ihren Mann ins Dorf geschickt, um zwei Kinder, einen Jungen und ein Mädchen zu entführen. Der böse Mann war in ein Haus eingedrungen, hatte die Eltern in den dunklen Keller gesperrt und die beiden Kinder mitgenommen. Auch im Film hatten verschmutztes Geschirr und halbvolle Gläser herumgestanden, überhaupt war nichts aufgeräumt und alles durcheinander gewesen, genau wie jetzt bei Lucia. Ein Zustand, den Karl nicht kannte, denn seine Tante war sehr ordentlich. Er war sich sicher in der richtigen Wohnung zu sein, denn der Schlüssel hatte ja gepasst und auch sah es in seinem Zimmer aus wie immer. Er wollte nach seiner Tante rufen, doch die Worte blieben ihm im Halse stecken, denn im Film hatte der Junge sich und seine Schwester auch auf diese Weise verraten. Ganz vorsichtig drückte er den Türknauf des Schlafzimmers herunter, öffnete die Tür nur einen kleinen Spalt und lugte hinein. Auf dem Boden lag Kleidung, auf dem Bett lagen seine Tante und ein Mann, den Karl nicht kannte; sie auf dem Rücken, er halb auf ihr. Beide bewegten sich nicht, gaben keine Atemgeräusche von sich und hatten nichts an. Im Zimmer war es sehr warm. Jemand musste die Heizung aufgedreht haben, etwas, was die sparsame Tante nie tat. Er erinnerte sich an seine toten Eltern in ihren Särgen liegend, dann sah Karl im Gedanken den Schneidermeister, wie er die Hände seiner Tante herunterdrückte, während er in sie eindrang. Damals hatte Lucia auch kaum etwas angehabt, war halbnackt gewesen, so wie jetzt. Damals hatte er den Schneidermeister stören und Lucia retten können, doch diesmal kam er zu spät, da war er sich sicher. Der Täter war nicht gestört worden und hatte gleich zwei Menschen umgebracht. Nun, es gab keinen Keller, in dem der böse Mann sie hätte einsperren können. Zum Glück war Karl nicht zu Hause gewesen, sonst hätte der Mann ihn bestimmt mitgenommen und die Hexe ihn bald verspeist. Aber vielleicht war der böse Mann ja noch irgendwo in der Wohnung und wartete nur darauf, dass der kleine Junge heimkam. Karl hatte zu Mittag gegessen und inzwischen waren die Spagetti längst verdaut, dennoch stiegen die Magensäfte auf und ihm wurde, beim Nachdenken über das was passieren könnte, übel. Doch aufs Klo wollte er nicht, da wartete bestimmt der böse Mann. Deshalb rannte er zur Wohnungstür hinaus, spukte ein wenig Erbrochenes auf die Treppe und rannte, so schnell er konnte, aus dem Haus. Doch wohin? Er wusste nicht, wo Laura wohnte, deren Vater bestimmt Rat gewusst hätte. Doch er kannte den Weg zu Ella. So flink, wie seine Beine es erlaubten, rannte er durch die Straßen und stand völlig außer Atem ein paar Minuten später vor der Wohnungstür von Frederike und Lutz. Er klingelte. Doch niemand öffnete. Enttäuscht setzte er sich auf die Treppenstufe und sann über seine Lage nach. Zurück in die Wohnung konnte und wollte er nicht. Lucias Laden war abgeschlossen und für den hatte er keinen Schlüssel. Geld trug er nicht bei sich, denn seine Schwimmsachen und eine Münze für den Spint hatte er in der Wohnung zurückgelassen. Ihm fiel als letzte Rettung Meta und Leo ein. Er wusste, wo der Bus abfuhr, er kannte dessen Nummer und die Haltestelle war nicht weit weg. Ohne weiter zu überlegen, rannte er dorthin. An der Bushaltestelle wartete eine Dame mit Rollkoffer. Als der Bus mit der richtigen Nummer etwa zehn Minuten später eintraf, tat Karl so, als sei er das Kind der Frau. Ja sogar beim Anheben des schweren Rollkoffers half er ihr und bat höflich darum, sich neben sie setzen zu dürfen. Auf der Fahrt war er schweigsam und die Dame, die selbst keine Kinder hatte, dachte sich nichts dabei, glaubte wohl Karl würde nach Hause oder zu seinen Großeltern fahren. Im Dorf angekommen, stieg Karl aus. Es war die Endstation und es gab gar keine Busverbindung zum Haus der beiden Alten. Daher machte er sich zu Fuß auf den Weg. Angst hatte er auf dieser Strecke nicht. Der böse Mann war weit weg und bei Meta und Leo hatte er sich noch nie fürchten müssen.

Bei seiner Flucht hatte Karl die Wohnungstür offengelassen. Ein Mieter der Wohnung im Obergeschoss hatte sich über die offenstehende Tür gewundert, dann aber geglaubt, Lucia würde den Müll herausbringen. Auch die Flecken auf der Treppe sprachen dafür. Eine andere Nachbarin trat etwa eine halbe Stunde später ins Haus und ärgerte sich gleich über das Erbrochene auf der Treppe. Wer hatte seinen Hund mit Dingen gefüttert, die dieser nicht vertrug? Vor Lucia offener Wohnungstür blieb sie stehen und wunderte sich über die Unordnung. So kannte sie Lucia nicht. Sie klopfte. Einmal. Zweimal. Dann rief sie Lucias Namen. Erst dieser Ruf ließ Lucia aus ihren wilden Träumen erwachen. Es dunkelte schon und sogleich wurde ihr klar, dass sie verschlafen hatte. Sie musste sofort Karl abholen und Felix zu seiner Lebensgefährtin. Sie rüttelte an seiner Schulter und weckte ihn so. Dann schlüpfte sie schnell in einen Bademantel und ging in den Flur. Die Nachbarin starrte sie erstaunt an. Warum ihre Tür offen sei? Warum Erbrochenes auf der Treppe liegen würde, schimpfte die Nachbarin fragend. Lucia errötete. Ein Blick auf die in einer Ecke herumliegenden Schwimmsachen des Jungen genügte als Antwort. Schnell entschuldigte sie sich bei der Nachbarin, versprach die Treppe sofort zu säubern. Sie schlug die Tür heftig zu, rannte ins Schlafzimmer, schimpfte laut mit Felix, warf ihm vor, verschlafen zu haben. Schon hatte sie sich angezogen, schnappte sich Eimer und Lappen und wischte auf der Treppe die Spuren ihres Neffen weg, wobei sie die ganze Zeit darüber grübelte, wo er sich versteckt halten könnte und warum er überhaupt weggelaufen war. Felix hatte sich inzwischen angezogen und verabschiedete sich mit einem flüchtigen Kuss. Es musste alles schnell gehen. Nach dem hektischen Wischen, zog sie sich erneut um, wollte in ihrer Hauskleidung nicht auf die Straße. Wo konnte der Kleine nur sein? Eilig rannte sie aus dem Haus und in der Eile vergaß sie ihren Haustürschlüssel. Zuerst klingelte sie bei Ella. Zwar öffnete Frederike, doch sie war gerade erst wiedergekommen und Ella bei ihrer Mutter. Auch die ratlose Lucia setzte sich auf die Stufen und grübelte. Ihr fielen nur Eva oder Meta und Leo ein. Zum

Glück hatte sie immer einen Notgroschen stecken und kannte Evas Nummer auswendig. Eva war gerade auf dem Sprung, erkannte aber die Notlage an Lucias Stimme, die nach Karl fragte und um einen Anruf bei Meta und Leo verlangte. Die Telefonnummer der Alten fand sich im Telefonbuch. Als Leo den Hörer abnahm, fragte er, ohne eine Meldung abzuwarten: »Lucia, bist du das?« Auch wenn Leo Eva nicht kannte, klärte sich schnell, dass Karl völlig überraschend gekommen war und jetzt ganz verschüchtert Kakao trank. Er würde halluzinieren, ständig vom bösen Mann und zwei Toten sprechen. Eva fuhr schnell und gut Auto. Nach wenigen Minuten hielt sie vor dem Haus, wo Lucia wartete, dann fuhren die beiden zu Meta und Leo. Auf der Fahrt beichtete Lucia ihre Missetat und bat um Abbitte. Beim Bauerhof angekommen, glotzte Karl erstaunt und fragte ungläubig, ob sie ein Engel sei. Lucia hob ihn hoch und drückte ihn fest. Zwar war er schon reichlich schwer, doch die Freude ihn wiederzuhaben, gab ihr unendlich Kraft. Meta holte einen Likör aus ihrem Versteck, schenkte den Erwachsenen ein. Nun musste Lucia eine Geschichte erfinden, ohne zu viel Wahrheit zu sagen, denn sie ahnte, dass Karl die Liebenden beobachtet hatte, bevor er fluchtartig das Haus verließ. Die Vergangenheit, die den anderen nicht bekannte Vergangenheit, diente ihr als Alibi. Am Vortag hätte ein Jugendfreund angerufen, den sie in der Zeit bevor ihr Bruder starb, sehr geliebt hätte und der jetzt im Hessischen, also weit weg wohnen würde. Er wäre am Samstag in der Nähe und würde gerne vorbeikommen, hatte er gesagt. Sie hätte zugesagt und kurz nachdem sie Karl zum Schwimmen gebracht hätte, sei er vorbeigekommen. Sie hätten zusammen gegessen und es sei alles wie früher gewesen und so hätten sie sich geliebt und wären danach eingeschlafen. Dann fragte sie Karl, was er gesehen und erlebt hätte. Der Kleine war ganz aufgeregt, verstand jetzt, dass er den Film mit der Wirklichkeit verwechselt hatte, und erzählte allen die Geschichte. Angefangen bei Laura, seine Retterin, weiter über die Hexe und deren Mann und den beiden nackten Toten in Lucias Bett. Als alle lachen mussten, Lucia erneut rot angelaufen war, fiel das Ungemach auch von Karl ab.

Am kommenden Tag, es war Sonntag, ließ Lucia den Tanzkurs ausfallen. Sie hatte ein schlechtes Gewissen und verbrachte den ganzen Tag mit Karl und der stellte Fragen, wie sie nur Kinder stellen können. Er wollte wissen, was ein Jugendfreund sei, wer der Mann im Bett gewesen wäre, ob seine Eltern auch so nackt im Bett geschlafen hätten, ob der Mann wiederkommen werde, ob er jetzt trotzdem am Samstag zum Schwimmtraining gehen dürfe, ob Lauras Vater ihn mitnehmen könne, ob sie als Kind auch Filme geguckt hätte, in dem böse Menschen und Hexen vorgekommen wären und ob Ella, wenn sie noch mehr solche Filme gucken würde, ein böser Mensch werden würde?

Am Nachmittag spendierte sie dem Jungen ein großes Eis, gönnte sich selbst im Eiscafé einen Cappuccino und dachte an den Tanzkurs und an Felix und wäre zu gern auch dabei gewesen, aber nicht in der Lage es Karl zu erklären. Später zu Hause lenkte Hausarbeit sie von trüben Gedanken ab. Karl kramte im Bücherregal und suchte nach Märchen, etwas, was ihn bisher nicht interessiert hatte. Am frühen Abend klingelte es. Lucia vermutete, es sei Eva und öffnete ohne Rückfrage die Haustür. Vor der Tür stand Felix. Lucia hatte die Tür bereits geöffnet, konnte und wollte ihn auch nicht wegschicken. Nach der Begrüßung, die etwas förmlicher als sonst ausfiel, fragte Felix laut und deutlich, so dass Karl es mitbekam, warum sie nicht zum Tanzkurs gekommen sei? Man hätte sie vermisst. Karl hatte die Stimme des Fremden gehört und ging vorsichtig und den Fremden musternd zu Lucia, umklammerte ihr Bein, was er nur als Kleinkind gemacht hatte und ein Zeichen größter Unsicherheit war. Karl war der eigentliche Grund für Felix Besuch. Lucia hätte er auch am Montagvormittag sehen und sprechen können und hätte dazu nur seinem Arbeitgeber Krankheit vortäuschen müssen. Jetzt beugte er sich zu Karl herunter, sagte dann, er sei Felix der Tanzlehrer und er hätte seine Mutter, ja er sagte Mutter, gerne wieder im Kurs gehabt. Karl antwortete, seine Mutter sei tot. Noch nie hatte Karl dies so klar formuliert und Lucia merkte, dass Karl aggressiv und bockig wurde, Felix überhaupt nicht leiden konnte. Bevor Felix sich korrigieren konnte, fragte Karl ihn, ob er gestern dagewesen wäre, ob er der Jugendfreund sei? Natürlich wusste Felix nichts von der Notlüge, die Lucia erfunden hatte. Guten Gewissens antwortete Felix, dass er gestern hier gewesen sei, jedoch kein Jugendfreund, sondern der Freund seiner Tante sei. »Du lügst«, antwortete Karl, Lucia hätte gesagt, ihr Jugendfreund sei zu Besuch und würde sonst in Hessen wohnen und wäre nur kurz vorbeigekommen, ohne lange zu bleiben. Als wollte er Besitzansprüche auf Lucia erheben, widersprach Felix. Er sei der Freund seiner Tante und sie träfen sich jeden Sonntag zum Tanzen und danach in der Wohnung, um Liebe zu machen und das solle auch so bleiben und er, Karl sei schon groß und müsse das akzeptieren. Mit Wutränen in den Augen brüllte Karl, dass Männer Lucia nur weh tun würden. Der Schneidermeister hätte ihr wehgetan und dies wenig später mit seinem Tod bezahlt. Er würde seine Tante beschützen und nicht zulassen, dass ihr etwas geschehe, und jeden Versuch, ihr nahezukommen vereiteln. Karls Übermut imponierte Lucia, die genau wusste, dass diese Sprüche nur Zitate aus den Videos waren, die Ella und Karl sich angeguckt hatten. Felix war ob der Worte des Kleinen sprachlos, ging in Richtung Lucia und warf ihr eine Kusshand zu. Karl sah es, nahm Anlauf und rammte seinen Kopf in Felix Bauch, der sich danach vor Schmerzen krümmte. Nun packte ihn die Wut. Noch während er sich krümmte, ergriff er Karls Hand, drehte sie auf den Rücken und verpasste ihm mit der anderen Hand eine Ohrfeige, so dass es durch die ganze Wohnung hallte. Karl, von der Heftigkeit des Schlages überrascht, rutsche ein paar Meter über den Fußboden und schlug mit dem Kopf heftig gegen das Tischbein. Lucia war entsetzt. Sie hatte Felix als liebenswerten friedlichen Menschen kennengelernt und nun zeigte er seine aggressive Seite, die sie nie hatte sehen wollen. Er hatte keine Kinder und mit Beatrix war abgesprochen, nie welche zeugen zu wollen. Empathielos hatte er Karl in dem Moment der Wut als Gegner und nicht als unschuldigen Achtjährigen gesehen und wie ein Pennäler reagiert. Lucias Blick fiel auf den Jungen, der leblos neben dem Küchentisch lag. Sie rief seinen Namen, doch der Kleine reagierte nicht. Sie nahm seinen Arm und fühlte seinen Puls, der gleichmäßig pochte, nahm seinen Kopf und schaute in seine Augen, die sie nicht erkannten, sie fühlte die immer noch wachsende Beule oberhalb der Schläfe und vermutete eine Gehirnerschütterung. Sie hob ihren Neffen an, trug ihn zur Garderobe, zog dort dem Jungen Jacke und Schuhe an, bevor

sie selbst in ihre Stiefel huschte und sich den Mantel über-
warf. Felix stand die ganze Zeit da und glotzte. Als sie den
Kleinen erneut angehoben hatte, brüllte sie Felix an, er
sollte sie fahren und das Kind in die Notaufnahme bringen. Doch Felix war in einer Schockstarre. Er hatte
Gewalt angewendet, einem Kind Schaden zugefügt. Als er
auf Lucias Ansprache nicht reagierte, trat sie mit ihrem
Fuß nach ihn. Felix schüttelte sich verwundert und sagte,
er könne Karl tragen. Doch Lucia weigerte sich und war
mit Karl auf dem Arm schon fast auf der Treppe, als Felix
endlich seine Jacke angezogen hatte und ihr hinterher eilte.

Zum Glück stand das Auto ganz in der Nähe. Lucia
setzte sich nach hinten, hielt Karl immer noch im Arm
fest umschlungen. Felix steuerte in Richtung Notaufnahme und quasselte die ganze Zeit, versuchte sich in
Rechtfertigungen. Bald riss Lucia der Geduldsfaden und
sie forderte ihn auf, endlich die Klappe zu halten, und auf
den Verkehr zu achten. Vor dem Krankenhauseingang
bremste er. Just in dem Moment, als Felix die Autotür auf-
riss, öffnete Karl die Augen und glotzte Felix an. Felix war
wütend, hatte sich den Abend anders vorgestellt und als er
spürte, dass Karls Blick ihn vorwurfsvoll strafte, sagte er:
»Verflucht Karl, du wirst nie eine Frau finden und mit keiner glücklich werden!« Warum er dies sagte, war völlig
unklar und viel später konnte Felix immer noch nicht
erklären, warum er gerade diesen Fluch auf den kleinen
Jungen losgelassen hatte.

Mit der Gehirnerschütterung verbrachte Karl drei Tage im
Krankenhaus. Im Nachbarbett des Krankenzimmers lag
ein alter Herr, der die ganze Zeit auf Karl einredete und
von Dingen sprach, mit denen Karl nichts anzufangen

wusste. Flittchen und Hure waren seine Lieblingsworte. Das zweite Bett nutzte ein Sportler, dessen Bein gebrochen war. Er guckte den ganzen Tag Fernsehen, nahm jedoch keine Rücksicht auf seine Nachbarn. Nach einem Tag wurde Karl auf die Kinderabteilung verlegt. Im Zimmer war nur ein weiteres Bett mit einem Mädchen namens Mia belegt. Die Ärzte hatten ihr die Mandeln entfernt und zum Leidwesen von Karl bekam sie Eiscreme und Apfelmus. Obwohl sie es eigentlich unterlassen sollte, quasselte sie die ganze Zeit. Sie war ein paar Tage allein gewesen, was ihr gar nicht gefallen hatte, denn zu Hause war sie die Mittlere von dreien. Karl hörte ihr zu und sah sie dabei ganze Zeit an. Sie war etwa in seinem Alter, hatte jedoch, weil mit Geschwistern aufgewachsen, mehr Erfahrung, was das Durchsetzen des eigenen Willens in der Familienkonstellation anging. Nachdem sie die Geschichte ihrer Eltern erzählt hatte, beschrieb sie ihre Schule und den Charakter der Lehrer und die Eigenschaften ihrer Freundinnen. Karl kam gar nicht zu Wort. Im Laufe des Zuhörens entdeckte er seine Eigenschaft vorherzusehen, was sie als Nächstes sagen würde. Dies kannte er bisher nicht, vielleicht hing es mit seiner Verletzung zusammen, so dachte er. Doch an diesem Tag wusste er schon, bevor sie ihn fragte, wie weit er pinkeln könne, dass sie diese Frage stellen würde. Und das tat sie auch und Karl hatte genug Zeit gehabt seine Antwort zu formulieren, und er antwortete, wie aus der Pistole geschossen, dass er es nie ausprobiert hätte und im Sitzen auf der Toilette pinkeln würde. Etwas anderes hätten ihm weder die Eltern noch Lucia je beigebracht. Für Mia verweichlichte Karl mit dieser Antwort und sie wechselte das Thema und stellte Karl keine peinlichen Fragen mehr. Karl war neugierig darauf, ob er auch Fragen anderer Personen erraten könnte. Als der Arzt zur Visite kam, stellte Karl fest, dass er dessen Gedanken nicht erkennen konnte, wohl aber die der Schwester. Diese fragte sich, ohne es auszusprechen, wie es Karl wohl bei der Quasseltriene im Zimmer aushalten würde.

Lucia kam jeden Tag. Für Karl hatte sie einen süßen Orangensaft dabei und sie erkundigte sich liebevoll nach seinem Befinden. Karl konnte ihre Fragen nicht vorhergesehen und stammelte Antworten nach langem Überlegen. Mia begrüßte Lucia bald genauso aufgeschlossen wie ihre Familie und erzählte Lucia vollmundig, dass Karl sehr schweigsam sei und er bestimmt einen dauerhaften Schaden davontragen würde, was wiederum Lucia an seiner baldigen Genesung zweifeln ließ. Die Ärztin hingegen meinte, Karl könne bald wieder nach Hause. Es ginge ihm schon besser.

Einen Monat später, Lucia hatte an keiner weiteren Tanzstunde teilgenommen, Karl sein Schwimmtraining wieder aufgenommen und Felix sich nicht wieder gemeldet, wurde Lucia übel. Schlimmer noch, ihre Regel blieb aus. Sie ließ einen Test machen, der positiv bestätigt wurde. Kurz überlegte sie, in die Niederlande zu reisen, doch war sie christlich erzogen worden, wenn auch inzwischen nicht mehr wirklich gläubig. Sie nahm sich vor, einen weiteren Monat zu warten und niemanden von ihrem Zustand zu erzählen. Als zwei Wochen später Eva wie gewohnt bei ihr vorbeischaute und Sahnetorte mitgebrachte hatte, verputzte Lucia ein großes Stück, um es sofort danach auszukotzen. Eva stutzte. Lucia beichtete. Eva war klar, dass nur Felix als Vater in Frage kam und im Gegensatz zu Lucia hatte sie weiterhin die Tanzkurse besucht und wusste, dass Felix und Beatrix einen langen gemeinsamen Urlaub planten. Natürlich versprach sie, anderen Menschen nichts von der Schwangerschaft zu erzählen.

Am folgenden Samstagnachmittag, Karl war zum Schwimmtraining, stand plötzlich Felix vor der Tür. Er wusste Bescheid, Eva hatte gepetzt. Insgeheim hatte Lucia darauf gehofft. So war Eva der Überbringer der Nachricht und nicht sie. Felix war sehr zuvorkommend, geradezu unterwürfig höflich. Beatrix sei bis vor kurzem gegen ein Kind gewesen, er hätte immer eins gewollt. Es kam, was kommen musste. Sie verzieh ihm, sie küssten sich und lagen wenig später im Bett und liebten sich, bis Karl in der Tür stand. Laura hatte sich beim Sprung vom Dreimeterbrett leicht verletzt und Karl war eineinhalb Stunden früher nach Hause gekommen. Diesmal rannte er nicht davon, sondern schimpfte lautstark, fühlte sich überflüssig, wie das fünfte Rad am Wagen. Lucia hatte sich diesen Moment anders vorgestellt, doch sie nutzte die Gelegenheit und beichtete ihm, dass sie ein Kind erwarte und Felix der Vater sei. Nachdem Felix gegangen war, wollte Lucia ihren Neffen aufklären, doch Karl wiegelte ab, er wisse alles, Laura hätte es erzählt. Laura war ein Jahr älter als Karl und er konnte nach seinem Unfall auch ihre Gedanken lesen. Als er ihr in einer Pause des Schwimmtrainings von seinem Unfall erzählt hatte, hatte sie ihm in wenigen Sätzen erklärt, wie Babys gemacht werden, wobei sie schamlos seinen von der Hose verdeckten Pimmel ergriffen und symbolisch zur passenden Stelle ihres Badeanzugs geführt hatte. Die ganze Aktion war harmlos und niemanden aufgefallen, doch für Karl war endlich klar geworden, was er zuerst beim Schneidermeister gesehen hatte.

Karl tat sich schwer mit dem Gedanken, nicht mehr Lucias Liebster zu sein. Er wusste nicht, ob er wütender auf Felix oder das Ungeborene sein sollte. Immer wenn Felix vorbeischaute, stellte er sich zwischen Lucia und ihn. Nur zwischen Lucia und dem Embryo in ihrem Bauch passte nichts. Sie trug es immer bei sich. Karl versuchte es mit Liebesentzug, war patzig und ungehorsam, ja verweigerte sogar den Nachtisch. Auch rief seine Lehrerin bei Lucia an und erkundigte sich nach den Veränderungen im Haus, die zu einem Leistungsabfall geführt hätten. Es kam noch schlimmer. Als Karl eines Samstags, es war bereits Freibadsaison, aus dem Schwimmbad nach Hause kam, standen Koffer im Flur und Felix saß mit Lucia in der Küche und er trank Schnaps. Lucia versuchte Karl zu erklären, dass Beatrix Felix vor die Tür gesetzt hätte, nachdem sie erfahren hatte, dass Lucia von ihm schwanger sei. Es gelang ihr nicht wirklich, denn Karl rannte in sein Zimmer und verriegelte die Tür, indem er einen Stuhl unter die Türklinke klemmte, etwas, was er in einem Film gesehen hatte. Erst Stunden später bemerkte Lucia, dass er heimlich und leise den Stuhl weggerückt hatte und heulend im Bett liegend auf Trost wartete. Am nächsten Tag fing Felix an, sich in der kleinen Wohnung einzurichten. Er okkupierte einen Teil des Wohnzimmers, eine Schrankhälfte im Schlafzimmer und auch einen Teil der Küche. Um im Wohnzimmer Platz zu schaffen, räumte er einen Sessel in Karls Zimmer, einer winzigen Butze von sechs Quadratmetern. Felix brachte auch sein Rennrad mit. Das Rad hatte keine Beleuchtung und keine Schutzbleche, dafür aber eine Kettenschaltung mit sieben Gängen und Felgenbremsen vorne und hinten. Meist stand es im Keller, gleich neben dem Klapprad von Karl, mit dem er immer zur Schule und neuerdings auch zum Freibad radelte. Karl schaffte es bereits sein kleines Rad die Treppe hochzuwuchten. Nur runter in den Keller musste Lucia helfen, nachdem er einmal gestolpert und mitsamt Rad die Treppe runtergefallen war. Felix wollte sich unbedingt mit Karl versöhnen und bot dem Kleinen an, zusammen zu radeln. Der Junge schaffte mit den kleinen Rädern und ohne Gangschaltung gerade mal fünfzehn Kilometer die Stunde, während Felix auf dreißig beschleunigte. Das ärgerte Karl. Ein Rennrad in Kindergröße gab es nicht oder es war viel zu teuer. Felix, von Natur aus ein Sportlertyp, dem Vergleiche wichtig waren, feuerte Karl an, schneller zu fahren, doch sein Gefährt ließ es nicht zu. Frustriert bat Karl Lucia um ein neues Rad. Begründet durch ihre ärmliche Jugend, war Lucia sehr sparsam in ihren Ausgaben, ja geradezu geizig. Und als Selbstständige würde sie in den letzten Monaten der Schwangerschaft und den ersten Monaten mit Baby kaum etwas verdienen. Auf Karls Vermögen hätte sie zwar zugreifen können, wollte sie aber nicht, es sollte dem Jungen das spätere Studium finanzieren. Daher schlug sie Karls Wunsch nach einem vernünftigen Fahrrad aus und vertröstete ihn auf später, denn das Rad würde nicht mitwachsen und in zwei Jahre wäre es wieder zu klein. Das Klapprad hingegen, könne man in der Höhe verstellen und er es noch mit fünfzehn fahren. Doch Karl war Bastler. An einem Nachmittag nach der Schule ging er in den Keller und wollte sein Rad verbessern. Er säuberte die Kette, wobei er seine Hände einsaute, und dann versuchte er, die Bremsbacken neu einzustellen, denn die vorderen schleiften am Rad und erschwerten so die Fahrt. Als er die Bremsbacken endlich in den Händen hielt, sah er, dass sie völlig abgenutzt waren. Er suchte in den Schubläden nach einem Ersatzteil, fand aber keins. Daher baute er kurzerhand die vorderen Bremsbacken aus Felix Rennrad aus und seine abgeschliffenen stattdessen dort ein. Nach langem Friemeln hatte er endlich sein Rad repariert. Die Bremse von Felix Rad wollte er in ein paar Tagen ausbessern, musste aber zuvor beim Händler neue Beläge kaufen gehen. Normalerweise nutzte Felix sein Rad kaum. Doch das Wetter war gut, das Benzin teuer und weil die Einnahmen als Tanzlehrer wegen der Ferien ausblieben, nahm er am nächsten Morgen das Rennrad, um zur Arbeit zu radeln. Er war spät dran, denn mit dem Rad brauchte er länger als mit dem Auto. Daher trat er kräftig in die Pedale. An einer Kreuzung musste er bremsen. Die Vorderbremse funktionierte nicht, eine Rücktrittbremse gab es nicht und die Hinterradbremse war sehr schwach, da das Gewicht des Fahrers beim Bremsen das Hinterrad entlastete. Felix konnte nicht rechtzeitig stoppen und kam erst auf der Kreuzung zum Stopp. Ein LKW sah ihn zu spät, bremste spät und vergeblich. Felix wurde vom Laster überfahren.

Als Lucia ein paar Stunden später, man hatte lange gebraucht, um sie zu benachrichtigen, ins Krankenhaus kam, hatte man sein rechtes Bein und seinem rechten Oberarm bereits eingegipst. Felix hatte mehrere Knochenbrüche davongetragen und die Wahrscheinlichkeit, jemals wieder elegant Rumba tanzen zu können, war gleich null.

Felix hatte sofort den Verdacht gehabt, dass Karl Schuld an dem Unfall gewesen war. Doch das Rennrad war zerstört und er selbst wenig bewegungsfähig. Daher klagte er nur über seine zugerichteten Knochen und nicht Karl an. Als der Gips am Arm ab war und er auf Krücken humpeln konnte, kontrollierte er die Reste seines Rennrads. Ein Blick auf die vorderen Bremsbacken und ein Vergleich mit denen von Karls Klapprad genügte. Er war sich sicher, dass Karl den Tausch vorgenommen und so den Unfall verschuldet hatte. Karl war nach dem Unfall handzahm gewesen, was Lucia auf die Anzahl der erlebten Unglücksfälle zurückführte. Immerhin war das Opfer diesmal lebend davongekommen, es hätte auch anders ausgehen können. Als Felix seinen Verdacht gegenüber Lucia äußerte, wiegelte sie ab, meinte, dass Karl viel zu klein zu derartigen Basteleien sei und wenn er es tatsächlich getan haben sollte, es wohl keine Absicht gewesen wäre. So schob sich Karl wieder einmal zwischen seine Tante und den fremden Tanzlehrer, der jetzt kein Tanzlehrer mehr sein konnte. Felix hielt sich mit Kritik gegen Karl nicht zurück und beschimpfte ihn bei jedem kleinen Fehltritt, wobei bei eigenen Fehltritten nachsichtig mit sich selbst war. Als Karl sich wieder einmal wutentbrannt in seinem Zimmer einschloss, weil Felix ihn beschuldigt hatte, absichtlich heißes Spagettiwasser auf seine Hände geschüttet zu haben und Lucia den Jungen auch diesmal in Schutz nahm, stellte Felix die Vertrauensfrage: »Ich oder er?«

4

Der Klassenlehrer

Die Frage beantworteten zunächst die Sommerferien. Karl wurde zu Leo und Meta abgeschoben und ihm wurde gesagt, er solle anrufen, wenn er seine Tante sprechen möchte. Meta erhielt von Lucia einen Hunderter, mit der Auflage, Karl nichts außer der Reihe zu gönnen, kein Spielzeug, keine Bastelhefte, keine Cola und höchstens am Sonntag ein Eis. Unmittelbar verbesserte sich das Klima zwischen Felix und Lucia, die an manchen Tagen unter heftigen Nebenwirkungen ihrer Schwangerschaft litt. Nach ein paar Tagen schien es ihr undenkbar, die Zeit nach den Ferien mit zwei dickköpfigen Männern im Haus auszuhalten, zumal Felix nach seiner Genesung nicht mehr gut laufen konnte, sondern jeden Abend humpelnd von der Arbeit kam. Außerdem belastete die Wirtschaftskrise seinen Arbeitgeber. Es gab Gerüchte über eine Geschäftsschließung oder zumindest einer Reduzierung der Mitarbeiteranzahl. Diese Gerüchte wurden Mitte der Sommerferien real. Felix hatte auf Urlaub verzichtet, wollte bei Lucia sein, wenn das Kind zur Welt käme. So öffnete er das Schreiben der Geschäftsleitung sofort und nicht erst am ersten Arbeitstag nach dem Urlaub, wie viele andere seiner Kolleginnen und Kollegen. Man kündigte ihm zum Quartal, also Ende September. Anteiliger Urlaub sei vorher zu entnehmen. Kaum war Felix nach seinem Unfall wieder ins Berufsleben eingestiegen, musste er zwangsläufig Urlaub nehmen. Lucia hingegen konnte sich keinen Urlaub erlauben, denn auf sie wartete eine Geschäftsschließung ohne Einnahmen von mindestens einem halben Jahr. Felix war nicht mehr glücklich, saß zu Hause rum, versuchte sich mit Hausputz und Kochen, doch es erfüllte ihn nicht. Karl war schuld, behauptete er zumindest. Er hatte seine Freundin, sein Tanzvermögen und jetzt auch noch seinen Job verloren und dass alles, nachdem er mit Lucia angebandelt hatte. Lucia überredete ihn zu einem Urlaub allein. Sie wollte in Ruhe und ohne Männer im Haus über die Zukunft nachdenken. Als Felix wegen der fehlenden Finanzmittel herummaulte, tat Lucia das, was sie bisher immer vermieden hatte: Sie bediente sich bei Karls Vermögen und beruhigte sich damit, dass es ja zu Karls Gunsten sei. Felix wunderte sich zwar über die plötzliche Geldzuwendung, die nach Lucias Aussage von eingegangenen offenen Rechnungen stammte, doch er nahm das Angebot an und fuhr in ein Seebad.

Es war das erste Mal seit langem, dass Lucia Zeit für sich hatte. Es war so ungewohnt, dass ihr Tagesrhythmus völlig durcheinandergeriet. Niemand störte sie, auch Eva nicht, die wieder einmal auf Reisen war. Anfangs glaubte Lucia, die Zeit zum Nachdenken nutzen zu können, doch dachte sie nicht nach, sondern vertrödelte die Zeit. Eine Woche nachdem Felix abgereist war, die Schulferien waren bald vorbei, besuchte sie ihren Bruder. Über zwei Stunden brauchte sie mit dem Zug. Ihr zwölf Jahre älterer Bruder Ewald wohnte in einer Großstadt und hatte sich im Laufe der Jahrzehnte eine Eigentumswohnung in einem Außenbezirk erarbeitet. Dort wohnte er allein. Mit Frauen hatte er nie Glück gehabt. Er war mit der Wissenschaft verheiratet, hockte nächtelang im Labor und vergaß die Körperpflege. Als Lucia an einem Sonntag, sonntags hatte man Ewald den Zutritt zum Labor untersagt und die zentrale Schließanlage der Forschungseinrichtung ließ niemanden ins Haus, bei Ewald ankam, sah es in seiner kleinen Studiowohnung aus, wie in schlechten Filmen. Das Geschirr stapelte sich in der Spüle, der Fußboden vorm Herd klebte vom Fett, die Toilette zeigte Bremsstreifen und die Bettwäsche hatte schon Monate kein Waschpulver gesehen. Ewald lebte allein und ihm war sein Standard genug. Er musste sich nichts beweisen. Seine Reputation hatte er sich auf internationalen Konferenzen erworben und erwarb sie sich dort immer noch. Dazu hatte er einen schwarzen Anzug, der während seiner normalen Laborzeit in einer Plastikhülle aufbewahrt wurde und auf einem Bügel hing. Zur Arbeit trug er stets einen weißen Kittel, der ihm eine Würde gab, die dem häuslichen Messi eigentlich nicht zustand. Nach der Begrüßung, die sehr karg ausfiel, arbeitete Ewald an einem Vortrag, während Lucia die Wohnung aufräumte. Ihre Schwangerschaft war dem Wissenschaftler gar nicht aufgefallen. Am Abend kamen sie ins Gespräch. Lucia schilderte ihre Situation. Ewald hatte den kleinen Karl gar nicht auf dem Schirm und fing an, sich für den Forscherdrang des Kleinen zu interessieren. Als Lucia dann von Felix und dessen Vertrauensfrage berichtete, kapierte Ewald, weshalb sie gekommen war. Vehement lehnte er jegliche Verantwortungsübernahme für den Jungen ab. Er sei für sowas zu alt und hätte überhaupt keinerlei familiäre Erfahrungen, zumal er bereits mit 19 Jahren aus dem Haus gegangen sei. Auch die erzieherische Wirkung eines Wehrdienstes sei ihm erspart geblieben. Damit war Lucia auch nicht geholfen. Am nächsten Morgen verschwand Ewald früh zur Arbeit und Lucia nutzte die Zeit, um sich in der Stadt umzusehen. Glücklicherweise kam Ewald zeitig nach Hause. Lucia begann die Diskussion um Karl erneut. Zumindest für ein bis zwei Jahre, bis ihr eigenes Kind laufen und in die Krippe könne, bräuchte sie Unterstützung. Ewald schlug vor, den Jungen auf ein Internat zu geben, schließlich habe er ja Vermögen. Am Folgetag besuchte Lucia zwei Internate im Umkreis. Das Erste war einem Gymnasium angegliedert und befand sich in der Innenstadt, am Rand der Fußgängerzone. Da Karl erst gerade in die vierte Klasse versetzt worden war, kam es faktisch nicht in Frage. Vorteilhaft war, dass das Gymnasium in staatlicher Hand war und auch von Schülerinnen und Schüler besucht wurde, die ganz normal bei ihren Eltern wohnten. Es gab einen Schulhof mit Bolzplatz; die Fußgängerzone mit ihren Verlockungen war nah, das nächste Hallenbad nur einen Steinwurf entfernt. Das andere Internat war an ein Kloster angegliedert, das immer noch von Benediktinern geleitet wurde. Die alten Mauern wirkten ehrwürdig und die nahe Wald- und Seenlandschaft idyllisch; bis zur Stadt radelte man mehr als 15 Minuten und in der Nähe gab es – nichts, nicht mal einen Kiosk. Die angegliederte Privatschule war nur den Internatsschülern zugängig und es wurden ausschließlich Knaben unterrichtet. Jeder Tag begann mit einer Stunde Religionsunterricht, der Besuch des Gottesdienstes am Wochenende war Pflicht. Primärer Sport: Fußball. Das Freibad lag am anderen Ende der Stadt, faktisch für Karl nicht erreichbar. Diese Idylle erschreckte Lucia ein wenig, zumal Karl unter lauter Knaben untergehen würde. Noch mehr erschreckten sie die Kosten. Es war doppelt so teuer, wie das andere Internat, weil auch der Schulbetrieb privatisiert war. Und das erste

Internat sollte schon mehr kosten, als sie und Karl zusammen im Moment zum Leben brauchten. Ewald sagte am Abend, dass das Klosterinternat primär von Kindern sehr reicher Menschen und von solchen besucht werden würde, die es auf dem staatlichen Bildungsweg, also auf dem öffentlichen Gymnasium nicht geschafft hätten, sprich sitzengeblieben wären. Die Gebräuche und Sitten innerhalb des Internats seien aufgrund der reinen Knabenbesetzung und der Abgeschiedenheit sehr rau. Prügeleien seien an der Tagesordnung und mangels Kontakt zu Mädchen, sei die Hälfte der Pennäler schwul.

In ihrem Gespräch mit dem Leiter des Klosterinternats hatte Lucia erfahren, dass eine Einschulung zum nächsten Schuljahr, also quasi in zwei Wochen kein Problem sei. Es seien genügend Plätze für Grundschulkinder frei. Es gäbe nur einen Raum für sie und in dem würden die Stufen eins bis vier gemeinsam durch eine Lehrkraft unterrichtet, was sehr effektiv sei, da die Schüler sich gegenseitig unterstützen könnten und es nur zirka 20 Grundschulschüler gäbe. Nicht klassenstufenspezifische Fächer, wie Religion, Sport, Musik und Kunst, würden im Klassenverband mit älteren Schülern unterrichtet. Ein ehemaliger Oberstudienrat sei der Klassenlehrer der Grundschüler. Er sei bereits 63 Jahre alt, aber sehr fitt und würde jeden Tag, egal bei was für einem Wetter mit dem Rad anfahren.

Lucia überzeugte das Kloster nicht. Karl hatte sich bisher fast ausschließlich mit Mädchen angefreundet und war bei der Wahl der Mannschaften im Fußball grundsätzlich der Letzte, der gewählt wurde. Entsprechend mit mieser Stimmung kam Karl nach dem Sportunterricht immer heim. Ewald hingegen meinte, das Klosterinternat würde dem Jungen guttun. Er sei viel zu verweichlicht und könne dort lernen, sich durchzusetzen. Das Geld sei auch kein Problem. Von dem, was er auf dem Konto hätte, könnte er 120 Monate, also zehn Jahre durchhalten. Es würde also genau bis zum Abitur reichen und dann sei er erwachsen und müsse selbst klarkommen. Wütend lehnte Lucia den Vorschlag ihres Bruders ab. Allerdings hatte sie keine Alternative. Am Folgetag besuchte sie nochmals das Internat, welches dem städtischen Gymnasium angegliedert war. Sie unterhielt sich mit dem Schuldirektor und fragte, ob er eine Lösung für den Jungen sähe. Wenn Karl sehr gut sei, dann könne er die vierte Klasse überspringen und gleich aufs Gymnasium gehen. Ratlos fuhr Lucia zurück. Noch in der Bahn sitzend fragte sie sich, warum sie eigentlich die Internate in der Nähe ihres Bruders angefragt hatte, statt auch die in ihrer eigenen Stadt in Betracht zu ziehen, zumal ihr Bruder sowieso kein Interesse zeigte, sich um Karl zu kümmern und während der Ferien das Problem weiterhin ungelöst war. Zurück in ihrer Stadt erkundigte Lucia sich nach Internaten, musste jedoch feststellen, dass das Einzige in der Nähe ein Mindestalter von 12 Jahren vorschrieb. Grundschüler würden zu betreuungsintensiv sein und bis zur sechsten Klasse sei dies der Fall. Lucia fragte noch ein paar Kundinnen, doch keine kannte sich auf dem Gebiet aus. Schließlich rief sie beim Leiter des Gymnasiums an, dem das Internat in der Ewalds Großstadt angegliedert war und bat um einen Eignungstest für Karl. Vielleicht war doch ein Überspringen der vierten Klasse möglich. Lucia erhielt einen Termin für den übernächsten Tag. Sie rief Leo und Meta an, informierte sie, dass sie am nächsten Tag kommen würde. Mit Karl sprach sie nicht. Als sie am nächsten Vormittag bei den beiden auf dem Bauernhof ankam, erzählte Meta stolz, Karl hätte eine Freundin gefunden. Es sei das einzige Mädchen der Familie, die in das Haus von Karls Eltern gezogen wäre. Karl sei gerade noch unterwegs, um dem Mädchen Tschüss zu sagen. Wenig später kam Karl mit einem Damenrad angeradelt. Der Sattel war zu hoch, er konnte darauf nicht sitzen, daher radelte er im Stehen. Lucia erkannte ihn erst nicht, denn er hatte lange von der Sonne aufgehellte blonde Haare und war braungebrannt, weil er sich viel im Freien aufgehalten hatte. Erst jetzt fiel Lucia ein, dass er sich während der Ferien nie bei ihr gemeldet, sie also wohl nicht vermisst hatte, was sie als ein gutes Zeichen ansah.

Auf der Heimfahrt schwärmte er von dem Mädchen und seinen Eltern. Irgendwie kam ihm das Haus, indem sie wohnten bekannt vor, doch er wusste nicht woher. Doch Lucia interessierten seine Geschichten nicht und so kam sie noch während der Bahnfahrt auf das kommende Schuljahr zu sprechen. Sie klärte ihn über die Möglichkeit auf, bereits im nächsten Schuljahr aufs Gymnasium zu wechseln. Karl war entsetzt. Was sollte er dort, weit weg von Lucia und der vertrauten Umgebung und noch weiter weg von Leo und Meta und seiner neuen Freundin. Lucia meinte nur, ein wenig eingeschnappt, der lange Aufenthalt ohne sie hätte ihm auch nichts ausgemacht und er würde bald neue Freunde finden und es gäbe auch viele Mädchen auf der Schule, die zudem mitten in der Großstadt liegen würde. Es war das erste Mal, dass Lucia sein Verhalten als Killerphrase einsetzte. Karl blieb keine Wahl. Lucia hatte ihren Entschluss gefasst, ja die Zeit allein hatte ihr gutgetan und sie war entschlossen, die Sache mit dem Internat durchziehen. Am nächsten Morgen nahmen sie die Bahnfahrt in die Großstadt auf sich und pünktlich um elf Uhr am Vormittag betrat Karl einen Klassenraum des Gymnasiums. Zwei Lehrerinnen und der Schulleiter begrüßten ihn. Mit der Vorstellung seiner selbst hatte der Junge keine Probleme. Es folgte ein Diktat, ein wenig Kopfrechnen, er musste einen Test innerhalb einer bestimmten Zeit bearbeiten und sollte erzählen, was ihm am meisten Spaß machen würde. Die Ergebnisse waren ganz in Ordnung für einen Schüler der vierten Klasse, doch für einen Einstieg in die fünfte reichte es nicht. Schade. Bevor sie zurückfuhren, zeigte Lucia ihm das Klosterinternat. Obwohl es Karl nicht gefiel, es waren keine Frauen zu sehen, und meldete Lucia ihn dort an. Karl heulte vor Wut. Er wollte nicht in diese Schule, in Klassen, in denen es nur Knaben gab. Doch Lucia fragte und bat ihn nicht. Sie bestimmte einfach, was sie bisher vermieden hatten. Natürlich fiel Lucia diese Entscheidung nicht leicht und teuer war sie zudem. Doch sie wollte ihrem eigenen Kind einen Vater erhalten und das Schicksal einer alleinerziehenden Geschäftsfrau vermeiden.

Bereits eine Woche später hatte Karl im Internat anzutreten und die Woche verging mit der Auswahl der mitzunehmenden Kleidungsstücke und sonstigen Utensilien, die alle in einen Koffer passen mussten, denn mehr war nicht erlaubt. Zweimal fuhr Karl mit dem Rad zum Freibad, einmal besuchte er Ella, um sich zu verabschieden. Nur nach Felix erkundigte er sich mit keinem Wort. Während Lucia Karl im Internat ablieferte, traf Felix ein und eine fand leere Wohnung vor. Lucia hatte ihm keine Nachricht hinterlassen und so wunderte er sich auch über das Durcheinander in Karls Zimmer. Es war leer, wenn man von ein paar Umzugskartons absah, in denen Kleidung, Spielzeug und Kleinkram gestapelt lag. Sein Rätsel fand schnell eine Lösung, als Lucia die Wohnungstür aufschloss. Hoch erfreut über seine Rückkehr, fiel sie ihm in die Arme und beide küssten sich lang und innig, bevor Felix fragen konnte, wo Karl sei. Lucia kochte Tee. Auch hatte sie am Bahnhof ein frisches Brot gekauft. Beim Abendbrot erzählte sie die ganze Geschichte, angefangen beim Besuch des Bruders bis hin zur Internatseinschulung. Felix hatte Fragen über Fragen. »Wie willst du es finanzieren? Was passiert in den Ferien? Wird er Heimweh haben?« Karls Vermögen verschwieg sie und deutete an, ihr Bruder würde das Internat zahlen. Auf die anderen Fragen hatte sie keine Antwort und meinte nur kaltherzig, Leo und Meta würden sich freuen, den Jungen in den Ferien hüten zu können. Verglichen mit dem Internat seien die beiden Alten sehr günstig. Felix war sehr verwundert über die äußerst rationale Einstellung seiner Geliebten. Doch bei allen Lösungsansätzen, die er sich während des Urlaubs ausgedacht hatte, war keine so charmant, wie die, die Lucia gefunden hatte.

Wider Lucias Erwarten, ließ Karl nichts von sich hören. Bis zu den Herbstferien kein Brief, kein Anruf. Lucia beunruhigte das nicht, hatte sie ihrem Neffen eingeprägt, er solle nur anrufen, wenn was wirklich Wichtiges anläge, und in den Sommerferien hatte er sich auch an diese Regel gehalten. Lucia war im sechsten Monat und ihr Bäuchlein schon ein wenig gerundet. Felix schrieb Bewerbungen und versuchte sich tagsüber als Hausmann und abends als Tröster. Immer, wenn Lucia ihren Kleinen, wie sie ihn nannte, vermisste, tröstete er sie mit den Worten, bald würde sie beide ein gemeinsames Kind haben und das sei doch wirklich viel schöner. Lucia hasste diesen Spruch.

Am ersten Ferientag kam Bruder Ewald angefahren, auf dem Beifahrersitz saß Karl. Was ihren Bruder dazu bewogen hatte, sich um Karl zu kümmern wusste Lucia nicht, sie fand lediglich heraus, dass er ebenfalls keinen Kontakt zum Jungen gehabt hatte, doch vom Internat kontaktiert worden war, dass Karl die Ferien gerne bei Leo verbringen würde, und so hatte man gedacht, Ewald sei Leo und hatte seine Telefonnummer gewählt, die Lucia bei der Anmeldung als erste Nummer, weil näher bei, genannt hatte.

Nachdem Lucia ihrem Bruder einen Kaffee gekocht und er Felix begrüßt hatte, fuhr Ewald mit Lucia und Karl zu Leo und Meta. Das ältere Ehepaar erwartete Karl bereits, denn Karl hatte ihnen jede Woche einen Brief geschrieben und im letzten sein Kommen angekündigt. Lucia hörte miesepeterig zu, wie Meta den fleißigen Briefeschreiber lobte. Wut stieg in ihr auf. Sie war ein wenig neidisch auf die beiden Alten. Was Karl in den Briefen geschrieben hatte, verrieten sie nicht. Ewald fachsimpelte derweil mit Leo und beide begingen die Felder in der Nähe des Hauses und sie besuchten das ehemalige Haus von Karls Eltern, das Ewald seit dem Tod des Bruders nicht gesehen hatte. Bevor sie und Ewald fuhren, wollte Lucia Meta noch einen Geldschein zustecken, doch Meta wiegelte entrüstet ab. Als Lucia am Abend Felix alles berichtete, kommentierte er nur: »Karl rächt sich an dich.« Wie wahr, wie wahr, dachte Lucia und fühlte sich schlecht. Es kam noch schlimmer. Zwei Tage vor Ende der Herbstferien rief Leo bei Lucia an und teilte ihr mit, dass Meta und er Karl zum Internat bringen würden. Die Ernte sei eingeholt, sie hätten Zeit und wären noch nie in der Großstadt gewesen und hätte sich immer schon ein Kloster mit echten Mönchen ansehen wollen. Lucia kochte vor Wut, doch sie musste es akzeptieren, denn die fortgeschrittene Schwangerschaft erlaubte keine langen Reisen mehr, da ihr häufig und plötzlich schlecht wurde.

Meta war entzückt von der Klosteranlage. Die Lage, weit außerhalb der Stadt faszinierte sie, die alten Mauern und der Baumbestand erinnerten sie an ihre Heimat. Leo guckte sich interessiert das Vierbettzimmer an, in dem Karl das untere Bett eines doppelstöckigen Metallbettes belegte. Ganz ähnlich hatten die Zimmer bei der Armee ausgesehen und als Kind hatten sie auch zu viert in einem Zimmer geschlafen, allerdings auf Strohsäcken nebeneinander auf dem Bretterfußboden. Die Gemeinschaftsküche mit ihren Edelstahlmöbeln war sehr gut ausgestattet und auf Metas Frage hin, ob die Schüler beim Kochen und Abwasch helfen müssten, antwortete Karl, beim Abwasch ja, es ginge reihum, immer vier Jungs nach Alphabet. Die anderen würden nach dem Mittagessen auf dem Bolzplatz Fußball spielen. Er würde fast jeden Tag in der Küche abwaschen und aufräumen, denn im Fußball sei er eine Niete, würde nie gewählt und die anderen Schüler würden ihn für einen Tausch bezahlen und so hätte er schon ein wenig Geld zusammen. Im Haupthaus schauten Leo und Meta sich noch den Klassenraum an. Ein Holzfußboden und eine hohe Decke waren typisch, die dicken gusseisernen Heizkörper wohl schon Mitte der Fünfziger eingebaut worden. Auf dem Weg zurück trafen sie Karls Klassenlehrer, also den alten Herren, der die Grundschüler der Klassenstufe 1 bis 4 unterrichtete. Er schob sein Fahrrad, welches er jeden Tag, bei jedem Wetter nutzte. Ah, sie sind die Großeltern, begrüßte der Lehrer Meta und Leo. Sie ließen ihn in dem Glauben. Karl begrüßte seinen Lehrer mit einer etwas übertriebenen Verbeugung. Der Lehrer lobte die gute Leistung seines Schülers, nahm dann aber Meta zur Seite und klagte über Karls mangelhafte soziale Integration. Er würde mit den Erst- und Zweitklässern spielen, den Fußballplatz meiden und lieber freiwillig abwaschen, statt sich dem Mannschaftssport zu stellen. Sehr häufig geriete er mit Karl aneinander. Nein, die reine Leistung sei nicht beklagenswert, aber der Junge sei ein Einzelgänger und würde von den älteren Schülern oft gehänselt werden. Auf Dauer ginge das so nicht weiter, aus seiner Sicht würde Suizidgefahr bestehen. Meta war alarmiert und versprach mit dem Jungen zu reden. Dann schwang sich der Lehrer auf sein schwarzes Herrenrad, welches vorne und hinten Gepäckträger und Körbe trug, die mit einer Plane, Gurten und Schnüren seine Unterrichtsmaterialien vor Wind und Wetter schützten. Als Meta Karl später zur Rede stellte, entschuldigte Karl sich und sagte, es gäbe keine Mädchen und mit den älteren Jungs sei schwer klarzukommen. Das ginge nicht nur ihm so, sondern vielen der unteren Klassen. Nur mit Geld könne man sich gegen die Repressionen wehren, doch Geld hätte er nicht und so würde er lieber abwaschen, als sich verprügeln lassen. Meta machte sich dennoch Sorgen. Leo beruhigte sie: Da müsse er durch, das würde sich legen.

Nach den Herbstferien standen die ersten Klassenarbeiten im Terminkalender. Karl war inzwischen der Stubenälteste, ein älterer Schüler war aus- und jüngerer Erstklässer neu eingezogen. Die beiden anderen Mitbewohner waren in der dritten Klasse; Karl in der Vierten. Nach der Vierten würde auch er wechseln müssen, wovor Karl Angst hatte. Zur Vorbereitung auf die Klassenarbeit suchte Karl einen Aufenthaltsraum, in dem er ungestört lernen konnte. Der Aufenthalt im Zimmer war nicht gerne gesehen und den anderen Mitbewohnern stand keine Prüfung bevor und daher nahmen sie auch keine Rücksicht auf Karl, tobten herum, bis die Aufsicht an die Tür klopfte. In den Lesesaal traute er sich nicht, denn dort dominierten die größeren Jungs und laut war es zudem. Karl setzte sich in eine Kammer, in der Sportgeräte und Turnmatten lagerten. Zwar hatte das Internat keine Turnhalle, doch in den Sommermonaten funktionierte man den Bolzplatz zur Laufbahn, Weitsprunggrube und Hochsprunganlage um und die dazu benötigten Gerätschaften lagerten in der Kammer, die sowohl vom Flur als auch von außen zugängig war. Der Raum war nicht geheizt, doch es war tagsüber immer noch herbstlich warm. Karl fragte den Hausmeister, ob er die Kammer zur ungestörten Vorbereitung nutzen dürfe. Der hatte nichts dagegen, fragte nur, warum er nicht mit den anderen im Lesesaal arbeiten könne. Karls Entschuldigung, von den Älteren immerzu gestört und geneckt zu werden, akzeptierte der Hausmeister, der wie jede Lehrkraft des Hauses das Verhalten der oberen Klassenstufen kannte. Karl hatte ein Heft und das Buch dabei und versuchte Mathematikaufgaben zu lösen, was ihm schwerfiel, da die Aufgabe allesamt abstrakt formuliert waren und Karl als Mann der Praxis galt. Er konnte ohne Probleme die Fläche eines 2 mal 2,5 Meter großen Raums ausrechnen (5 qm), doch 2 mal 5 Halbe als Zahlenkolonne irritierten ihn. »2 mal 5 Halbe was?«, fragte er im Unterricht oft, so dass der Lehrer an Karls gegenständlichem Denken fast verzweifelte. In der Kammer las Karl sorgfältig die Übungsaufgabe und versuchte, die Lösung auszurechnen. Als er das Ergebnis gerade in sein Heft eintragen wollte, wurde die Außentür langsam geöffnet. Normalerweise war diese Tür verschlossen, aber aus irgendeinem Grund musste jemand sie offengelassen haben. In Windeseile versteckte sich Karl hinter einer aufrecht stehenden Matte. Zwei ältere Jungs, vielleicht aus der achten Klasse schlichen in die Kammer und schlossen die Tür sehr leise. Überhaupt flüsterten sie nur, so dass Karl kaum etwas verstehen konnte. Anfangs zitterte Karl vor Angst, doch als es nebenan auf der Matte still wurde, lugte er vorsichtig hinüber. Er sah die beiden Jungs auf einer Gymnastikmatte liegen. Ihre Hosen waren offen und sie spielten mit den erigierten Gliedern des jeweils anderen. So etwas hatte Karl noch nie gesehen. Sofort wusste er, dass man ihn nicht erwischen durfte, denn die beiden hätten ihn windelweich geprügelt. Zum Glück war die Tür zum Flur, durch die er gekommen war, von den beiden spielenden Jugendlichen nicht einsehbar. Karl nahm seine Sachen, schlich leise zur Tür, drückte geräuschlos die Klinke und schlich heraus. Als er draußen auf dem Flur war, fühlte er sich sicher und schlug die Tür heftig zu. Die beiden Jungs erschraken fast zu Tode.

Die Kammer war Karl unheimlich und er musste einen anderen Ort finden, um ungestört lernen zu können. Es war sehr schönes Herbstwetter und so entschloss er sich, die Bank und den Picknicktisch im benachbarten Wald aufzusuchen. Dort hielten sich in Sommer immer ein paar Internatsschüler auf, doch im Herbst trollten nachmittags alle zum Bolzplatz. Nachdem Karl eine Weile gearbeitet hatte, fiel ihm das einige Meter weiter entfernt stehende Fahrrad seines Klassenlehrers auf, der offensichtlich gerade Pilze suchen war, denn auf dem hinteren Gepäckträger klemmte ein Weidenkorb. Darin lagen bereits einige

Pilze, wie Karl feststellte, als er sich in einer Lernpause das Rad im Detail ansah. Der Korb des vorderen Gepäckträgers war noch leer. Auf dem Boden neben dem Rad lag ein Gurt, mit dem normalerweise die Schutzplane festgezurrt wurde, die den Inhalt der Körbe, meist Bücher und Schulhefte, vor Nässe schützte. Karl war ein ordentlicher Schüler und einfach so herumliegende Gurte gegen seine Erziehung. Er hob das Ding auf und band den Gurt fest an den vorderen Gepäckträger. Beide Gürtelenden waren mit einem Haken versehen, mit denen man den Gurt auf einem Gepäckträger festschnallen konnte. Diese Gürtelenden hingen bis auf Höhe der Vorderradnabe herunter. So, dachte Karl, müsste der Lehrer es sofort sehen und ihn richtig befestigen, statt ihn womöglich auf dem Waldboden zu vergessen. Als Karl ging, hörte er von Weitem den Klassenlehrer durchs Unterholz schleichen. Karl war der Letzte, der den Klassenlehrer lebend zu Gesicht bekam.

Am nächsten Morgen sollte die Klassenarbeit geschrieben werden, doch der Lehrer kam nicht, was alle verwunderte, denn er kam sonst nie zu spät. Karl meldete es dem Internatsleiter. Die anderen Jungs seiner Klasse hingegen freuten sich über die Freistunde und die ausgefallene Arbeit. Der Internatsleiter versuchte, den Lehrer zu erreichen. Doch seine Frau sagte am Telefon, ihr Mann wäre gestern Abend nicht vom Pilzesuchen heimgekehrt und sie würde sich große Sorgen machen, hätte schon überall nachgefragt, doch niemand hätte ihren Mann gesehen und sie selbst hätte Krampfadern und könne ihn nicht suchen gehen. Als Karl vom Pilzesuchen hörte, meldete er sogleich dem Internatsleiter, wo er am Vortag den Lehrer zuletzt gesehen hatte. Sofort ließ der Internatsleiter alle

Schüler antreten, teilte sie in Gruppen auf und ihnen ein Suchgebiet zu. Karl und seine Mitschüler sollten das Haus und die anliegenden Gebäude absuchen; die ältesten Schüler die Ufer der benachbarten Seen. Weitere Schüler erhielten den Auftrag, jeden Weg zwischen dem Pilzrevier, wo Karl den Lehrer zum letzten Mal gesehen hatte bis zu seiner Haustür im Nachbardorf abzusuchen. Karl suchte zusammen mit seinen Klassenkameraden jeden Winkel des Hauses ab. Immer, wenn ein Raum verschlossen war, meldeten sie dies dem Hausmeister und ließen den Raum aufschließen. Den Vermissten fanden sie nicht. Von den Wegen, die zum Haus des Lehrers führte, führte einer über einen kleinen, aber steilen Hügel. Mit dem Rad hatte man bei der Talfahrt ganz schön Geschwindigkeit drauf. Dreißig bis vierzig waren keine Seltenheit. Auf dieser Talstrecke fand eine Gruppe Siebtklässler den Lehrer tot im Graben neben der Straße liegen. Genickbruch. Eine Analyse des Unfallhergangs durch die Polizei ergab, dass sich, angeregt durch das Schlenkern des Rads bei schneller Fahrt, zwei Gurte in den Speichen des Vorderrads verfangen hatten, was zum sofortigen Stillstand des Vorderrads und anschließendem Abwerfen des Fahrers geführt hatte. Fast acht Meter betrug die Entfernung zwischen Rad und Toten und diese Strecke musste der Lehrer durch die Luft gesegelt sein, um dann mit dem Kopf aufzuschlagen und sich tödlich zu verletzen. Die Polizei sagte, es sei ein unglücklicher Zufall gewesen. Normalerweise hätten die Gurte in der Nähe der Speichen nichts zu suchen, sich aber wohl durch die rasante Fahrt gelöst. Das Internat hatte auf die Schnelle keinen Ersatz für den Verstorbenen bereit. Daher wurden die Eltern über den Todesfall informiert. Natürlich kamen sofort Gerüchte auf, das Fahrrad wäre manipuliert worden. Da Karl die letzte Person gewesen war, die den Lehrer lebend gesehen hatte, fiel der Verdacht auf Karl. Bereits am nächsten Tag schubsten und schlugen ihn die anderen Schüler, ja sie veranstalteten sogar eine Art Treibjagd auf ihn und Karl konnte nur beim Internatsleiter Schutz vor dem Mob finden. Darauf rief der Leiter Ewald an und bat, Karl sofort abzuholen, da er die Sicherheit des Jungen nicht mehr garantieren könne. Ewald unterbrach fluchend seine Arbeit und holte den Jungen ab, setzte ihn ins Labor, verdonnerte ihn zum Lesen einer Fachzeitschrift und erst als am frühen Abend das Ergebnis seiner Forschungsanalyse feststand, rief er Lucia an. Lucia erschrak. Drei Unfälle mit Todesfolge und einen Unfall mit schwerer Körperverletzung hatte Karl miterlebt. Immer war es Zufall gewesen und auf Karl lastete keine Schuld, doch Lucia fürchtete um ihr Ungeborenes und wollte Karl auf keinen Fall in ihrer Nähe sehen. Noch am Telefon einigte man sich darauf, dass der Junge eine Nacht bei Ewald bleiben solle und am nächsten Tag entweder Eva oder Leo ihn abholen würden. Nachdem sie das Telefonat beendet hatte, rief sie bei Leo und Meta an. Die beiden waren erschüttert, hatten sie doch den Klassenlehrer kennengelernt und dessen mahnende Worte vernommen und nun fürchteten sie um das Leben des Jungen, doch abholen konnten sie ihn nicht. Ihr altes Auto hatte seinen Geist aufgegeben und ein neues konnten sie sich nicht leisten. Gerne könne Karl die vierte Klasse in der Dorfschule beenden, in der bereits seine Mutter unterrichtet hätte und er könne bei ihnen wohnen. Sie würden es gerne tun, sähen sich den verstorbenen Eltern verpflichtet gegenüber. Noch am Abend gelang es Lucia, Eva dazu zu überreden, ihren Neffen abzuholen und zu Leo und Meta zu bringen. Doch Eva hatte erst am übernächsten Tag Zeit. Ewald hingegen hatte am übernächsten Tag einen Geschäftstermin in Schweden, zu dem er mit dem Flieger anreisen musste. Der Flug war für zehn Uhr morgens angesetzt. Eva bräuchte vier Stunden für die Fahrt, sah aber nicht ein, für einen fremden Jungen mitten in der Nacht aufzubrechen. Ewald fluchte am Telefon und beschimpfte mehrfach seinen verstorbenen Bruder. Die Lösung der Terminkonflikte war der Plan, dass Ewald seinen Neffen am Folgetag zum Bahnhof brächte, ihn dort in den Zug setzte und hoffte, Karl möge den Umstieg in die Regionalbahn schaffen. Am Abend besorgte Ewald eine Pizza und Malzbier für Karl. Er selbst bevorzugte Currywurst mit Pommes und Weißbier. Im Anschluss schauten die beiden einen Film, eigentlich nicht für Jugendliche unter sechszehn geeignet, so dass Karl in der Nacht auf dem Sofa liegend mehrfach träumend aufschreckte und zudem unter der dünnen Wolldecke fror. Am Folgetag kaufte Ewald am Bahnhof eine aus seiner Sicht sündhaft teure Fahrkarte, deren Quittung er zusammen mit den Quittungen des Abendessens mit der Bitte um Erstattung an Lucia sendete. Als Karl am Nachmittag ankam, war er von den sich überschlagenden Ereignissen völlig durcheinander. Lucia litt erneut unter Übelkeit und das zusätzliche Gewicht des Embryos machte jeden Gang schwerer als früher. Zuerst hatte sie geglaubt, Karl zu Leo und Meta begleiten zu können, doch war dies in dem Moment unmöglich; die letzten Kilometer zum Bauernhaus wären zu anstrengend gewesen. Felix kam als Begleiter nicht in Frage, da er einen Hass auf Karl hegte und Lucia fürchtete, er könne dem Jungen etwas antun. Schließlich setzte Lucia ihren Neffen mitsamt Koffer in den Bus, schließlich hatte Karl diese Strecke schon mal geschafft. Von zu Hause rief sie Meta an und informierte sie über die baldige Ankunft des Jungen. Um die Schule wollte sie sich am nächsten Tag kümmern. Als Karl im Dorf ankam, erwartete Leo ihn – mit dem alten Traktor. Der Koffer wurde in die Frontladerschaufel gepackt und Karl saß auf dem linken Kotflügel, es regnete niesel und völlig durchnässt kamen sie beiden am Bauernhof an, wo Meta sie mit einer heißen Suppe erwartete.

Der Leiter der Dorfgrundschule war bereits informiert, als Lucia am nächsten Vormittag bei ihm anrief. Meta hatte bereits am Vortag mit ihm gesprochen und da im Dorf jede jeden kannte und sich alle an den plötzlichen Tod der Grundschullehrerin und das Schicksal ihres Sohnes erinnerten, ging alles schnell und formlos über die Bühne. Karl wurde bereits in der vierten Klasse erwartet und freute sich, endlich auch Mädchen im Klassenraum vorzufinden und besonders über seine Freundin, das Mädchen, welches er in den Sommerferien kennengelernt hatte. Der Lehrer staunte über Karls Wissensstand, der weit besser war, als der Durchschnitt der Klasse und Karl für das weitere Schuljahr sehr gute Noten und eine Gymnasialempfehlung einbrachte.

5

Internat

Zu Fasching gebar Lucia eine Tochter. Karl erfuhr davon
über Leo und Meta, denn Kontakt zu Lucia hatte er in den
Monaten seit seiner plötzlichen Rückkehr keinen mehr
gehabt. Zu Weihnachten hatte Lucia ihm ein Geschenk
per Post zugesendet und Karl hatte für seinen Onkel und
seine Tante eine Kleinigkeit gebastelt und von Leo zur
Post bringen lassen. Als Karl von der Geburt seiner Cou-
sine erfuhr, wusste er, dass Lucia ihn nie wieder aufnehmen würde. Er ahnte auch, dass er nicht ewig bei Leo und
Meta bleiben konnte. Weil er aber nicht wusste, wie es mit
ihm weitergehen würde, wurde er oft sehr wütend, warf
Steine auf Straßenschilder und zerstörte sogar die Fenster-
scheiben eines Hühnerstalls, der an der Straße vom Bauerhof zum Dorf am Wegesrand lag.

Lucia war ganz mit ihrer Tochter beschäftigt. Ihre
finanziellen Bedürfnisse regelte sie, indem sie nach Belieben auf Karls Erbe zugriff. Als Ausreden gegenüber sich
selbst führte sie an, dass sie sich ja jahrelang um ihm
gekümmert habe. Ewald, Karl und Felix gegenüber verschwieg sie ihre Geldquelle. Bald musste eine Lösung für
Karl her, das wusste Lucia. Die vierte Klasse war in Kürze
gemeistert und zum nächsten Schuljahr, also nach den
Sommerferien, musste ein Platz auf einem Gymnasium
gefunden sein. Tagelang grübelte sie über Lösungen nach,
entschied sich für das Internat in Ewalds Großstadt, wel-

ches einem öffentlichen Gymnasium angegliedert war. Als sie den Schulleiter anrief, erinnerte sich dieser an Karl und sagte dem Jungen einen Platz zu, sofern die finanziellen Dinge per Einzugsermächtigung geklärt und die Gymnasialempfehlung vorläge. Als Meta davon erfuhr, wurde sie sehr traurig. Sie hatte sich an den frischen Wind im Haus gewöhnt. Lucias Entscheidung empfand sie als egoistisch und ungerecht, doch das sagte sie ihr nicht und gegenüber Karl verschwieg sie Lucias Anruf. Für Meta gab es nur eine Chance, den Jungen zu halten, nämlich indem ihm ein schlechtes Zeugnis ausgestellt werden würde. Doch seine kleine Freundin sorgte durch ihre Aufmerksamkeit dafür, dass Karl immer seine Hausarbeiten machte und sich sehr gut auf die Prüfungen vorbereitete. Gegen Ende des vierten Schuljahrs hatte er ein gutes Zeugnis und eine Empfehlung sicher. Nun blieben Meta nur die Schulferien bis zum wohl endgültigen Abschied.

Wie gewohnt verbrachte Karl die Sommerferien bei Leo und Meta. Zwar konnte er dort nicht schwimmen gehen, dafür besuchte er jeden Tag seine Freundin, deren Eltern die Raten des Hauses abzuzahlen hatten und sich daher keinen Urlaub leisten konnten. Ihnen kam die Freundschaft des Zehnjährigen mit ihrer gleichaltrigen Tochter ganz recht. Karl hatte im Krankenhaus seine Fähigkeit die Gedanken von Mädchen lesen zu können erkannt. Auf dem Internat hatte er keine Mädchen kennengelernt, später auf der Grundschule sehr wohl. Dabei hatte er entdeckt, dass er die Gedanken von Mädchen, die ihn nicht leiden konnten, gut zu lesen in der Lage war, jedoch seine Freundin ihm manchmal Rätsel auferlegte, ihn täglich neu überraschte und er nie wusste, woran er bei ihr war. Umso trauriger war der Abschied von ihr und auch die Tränen, die Meta vergoss, berührten ihn sehr. Lucia hatte mit dem Neugeborenen zu tun und keine Zeit, mit ihm zur Einschulung ins Internat zu fahren. Leo hatte immer noch kein Auto und so war es diesmal Eva, die sich mit Karl an einem Sonntagmorgen in Richtung Großstadt aufmachte. Sie hatte ein paar Tage Urlaub und wollte die Stadt und vor allem auch Ewald kennenlernen, denn Lucia hatte ihr viel von ihrem Bruder erzählt und es war nichts Gutes gewesen und damit war er für sie interessant. Sie liebte verschobene Kauze. Am Internat angekommen, inspizierte Eva die Zimmer und Einrichtungen und verglich sie mit der Beschreibung, die Lucia ihr mitgegeben hatte und die Bestandteil des Vertrages war. Als erfahrene Urlauberin kannte sie den Unterschied zwischen Prospekt und Wirklichkeit. In der Tat entdeckte sie ein paar Ungereimtheiten. So wollte man Karl in einem Schlafsaal mit sechs Betten unterbringen, im Vertrag stand jedoch, dass die Zimmer maximal drei Betten hätten. Ihre Forderung, die Monatsgebühr zu halbieren war völlig überzogen, doch schaffte sie es, dass Karl in einem Zimmer mit drei weiteren Jungs unterkam und die Monatsgebühr um 10% gesenkt wurde. Die Härte der Diskussion beeindruckte Karl. Nachdem alle Fragen geklärt waren, blieb Karl gleich vor Ort, er wollte nicht mehr mit zu Ewald, denn die Nacht im Chaos bei seinem letzten Besuch dort hatte ihm gereicht. Eva hingegen amüsierte sich mit Ewald. Die beiden besuchten ein gutes Restaurant, sie orderte das teuerste Essen und einen guten Wein, er bezahlte zähneknirschend die Rechnung. In der Tat wollte er Eva anschließend auf dem Sofa nächtigen lassen, doch sie weigerte sich und er musste für sie ein Hotelzimmer buchen und im Voraus zahlen. Es machte ihr Spaß, diesen verschobenen Kauz vor sich her zu treiben.

Die Schlafräume im Internat waren zwar unterschiedlich groß, doch es war ein reines Jungen-Internat. In Summe waren 30 Jugendliche vor Ort und Karl war mit gerade Mal zehn Jahren der Jüngste. Der Älteste war 18, die drei weiteren Jungs auf seinem Zimmer zwischen 11 und 13. Werktags gab es Essen in der Kantine. Drei Mahlzeiten, also morgens, mittags und abends. Mittags und abends mussten die Schüler reihum beim Abräumen und Abwaschen helfen, fast so wie in Jugendherbergen üblich. Am Wochenende gab es samstags ein mageres Frühstück, am Sonntag ein Abendessen und dazwischen waren die im Heim verbliebenen Jungs auf sich allein gestellt. Am ersten Wochenende wurde Karl von dieser Regelung überrascht. Alle seine Zimmermitbewohner fuhren nämlich am Wochenende zu ihren Familien. Und so wartete am Samstag kein Essen auf ihn und da er auch kein Geld hatte, hungerte er. Am Sonntagmorgen erbarmte sich der Hausmeister und schloss ihm die Küche auf. Auch die Pflege des Zimmers und das regelmäßige Wechseln der Bettwäsche gehörten zu den Pflichten. Einmal die Woche wurde die Wäsche eingesammelt und in der Folgewoche gewaschen zurückgegeben. Es gab Ferienwochen, in denen das Personal Urlaub hatte. Wer in dieser Zeit im Internat verblieb, musste, wie am Wochenende, für sich selbst sorgen. Karl erlitt dieses Schicksal öfters. Doch das Entscheidende war, dass Karl die fünfte Klasse des angegliederten Gymnasiums besuchte, dort das Geschlechterverhältnis ausgeglichen und er der einzige Internatsschüler der Klasse war. Gleich am ersten Tag freundete er sich mit

Olaf an, der zwei ältere Geschwister und nur einen Fußmarsch entfernt sein Zuhause hatte. Bei den zehn Mädchen der Klasse stellte Karl schnell fest, dass alle bis auf zwei für ihn durchsichtig waren, er also ihre Gedanken erahnen konnte. Zwei Mädchen verhielten sich gegenüber Karl sehr verschlossen, was sie nur noch interessanter machte. Karl maß seiner Fähigkeit die Gedanken der Mitschülerinnen erahnen, ja teilweise sogar lesen zu können, keine große Bedeutung zu. Manchmal war es ihm sogar sehr lästig. Wenn er eine von ihnen in die Augen schaute, war es auch nur kurz und von weitem, dann huschten fremde Gedanken durch seinen Kopf, verdrängte seine eigenen. Besonders störend war dies natürlich bei Klassenarbeiten. Einmal saß er einem Mädchen gegenüber und sie glotzte ihn beim Überlegen die ganze Zeit an, so dass er gar nicht anders konnte als auch sie anzusehen. Im selben Moment hatte er die Lösung der Mathegleichung vergessen und schrieb eine andere Zahl auf den Lösungsbogen, die Zahl, die sie errechnet hatte, aber zu einer anderen Aufgabe gehörte. Diese Arbeit fiel für Karl schlecht aus und fortan setzte er sich in die erste Reihe und so, dass er die Wand anschauen musste. Olaf war begeisterter Schwimmer, wie Karl. Die Freibadsaison war inzwischen vorbei, aber das Hallenbad nicht weit vom Gymnasium entfernt. Das Problem: Karl hatte kein Geld. Lucia hatte das Finanzielle wie folgt geregelt: Sie hatte eine Einzugsermächtigung unterschrieben, mit der die monatlichen Internatskosten abgebucht wurden. Diese umfassten auch Verbrauchsmaterialien, wie Stifte, Hefte und Füllhalter. Bücher wurden ebenfalls vom Internat gestellt und mussten unversehrt am Ende des Schuljahres abgegeben werden. Im Folgejahr wurde sie an den nächsten Jahrgang ausgeliehen und entsprechend sahen die Bände aus. Eine Vollverpflegung war ebenso enthalten, wie eine wöchentliche Wäsche und Reinigung der Kleidung und Bettwäsche. Für alles Weitere hatten die Eltern aufzukommen. Während seines ersten Internatsaufenthalts war Karl kaum gewachsen, hatte keine neuen Schuhe und Hosen gebraucht und auch nicht daran gedacht sich neu einzukleiden. Jetzt im neuen Internat wuchs er sprunghaft, die Schuhe wurden zu klein, die Hosen zeigten Hochwasser und die Pullover saßen eng wie Badeanzüge. Statt Lucia einen Brief zu schreiben und um neue Kleidung zu bitten, bettelte Karl seine Mitbewohner an, ihre alten, zu kleinen Kleidungsstücke auftragen zu dürfen. Die größeren Jungs hatten nichts dagegen, im Gegenteil. So fanden sie immer eine Begründung, neue Kleidung von zu Hause anzufordern und ließen Karl als Gegenleistung die kleinen Arbeiten ausführen, zu denen die Internatskinder angehalten wurden, wie zum Beispiel der Abwasch oder das Putzen des Zimmers. Taschengeld erhielt Karl nicht, weder vom Internatsleiter, noch von seinem Onkel oder Lucia. Auch was die Zuteilung von Arbeitsmitteln, wie Schulhefte, anging, war der Leiter sehr geizig. Karl musste immer erst sein vollgeschriebenes Heft oder seinen Reststummel Bleistift vorzeigen, um etwas Neues zu erhalten. Was Taschengeld anging, war Lucia sehr streng. Karl hätte freie Kost und Logis und bräuchte kein Geld, argumentierte sie gegenüber Dritten. Die Wirklichkeit sah so aus, dass sie die Kontoauszüge von Karls Erbe, also den Erlös des Hausverkaufs, studiert und festgestellt hatte, dass Sie für Karl in den ersten Jahren faktisch keine Ausgaben getätigt hatte, dann die Internatskosten die Gesamtsumme regelmäßig absenkten und die Zinseinnahmen hingegen nur moderat zunahmen. Kurzerhand hatte sie ausgerechnet, wie viel Geld Karl durch ihre Betreuung gespart hatte, und diesen Betrag wollte sie nun nachträglich abzwacken und für sich, Felix und das Baby verwenden. Damit die Buchungen nicht so auffielen, deklarierte Lucia sie es falsch auf den Abbuchungsformularen. Es war eine wahrhaft stattliche Summe pro Monat.

Als nun bei Karl der Wunsch hochkam, dem Schwimmverein beizutreten und den Eintritt zum Hallenbad zahlen zu wollen, schrieb Karl in seiner schönsten Handschrift einen Brief an Lucia und bat um ein monatliches Taschengeld. Lucias Absage kam schnell und schroff: Jetzt mit dem Baby können sie weniger arbeiten und hätte kaum genug Geld zum Leben, zumal Felix immer noch arbeitssuchend sei. Sein Onkel Ewald hingegen rief ihn an. Das heißt, Ewald rief bei der Internatsleitung an und ließ Karl zurückrufen. Karl stand im Büro des Internatsleiters und nachdem die Verbindung mit Ewald Arbeitsstelle hergestellt worden war, bettelte Karl um Taschengeld, das er für seinen Sport, also den regelmäßigen Schwimmbadbesuch bräuchte. Ewald hatte nie darüber nachgedacht, dass der Junge auch Geld benötigte. Er war immer davon ausgegangen, dass ein Internat eine 100% Betreuung umfasste. Doch auf seine Nachfrage bestätigte der Leiter, dass regelmäßige Schwimmbadbesuche oder Vereinsbeiträge nicht inkludiert seien. Ewald meinte dann zu Karl, er solle sich einen Job suchen und selbst Geld verdienen und er, Ewald, wolle mal mit Lucia telefonieren und fragen, was möglich sei. Für einen offiziellen Job war Karl viel zu jung. Zwar nahm man es damals mit der Kinderarbeit nicht so genau und die Mithilfe von Kindern in der Landwirtschaft war sogar seitens der Regierung erwünscht und hatte in Bayern dazu geführt, dass deren Sommerferien immer spät zur Erntezeit gelegt wurden. Nun lebte Karl nicht in Bayern und Höfe gab es in der Großstadt nicht. Zuerst versuchte Karl es beim Internatsleiter. Ob er gegen ein kleines Entgelt in der Küche helfen könne, fragte Karl. Doch den Küchendienst machten die Kinder ohnehin und wieso sollte man dafür zusätzlich zahlen. Schließlich fragte er Olaf. Beide grübelten. Karl war gut im Basteln, konnte bereits Fahrräder reparieren, ferner Küche und Bad putzen. Rasen mähen gehörte auch zu seinen Talenten. Einen Rasen hatten Olafs Eltern nicht. Sie wohnten in einer Mietwohnung. Als Karl in einem nahen Fahrradladen nach Arbeit fragte, verscheuchte man ihn mit der Empfehlung, erstmal im Sandkasten zu spielen. Eines Tages, als Olaf aus dem Schwimmbad kam und Karl vor dem Eingang auf ihn wartete, sagte Olaf mehr aus Spaß, er würde Karl einen Monat den Eintritt zum Bad zahlen, wenn er ihm die CD von den ›Red hot Chilly Peppers‹ besorgen würde. Er hätte zwar einen Sony Discman, aber seine Eltern würde ihm kein Geld für gute CDs geben. Karl hatte mehrfach den Musikplayer bewundert, jedoch war es Olaf nicht zu eigen, private Besitztümer auszuleihen. Noch nie hatte er, obwohl Olaf ihn als Freund bezeichnete, die Kopfhörer aufsetzen dürfen. Natürlich glotzte sich Karl, wie alle Jungs in dem Alter, die Augen im Kaufhaus beim Betrachten und Befummeln kleiner technischer Geräte aus. Doch leisten konnte Karl sich davon nichts. CD-Regale gab in den einschlägigen Geschäften zuhauf, doch war eine CD teurer als viermal Baden für Jugendliche. Als Olaf ein paar Tage später sagte, »klau mir die CD, wenn du noch länger mein Freund sein willst«, wusste Karl endlich, was man von ihm erwartete.

In den meisten Geschäften waren die CDs diebstahlgeschützt, in Folie eingeschweißt waren sie zudem und in einigen Läden musste man nach dem Kauf eine Leerhülle an der Kasse gegen die echte Ware umtauschen und natürlich die Kaufquittung vorzeigen. Karl überlegte hin und her, fand jedoch keine Lösung die CD der ›Red hot Chilly Peppers‹ zu entwenden, ohne das Risiko einzugehen, ertappt zu werden. Er war kurz davor, die Freundschaft mit Olaf aufzugeben, als ihn kurz vor Weihnachten ein Mädchen im Kaufhaus ansprach. Eigentlich sprach sie ihn nicht an, sondern schaute ihm in die Augen und so konnte er ihre Gedanken lesen. In seinem Alter von gerade mal elf Jahren, hatten Mädchen nichts Erotisches. Sie waren einfach nur die besseren Kumpels. Seine Mitschüler waren auf Wettkampf getrimmt, etwas, was zumindest in Bezug auf Mannschaftssport Karl nicht ertragen konnte. Mädchen hingegen gingen mit Feingefühl und Geschick an ein Problem heran, genauso wie Karl es immer tat und das machte sie zu Seelenverwandten. Das Mädchen im Kaufhaus war auf der Suche nach einem Geschenk für ihre Freundin, doch das Lieblingsparfüm war viel zu teuer. Sie überlegte angestrengt, wie sie an das Parfüm käme, Ja, sie kam sogar auf die Idee, die Probeflasche in ihren Slip zu stecken. Sie überlegte so angestrengt, dass ihr Karl eindringlicher Blick gar nicht auffiel. Mutig sprach Karl das Mädchen an, sagte ihr, dass er ihr das Parfüm besorgen könne, wenn sie ihm helfen würde. Das Mädchen, es war vielleicht 12 Jahre und damit ein Jahr älter als Karl, erschrak, sie fühlte sich ertappt. Karl beruhigte sie, sagte, jeder könne ihr ansehen, was sie vorhätte. Man müsse anders an die Sache herangehen. Ja, wie denn?, kam es zurück. Karl schätzte die Größe des Flacons auf sieben mal zwei mal fünf Zentimeter. Die zugehörige Packung war in Folie eingeschweißt und kaum größer. Karl bat die Unbekannte, mit nach draußen zu kommen. Dort erklärte er ihr, er bräuchte ein großes Brötchen, aufgeschnitten mit einem Salatblatt, aber ohne Butter. Sie kaufte ein großes Brötchen, ließ es aufschneiden und reichte es ihm. Statt eines Salatblatts schlug sie zwei Schokoküsse vor. In der Fußgängerzone aßen sie den Keksboden der Schoko-küsse und zerdrückten den Rest zwischen den Brötchen-hälften. Jetzt erst hatte das Mädchen verstanden, was Karl vorhatte. Er nahm das Brötchen, biss an einer Stelle ein wenig ab und kaute lange und umständlich, während sie das Kaufhaus betraten und sich der Parfümabteilung näherten. Das Mädchen nahm, wie zuvor abgesprochen die gewünschte Packung in die Hand. In dem Moment fiel Karl das Brötchen herunter. Beide beugten sich, wollten das Brötchen retten. Dabei verschwand die kleine Schach-tel zwischen dem Eiweißschaum des Schokokusses und den beiden Brötchenhälften. Kaum war Karl aufgestan-den, um erneut vom Brötchen abzubeißen, stand der Kaufhausdetektiv vor ihm. Karl kaute genüsslich. Der Detektiv glotzte ihn an, wandte sich dann dem Mädchen zu, welches umständlich den zuvor verschütteten Inhalt ihrer Handtasche einräumte. Natürlich kontrollierte der Detektiv den Inhalt der Tasche, fand aber nichts. Als Karl ging, rief er ihm hinterher, dass der Verzehr von Speisen im Kaufhaus nicht erlaubt sei, worauf Karl sofort den Weg zum Ausgang nahm. Wenig später kam das Mädchen heraus und hüpfte vor Freude. Ein paar Meter weiter befreite sie die teure Packung vom Zuckereiweißgemisch. Dann drückte sie dem Jungen ein Küsschen auf die Wange und bedankte sich. Auf ihre Frage, wie sie ihm helfen könne, zuckte Karl mit der Schulter. Eine CD sei zu groß für ein Brötchen, doch bräuchte eine von den ›Red hot Chilly Peppers‹, um in das Schwimmbad gehen zu können, denn er selbst hätte kein Geld. Das Mädchen lachte. So was von um die Ecke gedacht, hatte sonst niemand in ihrem Bekanntenkreis. Sie schlug ihm Folgendes vor: Sie hätte die CD von der Musikgruppe zu Hause und die Musik gefalle ihr nicht. Er könne die CD haben – als Dank. Und wenn er Lust hätte, dann könnten sie mit seinem Trick nochmals kleine teure Dinge klauen, in jedem Kaufhaus mindestens einmal und sich den Gewinn teilen. So käme er mit Arbeit zu Geld. Karl stimmte zu. Zuerst machten sie sich auf dem Weg zu ihr, denn Karl wollte unbedingt die CD haben. Sie wohnte in einer recht großen Dreizimmerwohnung am Rande der Innenstadt, ihre Eltern waren arbeiten, sie Einzel- und Schlüsselkind. In ihrem Zimmer mit rosa Tapeten und IKEA-Möbeln kramte sie nach der CD und reichte sie Karl alsbald. Das Acrylglas war ein wenig verkratzt, doch sie spielte tadellos. Karl hörte zum ersten Mal die ›Red Hot Chilly Peppers‹ und war entsetzt, wegen so einer Musik so viel riskiert zu haben. Noch am Abend übergab er Olaf stolz die CD. Sein Freund hielt sein Versprechen jedoch nicht, denn er sagte, es sei eine alte Disk der Gruppe und nicht der neueste Hit. Während der folgenden Woche, es war bereits Advent, machten Viki, so hieß das Mädchen und Karl alle Kaufhäuser der Stadt unsicher. Karl klassifizierte, sehr zur Überraschung von Viki, die in den Fenstern aushängende Damenmode, als sei Karl Lagerfeld sein Vater. Sie klauten ausschließlich Parfüms, immer die teuerste Ware, die frei zugreifbar war. Der Trick mit dem Brötchen klappte immer. Mittels einer großen Brottüte, die Karl mit Metallfolie ausgekleidet hatte, schmuggelten er und Viki auch die neueste CD der ›Red Hot Chilly Peppers‹ durch die Kontrollschleuse. Als er sie Olaf überreichen wollte, meinte dieser, die ›Red Hot Chilly Peppers‹ seien scheiße. Er stände jetzt auf ›Milli Vanilli‹. Wenig später verschenkte Karl seine erste Beute-CD an eine Klassenkameradin, eine deren Gedanken er nicht lesen konnte und die ihn schon deshalb besonders ansprach. Er tat es, obwohl Karl wegen seiner Abneigung gegen Fußball und seiner bevorzugten Bekanntschaft mit Mädchen, von den anderen Jungs heftig verspottet wurde.

Die Weihnachtstage verbrachte Karl im Internat. Lucia hatte auf seinen Brief nicht geantwortet. Sie wollte mit Baby und Felix als Familie feiern. Ewald nutzte die Zeit zwischen den Jahren traditionell, um Forscherkollegen in Schweden zu besuchen. Dort verbrachte er die Tage in einer Hütte am zugefrorenen See primär mit Fachsimpeln, Saufen und Saunen. Bei Leo und Meta auf dem Hof war es Weihnachten immer sehr still und vor allem kalt, da sie den Ofen einheizen mussten. Eva verbrachte die Tage auf den Kanaren. So blieb Karl das einzige Kind vor Ort. Die Internatsleitung sah es nicht gerne, denn das Personal hatte frei. Jedoch stand kein Passus im Vertrag, der Kindern den Aufenthalt während der Tage verwehrte. Keins der anderen Kinder bot ihm an, sie zur Christmette oder zur Bescherung zu begleiten. Den Älteren war der Kleine egal. Olaf hatte einen neuen Freund gefunden, der über reichlich Taschengeld verfügte und die Mädchen trauten sich nicht, einen fremden Jungen mit nach Hause zu bringen. Einzig der Hausmeister hatte ein Einsehen. Er konnte das Haus nicht einfach schließen, daher lud er Karl zu sich nach Hause ein. Seine Frau hatte nichts dagegen, sah ihren Mann lieber mit einem fremden Jungen unterm Baum sitzen als im Internat. Das Hausmeisterehepaar hatte zwei erwachsene Kinder und bereits drei Enkelkinder im Kleinkindalter. Heiligabend waren sie allein, die Kinder feierten in ihren eigenen Familien. Der erste Weihnachtstag war für die anderen Elternteile vorgesehen, ein heimischer Besuch für den Zweiten. Nach dem Frühstück am Heiligabend, das immerhin noch drei weitere Internatsschüler einnahmen, verabschiedeten sich die drei von Karl und wünschten ihm ein frohes neues Jahr. Der Hausmeister hatte das Anrichten des Frühstücks übernommen, denn das Küchenpersonal hatte bis Anfang Januar frei. Die Lehrkräfte und der Internatsleiter waren schon am 23. Dezember dem Haus ferngeblieben. Nachdem Karl und der Hausmeister, er hieß Kurt, abgewaschen und aufgeräumt hatten, begleitete ihn Karl nach Hause. Er wohnte in einem Flachdachanbau des Gymnasiums, zirka 150 Meter vom Internat entfernt. Nachdem Karl die Frau des Hausmeisters herzlich und mit ein paar selbstgebastelten Papierrosen begrüßt hatte, führte Kurt ihn in den Keller des Hauses. Dort wollte er zur Feier des Tages eine Modelleisenbahn im Maßstab H0 aufbauen. Lange, so sagte er, hätte sie in Pappschachteln auf ihre Wiederbelebung gewartet. Gestern endlich hätte er eine alte Tischtennisplatte gerichtet und nun müsse die Anlage nur noch aufgebaut und verkabelt werden und dann könne man Züge zusammenstellen und fahren lassen. So käme für Karl keine Langeweile auf. Während Kurt seiner Frau bei den Vorbereitungen half, schraubte Karl an den Schienen und der Verkabelung herum. Das Mittagessen störte nur. Schon lange hatte Karl sich so etwas gewünscht. Am späten Nachmittag fuhr der erste Zug im Kreis herum. Karl war stolz. Statt der Bescherung modellierten sie zu dritt aus Eierkartons einen Tunnel. Die Möglichkeit mit einer Modelleisenbahn zu spielen, war das schönste Geschenk, was Karl jemals zu Weihnachten erhalten hatte. Weitere Geschenke erhielt er Heiligabend nicht. Erst ein paar Tage später erreichte ihn eine von Lucia selbst geschneiderte Hose aus dickem Jeansstoff, die perfekt passte. Er nächtigte im Gästezimmer, eigentlich das ehemalige Kinderzimmer. Am ersten Weihnachtstag begleitete er das Ehepaar in die Kirche, danach kochten sie zusammen, im Anschluss durfte Karl beim Abwasch helfen. So verging die Zeit, wie bei vielen Familien. Am zweiten Weihnachtstag trafen die Kinder und Enkelkinder ein. Karl verabschiedete sich bereits am Morgen, versprach auf sich und das Internat aufzupassen. Es war das letzte Mal, dass er Weihnachten im Kreis einer Familie verbrachte. Zwar war es nicht seine Familie gewesen, doch später dachte er oft und gerne diese Festtage zurück. Da er im Internat allein war, entschloss er sich, Schwimmen zu gehen. Durch Vikis Hehlerei hatte er ein wenig Geld eingenommen und wollte nun endlich das Hallenbad mit seiner 50 Meter Bahn kennenlernen. Zum Glück hatte es am zweiten Weihnachtstag offen. Einen Tag vorher hätte Karl wenig Glück gehabt. Er zahlte den Preis für Jugendliche, zog sich um und kraulte dann mehrere Bahnen im schönen 50 Meter Becken. Dabei war er nicht allein. Ein älterer Herr nutzte den Feiertag, um seine Rückenschwimmfähigkeiten zu verbessern. Als dieser seine Übungen beendet hatte, schaute er zu, wie Karl mit sauberen Kraulzügen und fast perfekter Atemtechnik seine Bahnen zog. Der Stil des Jungen begeisterte ihn. Zwar war Karl nicht schnell, was kein Wunder war, denn er hatte mehrere Monate nicht üben können, doch er schwamm ausdauernd und stilecht. Als Karl nach 1500 Metern aus dem Wasser stieg, beglückwünschte der Herr ihn. Seine Leistung sei sehr gut. Er hätte kaum jemanden in dem Alter mit so guter Technik gesehen. Karl antwortete, dass er früher zum Schwimmtraining gegangen sei und dort den richtigen Kraulstil gelernt hätte. Der Lehrer sei gut gewesen, aber jetzt hätte er keine Möglichkeit mehr. Dies machte den Herren stutzig und er fragte zurück, warum dies so sei. Karl, emotional von der Weihnachtsfeier beim Hausmeister aufgewühlt, erzählte dem Fremden alles. Von seinen verstorbenen Eltern, seinem Aufenthalt im Internat, von der Tante, die jetzt ein eigenes Baby hätte und seinem Onkel, der Wissenschaftler sei. Und zum Schluss, ganz beiläufig, erwähnte Karl, dass er kein Taschengeld bekommen würde und er sich schlicht und ergreifend den Besuch im Schwimmbad nicht leisten könne und den heutigen Besuch nur den Zuwendungen einer Mitschülerin zu verdanken hätte. Der Mann war gerührt. So viel Elend und Leid direkt vor seiner Haustür kannte er nicht. Nach dem Ankleiden wartete er auf Karl im Vorraum. Er drückte Karl einen Fünfziger in die Hand und sagte, er wolle ihm eine Dauerkarte fürs Schwimmbad spendieren, wenn er in den Schwimmverein eintreten und sich dort auf Triathlon konzentrieren würde. Er bräuchte nur noch ein gutes Rad und Laufen könne er bestimmt auch schnell. Der Verein würde ihm ein Rad zum Üben ausleihen und richtig gute Laufschuhe würde er ihm spendieren. So viel sei ihm persönlich die Förderung des Sports wert. Karl war beeindruckt und konnte sein Glück kaum fassen, hatte er doch an drei Tagen mehr Zuwendung erhalten, als sein Onkel ihm in all den Jahren gegeben hatte. Dankend nahm er das

Angebot an. Ob er ein guter Triathlet werden würde, wusste er nicht. Doch versuchen konnte er es ja.

6

Nachhilfe, Triathlon und Vanessa

Den November 1989 verbrachte er im Internat und verstand die Aufregung der Lehrer über die gefallene Mauer nicht. Bisher hatte er über Deutschland und seine Teilung gar nichts gewusst und die Lehrer in der Schule hatten ihm alles Mögliche vermittelt, doch keine Politik gelehrt. Doch wenig später tauchten die ersten Trabbis auf den Straßen der Großstadt auf und Meta schrieb ihm, ihr Neffe sei zu Besuch gekommen und würde am Liebsten da bleiben, so gut würde es ihm gefallen.

Ein Jahr später hatte sich an seiner Situation einiges geändert. Zwar war der Kontakt zu Lucia abgebrochen und sein Onkel Ewald hatte, nachdem der Staat die Forschungsgelder neu verteilt hatte und Ewalds Institut leer ausgegangen war, einen Forschungsauftrag in Schweden angenommen und war seit Anfang 1991 fort, doch im Internat waren neue Frischlinge, jünger als Karl angekommen. Er war nicht mehr der Jüngste auf seiner Stube. Das Schwimmtraining hatte seinen jungen Körper athletisch gestählt, die anderen Jungs achteten ihn wegen seiner sportlichen Leistungen, die Mädchen in der Klasse mochten ihn. Seine Haare ließ er sich vom Hausmeister mit der Maschine kurz schneiden und begründete es mit dem geringeren Widerstand beim Schwimmen. Er hatte auch bereits an ein paar Triathlon-Wettbewerben teilgenommen. Dabei gehörte er in der Schwimmdisziplin zu den

Besten seiner Altersklasse, das Laufen war so lala, beim Radfahren haperte es, denn die geliehenen Räder waren alt und langsam und ein eigenes konnte er sich nicht leisten, denn Taschengeld erhielt er immer noch keins. Geld verdiente er als Nachhilfelehrer für Fünf- und Sechsklässler. Seine missliche Lage kennend, spielten ihm die Lehrkräfte am Gymnasium reichlich Nachhilfekandidaten zu. Freunde hatte er kaum. Hin und wieder sprach ihn ein Mitschüler an, doch mangels Zeit und Geld musste Karl viele Einladungen absagen und so hielten die Freundschaften nicht lange. Sein Tagesablauf sah nämlich wie folgt aus: Er stand um sechs Uhr in der Früh auf, putzte sich die Zähne, fuhr dann zum Schwimmbad. Dort schwamm er 1500 Meter, wozu er eine halbe Stunde benötigte, manchmal, wenn das Wasser über Nacht dichter geworden war, brauchte er eine oder zwei Minuten länger. Im Bad duschte er und um Viertel nach sieben saß er beim Frühstück, meist allein. Ab und an gesellte sich jemand dazu. Gerne las er dabei die Tageszeitung, wenn er keine erwischte, nahm er die des Vortags, die der Hausmeister ihm immer zurücklegte. Er interessierte sich für den Sportteil, der wenig über Schwimmen, Radfahren und Laufen enthielt, auch las er die Technikseiten, wenn es um Computer ging, die er sich nicht leisten konnte, und dann waren da noch die Kreuzworträtsel. Nach dem Unterricht von acht bis zwei nahm er in der Mensa sein Mittagessen ein. Dann ging er seine Hausaufgaben an. Punkt vier traf er sich mit einem Nachhilfeschüler. Im Stundentakt bis sechs oder sieben unterrichtete er, schließlich brauchte er Geld. Zweimal die Woche traf sich um sechs der Schwimmverein zum Training, ein Termin, den er nie versäumte. An den anderen Tagen ging er laufen. Meist reichte ihn die Aschenbahn des Sportplatzes, bei sehr schönem Wetter rannte er durch die Natur, meist bis zum Kloster und der Stelle, an der sein Lehrer verunglückt war und dann zurück. Wenn er zu spät zurückkam, legte ihm der Hausmeister das Abendbrot zurück. Im Anschluss waren seine Hausaufgaben und die Vorbereitung auf Prüfungen dran. So ging das fünf Tage die Woche. Samstag und Sonntag lieh er sich das Rennrad des Vereins aus und raste, meist allein, 100 bis 150 km durch die Umgebung. Es gab auch Sonntage, an denen er an Wettbewerben teilnahm. An diesen Tagen ersetzte der Wettkampf sein Training. An Samstagen kam es vor, dass er vor dem Radfahren einen Schüler unterrichtete und es gab Samstagabende, an denen er sich auf die Schule vorbereitete. Wirklich selten, wurde er am Samstagabend zu einer Fete eingeladen. Er und die Mitschülerinnen waren ja erst 13 und kaum eine oder einer hatte eine Vorstellung von Karls täglichen Arbeitspensum. Sie lebten in den Tag hinein, die Mädchen himmelten irgendwelche Typen oder Stars an und die Jungs huldigten dem Fußball, den Karl nicht leiden konnte. Nicht nur auf den Feten hatte die Kehrseite seiner Fähigkeit, die Gedanken einiger Mädchen lesen zu können, ihn im Umgang mit dem weiblichen Geschlecht vorsichtig machen lassen. Oft sahen sie ihn als Trophäe und wollten sich mit der Bekanntschaft eines breitschultrigen hoch aufgeschossenen Schwimmers und Triathleten rühmen. Doch er litt förmlich darunter, denn die meisten Mitschülerinnen durchschaute er, will heißen, er konnte ihre Gedanken lesen und das, was er las, stieß ihn ab. Aus anderen Mädchen wurde er nicht klug und sie waren zumeist albern, unausstehlich und unreif. Erst genommen wurde er von älteren Schülerinnen und Schülern. Sie bewunderten seine Hartnäckigkeit und im Schwimmverein war er der heimliche Star. Doch um sich in ihn zu verlieben war er zu jung und so blieb Karl die meiste Zeit das, was er immer gewesen war: Ein Einzelgänger. Im Mai wurde er von einer Klassenkameradin zu einer Feier eingeladen. Ihre Eltern bewohnte ein Einfamilienhaus in einem Außenbezirk der Stadt. Eigentlich wollte Vanessa nur mit Sven feiern, denn in ihn war sie verknallt. Er wusste es nicht. Da er es nicht wusste, lud sie die ganze Klasse ein und damit auch Karl. Vanessas Eltern gehörten der 68er Generation an und waren, was den Umgang ihrer Tochter anging, sehr liberal. Sie hätten auch toleriert, wenn der Vierzehnjährige bei Vanessa übernachtet hätte, doch da Sven nichts von seinem Glück wusste, wollte Vanessa ihren Geburtstag nutzen, um alles einzufädeln. Schließlich wird man nur einmal vierzehn. Am Samstagnachmittag um fünf klingelte Karl an der Tür des weißen Einfamilienhauses. Es war herrliches Wetter und er hoffte, die Fete würde im Garten stattfinden, denn er litt immer noch unter einer sozialen Phobie und fühlte sich unter zu vielen Menschen in engen Räumen unwohl. Lieber schwamm er alleine seine Bahnen oder rannte durch den Wald. Vanessa öffneten ihm freudestrahlend. Karl machte ihr Komplemente, lobte den Schnitt ihrer blonden Haare und hatte für ihren Minirock und das weiße Shirt nicht nur einen Blick, sondern auch lobende Worte übrig. Als Geschenk hatte er ein Mystery Kartenspiel besorgt, dafür ein paar Münzen auf den Ladentisch blättern müssen. Es war ihm nicht schwergefallen, ihren Gedanken diesen Wunsch abzulesen. Gleich an der Tür öffnete sie das Geschenk und als sie das Spiel erkannte, jubelte sie, umarmte ihn und drückte ihm ein Küsschen auf die Wange. Just in diesem Moment trat der angebetete Sven durch die Pforte. Karl hatte Probleme mit seiner Kleidung. Seine Hosen passten ihm in der Regel nicht oder nicht lange, waren also entweder zu kurz und zu eng oder zu lang und zu weit. Bei den T-Shirts war es einfacher. Er trug grundsätzlich eine Nummer größer. Bei Jacken und Pullover war es Glücksache, denn zu Beginn des Winters war gute Ware kaum zu bekommen und im Sommer dachte keiner seiner Mitbewohner daran, ihm ihre Wintersachen zu verkaufen und außerdem wusste Karl nie, wie groß er im kommenden Winter sein würde. An dem Samstag, mit Vanessa an der Haustür stehend, hatte er eine Jeans an, die ihm viel zu kurz war, aber oben gut passte, ein Problem, welches in seinen langen Beinen begründet lag und eine Jeans, Weite normal, Länge zwei Zoll größer, war selten auf dem Altkleidermarkt vorzufinden. Im Hochsommer trug Karl daher bevorzugt kurze Hosen, doch es war Mai, zwar schönes Wetter, jedoch wären Shorts zu diesem Anlass unpassend gewesen. Vanessas Gesicht nahm die Farbe der untergehenden Sonne an, als sie Sven bemerkte. Sofort fragte sie sich, ob Sven wohl ihr Küsschen gesehen hätte und jetzt vielleicht eifersüchtig sei. Wobei, wäre das nun gut oder schlecht? Sven hatte alles gesehen und er fühlte sich Vanessa gegenüber zu nichts verpflichtet. Daher lästerte er zur Begrüßung über Karls Hochwasserhose ab und machte sich über sein Nachthemd lustig, gemeint war das T-Shirt, drei Nummern zu groß. Sven hatte zwei Flaschen Bier dabei. Ohne Verpackung, ungeschmückt. Eine reichte er Vanessa und meinte zu ihr, dass sie das Bier zur Feier des Tages auf Ex trinken müsse, schließlich sei sie ja schon vierzehn. Karl konnte noch kurz einen Blick in ihre Augen erhaschen und las, wie Vanessa sich nicht über das

Geschenk, sondern über ihn, also Karl ärgerte, denn zu gerne hätte sie ihren geliebten Sven alleine begrüßt. Durch den Flur des Hauses ging es in den Garten, doch Karl bog in die Küche ab, wo Vanessas Mutter einen Salat zubereitete. Im Ofen brutzelte eine Quiche und auf dem Tisch lagen Baguettestangen und eine Packung Rostbratwürste. Artig begrüßte Karl die Mutter der Gastgeberin, gab ihr die Hand und verbeugte sich leicht. Sie fragte ihn, ob er Sven sei, Vanessa hätte schon so viel von ihm erzählt. Karl verneinte und nannte seinen Namen. Sofort und unüberlegt kam es von der Mutter zurück: »Ah, du bist der arme Schlucker aus dem Internat, der mit den Hochwasserhosen und den abgewrackten Klamotten.« Gleich nachdem es ihr rausgerutscht war, war es ihr peinlich und sie entschuldigte sich. Karl kannte diese Sprüche zuhauf. Statt beleidigt abzuziehen, bot er der Mutter an, ihr bei den Vorbereitungen zu helfen. Ob sie getrocknete Tomaten hätte, die würden gut zu den Nudeln passen, fragte er. Sie schauten ihn mit großen Augen an, fragte, ob er Gedanken lesen könne. Bei ihnen nicht, log er und sie wusste nicht, ob er sie verarschte oder nicht. Jedenfalls holte sie getrocknete Tomaten, auch Pinienkerne gab sie ihm, die er kurz anröstete und dann zum Nudelsalat gab. Die Mutter war entzückt. So jung und so gut erzogen. Sie wünschte, ihre Tochter hätte auch nur einen Bruchteil davon. Doch sie hatte Vanessa selber erzogen und durfte sich nicht beschweren. Zusammen trugen sie die Zutaten nach draußen auf den Gartentisch. Dort hatte man schon Servietten und Teller bereitgestellt. Am Grill stand der Herr des Hauses, ein stämmiger Mann Anfang vierzig. Aus Karls Sicht passten die beiden, also Mutter und Vater nicht zusammen und Karl nahm sich vor, herauszufinden, wo sie sich kennengelernt hatten. Die Gäste tobten derweil auf dem Rasen. Es waren viele und zu viele für Karl. Daher gesellte er sich zum Vater, begann eine unverfängliche Unterhaltung über das Grillen, etwas, wovon Karl keine Ahnung hatte. Der Vater sagte, Grillwürstchen würden am besten schmecken, wenn man sie mit Bier begießen würde. Auch Senf noch auf dem Grillgut sei gut und sehr schmackhaft. Karl bat darum, es ausprobieren zu dürfen. Der Vater, der sich im Umfeld so vieler pubertierender Teenager überhaupt nicht wohl fühlte, unterwies Karl kurz aber präzise im Grillen. Es waren ja nur Würstchen, günstig vom Discounter erstanden, da konnte man nicht viel falsch machen. Noch bevor die Kohle richtig glühte, verabschiedete sich der Vater, klopfte Karl auf die Schulter, sagte, dass er ein tüchtiger Junge sei. Karl dachte nur, dass es für ihn ganz einfach sei, die Herzen der Eltern zu erobern, er jedoch bei Gleichaltrigen große Schwierigkeiten hatte. Allerdings wunderte es ihn nicht, war er doch quasi nur unter Erwachsenen aufgewachsen. Als die Glut feurig heiß war, jedoch keine Flammen mehr schlugen, öffnete er das Wurstpaket und packte erst nur drei Würstchen auf den Grill, nicht ohne die Metallstangen vorher mit Öl einzustreichen, was der Vater ihm gelehrt hatte. Nun wollte er mit Bier und Senf grillen, doch es gab kein Bier, Alkohol war für die Minderjährigen verboten. Karl ging zu Vanessa, flüsterte ihr etwas in Ohr. Sie verstand sofort seinen Plan und nannte ihm das Versteck der Bierflasche. Leider sah Sven auch dieses Getuschel der beiden. Es erregte ihn. Sven war Gegenspieler nicht gewohnt. Er führte als Kapitän eine Fußballjugendmannschaft an, gehorchte nur dem Trainer und gab seinen Mitspielern Anweisungen. Gegenüber der gegnerischen Mannschaft hatte er immer das letzte Wort und sein Geschimpfe auf dem Platz war beleidigend. Gerade dieses Hahnverhalten machte ihn für Vanessa so anziehend. Den Schwimmer und Triathleten Karl hatte sie immer belächelt und am liebsten gar nicht eingeladen. Karl hatte inzwischen die Bierflasche gefunden, mit einem Schlag gegen die Tischkante geöffnet und goss die Flüssigkeit vorsichtig über die Würste. Danebenliegende bestrich er mit Senf. Alle wendete er gleichmäßig, keins brannte an oder verkohlte. Er nahm sich vor, beim nächsten Sommerfest des Schwimmvereines am Grill zu helfen, weil es Spaß machte. Vanessa eröffnete feierlich das Buffet. Dazu stellte sie sich auf einen Klappstuhl, wollte alle sehen können und selbst gesehen werden. Sie sprach ein paar Worte und dankte für die Geschenke. Ja, man hatte den Eindruck, sie hatte Tage an der Formulierung gepfeilt. Sven stand vor ihr, Karl immer noch am Grill ein paar Meter seitlich entfernt. Zum Schluss ihrer Rede und dies hatte sie nicht einstudiert, wollte sie Karl für die Hilfe in der Küche und beim Grillen danken. Sie drehte sich zur Seite, der Klappstuhl kippelte und Vanessa stürzte – in die Arme von Sven. Ob es Zufall war oder ob sie es genauso kalkuliert hatte, blieb unklar. Jedenfalls war ihr nichts passiert. Sven fand die Situation reizend. Statt sie hinunter zu lassen, sagte er, sie habe sich den Knöchel verstaucht und er würde sie verarzten und ihr eine Bandage anlegen. Man solle ihm mindestens zwei Würstchen beiseitelegen. Und schon trug er Vanessa ins Gästebad. Dort verriegelte er die Tür und küsste Vanessa, der vor Glück ganz heiß wurde. Die beiden blieben über eine Viertelstunde weg. Niemand weiß, was in der Zeit passierte. Zuerst kam Vanessa zurück in den Garten, schnappte sich ein Bratwürstchen, nahm sich

Nudelsalat und Brot dazu. Ihre Freundinnen bestürmten sie, jede wollte wissen, ob oder ob nicht. Vanessa strahlte die ganze Zeit und bald plauderte sie los. Karl hatte bisher nur gegrillt und selbst nichts gegessen. Er hatte Hunger und daher nahm er das letzte Würstchen vom Grill, das einzige Exemplar, welches nicht perfekt, da es aufgeplatzt war. Er tunkte es in Senf und biss herzhaft ab. In dem Moment trat Sven aus dem Haus. Er hatte sein Gesicht gewaschen und die Haare frisch gekämmt. Dennoch sah er verändert aus, ein Schmunzeln lag auf seinen Lippen. Schnurstracks marschierte er zum Grill und forderte von Karl seine zwei Bratwürste, schließlich hatte er sie bestellt. Doch es waren keine mehr da. Die Marinade aus Bier und Senf hatte allen so gut geschmeckt, dass sie mehr Wurst gegessen hatten, als geplant gewesen war. Vom Nudelsalat war noch eine halbe Schüssel da. Sven fühlte sich stark. Er hatte gerade die Gastgeberin geküsst, hatte ihre flachen Brüste begrapscht und ihr an den Po gegriffen. Und nun war für ihn keine Belohnung da. Und das nur, weil dieser hergelaufene Hochwasserhosenträger aus dem Internat nicht in der Lage gewesen war, ihm zwei lächerliche Würste zurücklegen. Karl biss gerade von der Wurst ab, als Svens Faust ihn mitten ins Gesicht traf. Damit hatte Karl nicht gerechnet. Das fettige Fleisch schlug mit Wucht gegen seine Wange, Fett spritzte auf sein weißes T-Shirt. Als Sven zum zweiten Mal zuschlagen wollte, fing Karl seine Hand ab und drehte blitzschnell den Arm auf Svens Rücken. Sven schrie auf, versuchte zu treten. Karl hielt dagegen. Bald wälzten sie sich auf dem Rasen, umringt und angefeuert von einer Meute Teenager. Jemand schrie, er wolle Blut sehen. Ein anderer feuerte Sven an, er solle Karl kastrieren. Fast alle Mädchen, die Jungs sowieso, waren für Sven. Er war ihr Fußballkapitän. Nur Vanessa kamen Zweifel. Svens Begrabsche auf dem Klo war unangenehm gewesen. Sein Atem hatte beim Küssen nach Bier geschmeckt und überhaupt hatte er sich unflätig und leicht übergriffig benommen. Sie hatte von Romantik und Händchenhalten geträumt, stattdessen hatte er ihr in den Slip greifen wollen. Nach ein paar Minuten kam Vanessas Vater angerannt und trennte die Kampfhähne. Ohne zu zögern und ohne sich bei seiner Tochter zu erkundigen, erteilte er beiden Jungs Hausverbot. Karl ging auf der Stelle und ohne sich umzudrehen und zu Fuß zurück. Sven wehrte sich gegen den Rausschmiss, zeterte lange, beharrte auf seine Unschuld und fand schließlich Gnade beim Vater. Ein Mitschüler hatte auch Bier dabei und die beiden tranken viel zu schnell jeweils zwei Flaschen, spotteten über Karl und machte sich über die Hühner lustig, wie sie die Mädchen nannten. Vanessa hatte sich die Fete anders vorgestellt, doch sie machte das Beste daraus und stellte ihren Kassettenrecorder an und bald tanzte sie wild gestikulierend mit den anderen Mädchen auf der Terrasse, während die verbleibenden Jungs sich mit Cola und manche mit Bier am Anblick der Tanzenden ergötzten.

7

DLRG

Karl hatte nach diesem Erlebnis genug von Feten und Geburtstagsfeiern. Ein paar Tage später sagte er eine Einladung ab und als sich vor den Ferien die Feten häuften, wurde er von den Veranstaltern geflissentlich übersehen. Er war nicht böse drum. In den Sommerferien war es im Internat deutlich leerer als sonst. Zwar waren mehr Jugendliche da, als zum Beispiel über Weihnachten, doch niemand außer Karl blieb sechs Wochen im Stück. In den Vorjahren hatte Karl die Zeit einsam dort verbracht, an manchen Tagen dem Hausmeister Gesellschaft geleistet und war viel im Freibad gewesen. In diesem Jahr wollte er aufregendere Ferien erleben und hatte sich zur DLRG angemeldet. Sein Ziel war, die Sommerferien an der Ostsee zu verbringen, denn als Rettungsschwimmer der DLRG würden ihm Kost und Logis gestellt. Der Weg zum Ziel war lang. Die Prüfung war für ihn ein Klacks. Schwimmen konnte er, vor dem Turmsprung hatte er Respekt, aber keine Angst und eine Rettung gelang ihm auf Anhieb, allerdings übte die Ortsgruppe im Schwimmbad und nicht im Meer. Für den Sommer bot man ihm die Aufsicht an einem Badesee zirka 10 km außerhalb der Stadtmitte an. Dort gab es einen Turm, von dem aus man die Badenden beobachten konnte und an einer Holzbaracke prangte ein Schild mit der Aufschrift Rettungsstation. Die Bewachung des Strands war von 10 Uhr vormittags bis Abends um 19 Uhr angesetzt. Eine gelbrote Fahne signalisierte die Einsatzbereitschaft. Die Station war eingerichtet worden, nachdem vor Jahren drei Leuten ertrunken waren. Grund war die Topologie des Sees. Der Baggersee war nachträglich zum Badesee umgestaltet worden. Anfangs war es nur eine Kuhle mit steil abfallendem Ufer gewesen und der Zugang streng verboten. Dann hatte die Stadt nach Freizeitmöglichkeiten gesucht und die Ufer abgeflacht. Nun ging es zirka 10 Meter seicht ins Wasser und danach wurde es schnell sehr tief. Zwar trennten Bojen die flache Uferzone ab, trotzdem ertrank jedes Jahr ein Mensch. Immer außerhalb der DLRG-Aufsichtszeiten, meist nachts und mit besoffenem Kopf, denn der Flecken war als Party-Ort beliebt. Für Karl war es der erste Einsatz bei der DLRG. Er hatte zusammen mit einer siebzehnjährigen Abiturientin Dienst. Morgens schmierte er sich Brote und füllte zwei Wasserflaschen mit Leitungswasser auf. Gegen Ende des Schuljahrs hatte er sich vom sauer verdienten Geld ein gebrauchtes Rennrad gekauft und damit radelte er nun jeden Morgen zum See und abends wieder zurück. In der ersten Woche regnete es. Karl kam nass an, zog sich um und zusammen mit Anita, so hieß seine Kollegin, warteten sie auf die Sonne, die ab und ab über Mittag durch die Wolken brach und niemanden ins kalte Wasser lockte. Dann saßen sie nur in der Holzbaracke herum und klönten. Anita erzählte gern und oft von ihrem Freund, der in einer anderen Stadt studierte und im Sommer seine Prüfungen ablegen musste. Sie selbst wollte im nächsten Schuljahr ihr Abitur machen. Ab und an besuchte ihr Freund sie, manchmal am Wochenende, manchmal während der Woche. Sie konnte natürlich nicht einfach fernbleiben und Karl allein am See wachen lassen, doch eine Vertretung fand sich nur an Sonntagen, wenn die älteren berufstätigen DLRG-Mitglieder ihre Ehrenamtsaufgaben erfüllen konnten. In der zweiten Woche regnete es nicht mehr, doch es waren kaum Badegäste am See. Das Wasser war kalt, die Luft nicht sommerlich warm und sehr viele Familien machten Urlaub. Karl wachte eisern und beobachtete gerne und viel das Wasser. Er war neu und wollte auf keinen Fall einen Fehler machen. Jeden Tag ging er selbst schwimmen. Zum gegenüberliegenden Ufer waren es zirka 800 Meter und er schwamm diese Strecke zweimal. Typischerweise tat er dies früh am Morgen, bevor sein Dienst begann, er war es ja nicht anders gewohnt. Am Nachmittag, wenn Anita es erlaubte, rannte er vier Runden mit je 4 km um den See und hatte damit sein Triathlon-Training beendet. Im Gegenzug wachte er allein, wenn Anitas Freund auftauchte. Meist stand der am Nachmittag plötzlich hinter ihr und hielt ihr die Augen zu. Sie strahlte dann. Die beiden klönten ein paar Minuten und meist bat Anita, Karl eine halbe Stunde alleine zu wachen und im Notfall sehr laut zu brüllen. Danach verkrochen sich die beiden in die Rettungsbaracke. Dort stand ein Feldbett, dessen Matratze furchtbar quietschte. Karl amüsierte sich jedes Mal, wenn die beiden sich vergnügten. Er gönnte es ihr.

Dann wurde das Wetter richtig gut. Es war heiß und am See Hochbetrieb. Es war bereits die vorletzte Ferienwoche und die meisten Familien aus ihrem Urlaub zurück. Besonders die nicht arbeitenden Schülerinnen und Schüler pilgerten zum Badesee. Am Vormittag war es meist ruhig und Karl konnte sein Training absolvieren. Gegen zwei Uhr füllte sich die Liegewiese und wenn die Sonne so richtig brannte, tauchten nicht nur die Kinder ins kühle

Nass. Karl und Anita bezogen Stellung auf dem Turm und schauten unentwegt durch ihre Ferngläser. Anitas Freund hatte eine schwere Klausur an der Uni zu bestehen und ward seit einer Woche nicht gesehen. Sven war auf einer Fußballfreizeit seines Vereins gewesen und Vanessa hatte mit ihren Eltern Italien besucht. Es gab Tage, da kam Vanessa am frühen Nachmittag mit einer Freundin. Dass Karl sie vom Wachturm aus beobachtete wusste sie nicht. Sie hatte Karl verdrängt, der Vorfall an ihrem Geburtstag war ihr immer noch peinlich. Sven hingegen kam immer erst gegen Abend und nie allein. Zusammen mit zwei oder drei Jungs, die er Fans nannte, hockten sie auf der Liegewiese und soffen literweise Bier. Die Flaschen ließen sie liegen und meist sammelte Karl sie am nächsten Morgen ein, um das Pfand einzulösen. Es war ein Freitag. Vanessa war schon eine Stunde da und verabschiedete gerade ihre Freundin, die mit ihrem großen Bruder im Auto zurückfahren wollte, als Sven mit seinem Tourenrad um die Ecke bog. Er kam allein und gesellte sich zu Vanessa. Sie saßen auf der Liegewiese, Sven trank Bier, bot Vanessa auch eins an. Vanessa wollte nicht zurückstecken, wollte sich amüsieren und der Junge, für den sie geschwärmt hatte, war noch attraktivier als vor ein paar Monaten. Mit seinem Fernglas konnte Karl nicht die ganze Zeit auf das Pärchen glotzen. Er musste den ganzen Badebereich, ja den ganzen See im Überblick behalten. Nur einmal während der Ferien hatte es einen Notfall gegeben, als zwei Kinder mit ihrem Gummiboot in Seenot gerieten, weil dem Ding die Luft ausging. Karl war hingeschwommen und hatte die beiden Kinder an Land geholt. Einen Tag später drückte ihm der Leiter der Ortsgruppe eine Bronzenadel in die Hand und der Vater der Kinder spendierte dem Retter von der DLRG eine warme Cola. Der Zufall wollte es, dass just an dem Tag, an dem Venessa und Sven sich versöhnten und schon bald knutschend in der Abendsonne lagen, Anitas Freund auftauchte. Er hatte die Klausur geschrieben und war froh über ein paar Tage, die er mit Anita verbringen wollte. Anita verzehrte sich schon seit Tagen nach ihrem Freund und obwohl viel los war am See und im Wasser, rang sie Karl eine halbe Stunde Erholung ab. Karl wusste, was bevorstand und hoffte, es möge in der Zeit keinen Einsatz geben. Svens Vorrat an Bier war aufgebraucht. Er hatte vier, sie zwei Flaschen des Sechserträgers getrunken. Niemanden störte das. Sven war vierzehn, sah aber älter aus. Vanessa war ebenfalls vierzehn, sah aber nicht so aus, dass sie hätte Alkohol trinken dürfen. Doch auf der Liegewiese achtete niemand auf sie. Als letzte Reserve hatte Sven noch ein Mixgetränk, bestehend aus Cola und Rum dabei, was damals gerade Mode war und in Dosen verkauft wurde. Das Zeug war lauwarm, doch Sven wollte es darauf anlegen, er wollte bei Vanessa weiter kommen als beim letzten Mal. Sie trug ja nur einen Badeanzug und da musste es doch möglich sein, ihre intimen Stellen zu berühren. Vanessa nahm einen großen Schluck der warmen Brühe und schüttelte sich. Die Süße war nicht zu ertragen. Sven goss einen Teil der Flüssigkeit in sich hinein und bespritzte mit dem Rest Vanessa, die igitt schrie und sofort ins Wasser rannte, um das klebrige Zeug abzuwaschen. Auf dem Weg dorthin taumelte sie ein wenig. Sven folgte ihr. Karl hatte andere Schwimmer im Blick und die beiden für einen Moment aus den Augen verloren. Auf einer schwimmenden Plattform, ein beliebtes Ziel für Schwimmer, tobten drei kleinere Jungs und schupsten sich gegenseitig ins Wasser, um gleich danach wieder auf die Plattform zu klettern. Sie konnten gut schwimmen. Ein Kleinkind hatte Schwimmflügel um ihre Arme, eine Erfindung, die Karl ärgerte, denn damit lernte man nicht schwimmen. Es trieb damit auf den See hinaus und hatte die Grenze des Nichtschwimmerbereichs schon verlassen. Karl wollte schon los und die Kleine retten, als ihr Vater sie einholte und zurück zum Strand brachte. Die Kleine dankte es mit Heulen. Erneut schaute Karl zur Plattform. Neben den drei Jungs waren jetzt noch zwei weitere Personen zu sehen. Sie schwammen langsam, Karl sah nur ihre Köpfe. Die drei Jungs tobten weiter und waren sehr unachtsam dabei. Einer schupste einen anderen, wahrscheinlich war es sein kleinerer Bruder, ins Wasser. Dort schwamm gerade Vanessa. Sie hatte ohnehin zu kämpfen, denn Sven war schneller und der Alkohol schwächte sie zudem. Der Kleine, der im großen Bogen ins Wasser plumpste, traf Vanessa voll. Sie wurde unter Wasser gedrückt und geriet sofort in Panik, was ihre Situation nicht besser machte. Karl hatte es gesehen und war schon vom Turm runter. Er schrie noch kurz nach Alina, doch die vergnügte sich mit ihrem Freund in der Baracke. Karl rannte ins Wasser und kraulte mit kräftigen Zügen in Richtung Plattform. Immer wieder versuchte er, die Personen zu zählen, die sich im Wasser befanden. Es mussten mindestens drei sein, doch es waren nur zwei. Als er in der Nähe war, tauchte er. Der See war an dieser Stelle vielleicht drei Meter tief und das Wasser trübe. Unter der Plattform entdeckte er eine junge Frau mit Badeanzug. Sie machte keine Schwimmbewegungen mehr, trieb leblos im Wasser. Karl ergriff sie und tauchte auf. An der Plattform versuchte er sie hochzustemmen, doch er schaffte es nicht. Dann brüllte er nach oben, man möge ihm helfen.

Schon ergriffen zwei Hände die Arme der Leblosen und zogen sie auf die Plattform. Karl hievte sich mit Schwung nach oben und erschrak, als er Vanessa erkannte. Er schlug ihr mehrfach mit der flachen Hand ins Gesicht, wollte sie aus ihrer Trance holen. Als sie nicht reagierte, versuchte er es mit Mund-zu-Mund-Beatmung. Dann drückte er, wie er es im Erste-Hilfe-Kurs gelernt hatte, mehrfach auf ihre Brust und beatmete sie gleich im Anschluss erneut. In dem Moment griff eine Hand seine Schulter, schleuderte Karl herum und verpasste ihm einen Kinnhaken. Karl schlug mit dem Hinterkopf hart an einen Pfeiler der Plattform. Dass es Sven gewesen war, sah er nicht mehr. Anita hatte Karls Aufbruch mitbekommen und nach einer Schrecksekunde sich von der Umarmung ihres Freundes befreit. Sie brauchte eine halbe Minute, um ihren Badeanzug anzuziehen. Als sie endlich vor der Baracke stand, war Karl schon an der Plattform und tauchte. Als sie an der Plattform ankam, war Karl schon bei der Wiederbelebung. Sie bewunderte ihren Kollegen, ärgerte sich gleichzeitig über ihren Fehler. Als sie die Plattform erklommen hatte, verprügelte ein kräftiger Junge gerade Karl. Anita kümmerte sich zuerst um das Mädchen. Nach zwei oder drei Versuche spuckte Vanessa Wasser, atmete und keuchte sogleich. Als Anita danach Karl leblos auf der Plattform liegen sah, blickte sie Sven wütend an und schimpfte sehr laut. Endlich hob Karl seinen Kopf und fühlte nach einer blutenden Wunde auf seinem Hinterkopf. Er murmelte etwas von Kopfschmerzen und Schwindel. Viele Badegäste hatten mitbekommen, welches Drama sich auf der Plattform abspielte. Es ist nicht klar, wer den Rettungswagen rief, jedenfalls hörte man fünf Minuten später das Martinshorn und wenig später stand das rotweiße Fahrzeug auf der Wiese. Wie im Lehrbuch schleppte Anita die immer noch benommene Vanessa an Land. Dort wurde sie von den Rettungskräften auf eine Trage gelegt und in das Fahrzeug geschoben. Die Retter wollten schon abfahren, als Anita ihnen sagte, da sei noch jemand. Karl kam ganz langsam und mit Brustzügen angeschwommen. Er blutete am Kopf. Man verpasste ihm einen Mullbindenturban und setzte ihn vorne in den Rettungswagen, da hinten bei Vanessa kein Platz war. So erfuhr Vanessa nicht, dass Karl ihr Retter war. Anita war richtig sauer auf den jungen Mann, der ihren Kollegen Karl niedergestreckte hatte, offensichtlich war der betrunken und vermutete in Vanessas Retter einen Konkurrenten. Als sich Sven davonschleichen wollte, hielt sie ihn fest, wollte ihn nicht gehen lassen und die Polizei rufen. Doch Sven schupste sie zur Seite, war kräftiger als sie. Zum Glück kam Anitas Freund ihr zur Hilfe. Er hatte sich von dem Schreck erholt und tolerierte die Angriffe gegen seine Freundin nicht. Mit wenigen Schritten stand er vor Sven, verpasste ihm zunächst eine saftige Ohrfeige, zog ihn anschließend zur Baracke und dort fesselte er den verdutzt Dreinguckenden mit einem Strick. Die wenig später eintreffende Polizei nahm die Aussagen auf. Anita schilderte den Vorgang, wie sie ihn gesehen hatte. Sven spielte das Opfer und drohte oberschlau, sein Vater würde sich beim Polizeichef und bei der DLRG beschweren. Doch da er eine deutliche Alkoholfahne zeigte, nahm man ihn mit. Karl wurde erst später von der Polizei befragt. Er beschuldigte niemanden, wollte keinen Ärger in der Schule. Da aber Anita hart blieb, kam es zur Anzeige gegen Sven, schließlich hatte jemand eine Rettungskraft angegriffen und nicht geholfen. Svens Vater erreichte über seinen

Anwalt einen Vergleich. Er spendete der DLRG eine größere Summe und nahm zur Vermeidung weiterer Konflikte seinen Sohn von der Schule. Sven machte sein Abitur schließlich im Klosterinternat.

8

Tanzkurs

Karl war etwas jünger als der Rest der Klasse. Man sah es ihm aber nicht an. In seinem athletischen Körper sah er deutlich älter aus. Natürlich sprießten bei der Schülerinnen und Schüler der Klasse die Hormone und führten zu diversen kleineren und größeren Vorfällen, wie das an Gymnasien in gemischten Klassen in dem Alter so üblich ist. Ein paar Jungs gründeten eine Band, die sofort ihre Fans fand. Oft wurde zu Treffen eingeladen, entweder bei jemanden zu Hause, oder auch im Park oder am See. Jedoch lud man nicht mehr die ganze Klasse ein, sondern selektierte die gewünschten Personen. Es bildeten sich Cliquen und Karl, der Außenseiter, blieb in der Regel außen vor. Er trank keinen Alkohol, war nur am Trainieren oder Arbeiten, hatte kaum Zeit. Sein größtes Problem jedoch war, dass er nie die passenden Klamotten anhatte und so immer aus der Rolle fiel. Sein mühsam durch Nachhilfe verdientes Geld benötigte er für seinen Sport, denn binnen von zwei Jahren wuchs er um 20 Zentimeter und seine Schuhgröße stieg in drei Stufen um sechs Größen an. Mit dreizehn war es ihm noch gelungen, Schuhe und Jeans den älteren Schülern abzuschwatzen. Doch kaum ein Mitschüler hatte getragene Laufschuhe in seiner Größe. Mit zunehmenden Alter näherte sich Karls Konfektionsgröße immer mehr der von Erwachsenen an,

jedoch war er schlanker und benötigte Hosen mit Über-
länge, faktisch nicht auf dem Gebrauchtklamottenmarkt
auffindbar. Zudem musste er seine Unterwäsche kaufen,
denn kaum jemand gab ihm getragene Unterwäsche und
er hätte sie auch nicht angenommen. So konzentrierte
Karl sich auf Schnäppchen im Supermarkt und lebte mit
Wäsche, die weder lange haltbar und vorzeigbar war. Für
Laufschuhe, Badehosen, Radsportkleidung, Laufkleidung
und Ersatzteile für sein Rennrad ging richtig Geld drauf.
Er hatte ein teures Hobby und leider keinen Sponsor. Ab
und an steckte ihm ein Vereinsmitglied ein paar Scheine
zu, doch waren diese Geschenke nicht verlässlich. Sein
schlimmstes Erlebnis war ein Triathlon, bei dem er einen
guten dritten Platz seiner Altersklasse belegte und zwei
Mädchen der Parallelklasse ihn anfeuerten. Nach dem
Schwimmen, während er in der Umkleidezone seine Radsportkleidung anzog, ebenso, als er vom Radrennen
zurückkam und sich zum Laufen umzog, sowie im Ziel
erntete er Bravo-Rufe und auf der Siegerehrung Beifall
von den beiden Schülerinnen. Ein paar Minuten verweilte
er mit den beiden und erzählte vom Rennen. Die Mädchen waren begeistert von seinen Leistungen und nachdem sie sich für Montag in der ersten großen Pause verabredet hatten, stritten die beiden Mädchen, mit wem er
wohl gehen würde. Sie wollten ihn beide. Am nächsten
Tag in der ersten großen Pause stand Karl vor ihnen. Der
Glanz seines dritten Platzes war verflogen. Er trug eine
Stoffhose, die nur mühsam mit einem Gürtel gehalten
wurde und zehn Zentimeter zu kurz war. Dazu ein weißes
T-Shirt unter einem braun/blau/weißem kariertem Baum-
fällerhemd. Er trug Sportsocken und dazu ausgelatschte
Laufschuhe, deren Sohlen kein Profil mehr zeigten. Die

beiden Mädchen lachten ihn aus und tuschelten später, wenn sie ihn sahen. Karls Devise, ihr müsst mich nehmen, wie ich bin, war für die Töchter meist reicher Eltern mit Eigenheim und Pool nicht tragbar. Sie glaubten, ein erfolgreicher Sportler müsste auch im täglichen Leben erfolgreich sein, was man von Karl nicht sagen konnte. Allerdings vermied er es, auf seine finanziell schwierige Lage hinzuweisen. Während des Schuljahrs kam Karl als Nachhilfelehrer gerade so über die Runden. In den Ferien war es schwieriger. Er versuchte, in Geschäften oder bei Handwerksbetrieben mitzuarbeiten, doch die Chefs lehnten ab, da er noch keine sechzehn war und sie wegen Schwarzarbeit keinen Ärger haben wollten. Hinzu kam, dass sich die wirtschaftliche Gesamtsituation verschlechterte und die Zahl der Arbeitssuchenden stark anstieg. Der Hausmeister schickte Karl schließlich zum Sozialamt. Dort brachte Karl seine Situation vor. Eine Woche später teilte man ihm mit, er habe ein beträchtliches Erbe, könne leider darüber nicht verfügen. Die Verfügungsgewalt läge bei seiner Tante. Mehrfach bettelte Karl Lucia an. Doch sie brach Telefonanrufe ab und Briefe beantwortete sie nicht. Nachdem das Sozialamt interveniert hatte, richtete Lucia ihrem Neffen ein Konto ein und überwies ihm monatlich ein Taschengeld, welches gerade ausreichte, die Dinge des persönlichen Bedarfs abzudecken. Erschreckend dabei war, dass Lucia sich persönlich nicht meldete, sondern die Bank mit ihm Kontakt aufnahm. Karl wusste nicht, dass Lucia inzwischen wusste, dass Karl schuld am Fahrradunfall ihres Lebensgefährten Felix war und sie alles vermied, mit ihm in Kontakt zu kommen.

Im Herbst stand für Schülerinnen und Schüler der Tanzkurs an. Es war so üblich an der Schule. Nur wenige
drückten sich davor, meist waren es Fahrschüler, die weit
außerhalb wohnten und nicht nachmittags am Kurs teilnehmen konnten, der im Saal einer Tanzschule stattfand.
Von den 45 Schülerinnen und Schüler der beiden Parallel-
klassen meldeten sich 39 Personen an. Karl war dabei. Er
war nun ausgewachsen, konnte dank des Taschengelds
vernünftige Kleidung kaufen und musste nicht befürchten,
bald aus seinen Klamotten herauszuwachsen. Zu seinem
Erstaunen gefiel ihm das Tanzen. Er hatte zuerst gedacht,
es sei nichts für ihn und mit den Mädchen hatte er bisher
keine guten Erfahrungen gemacht, doch seine Sportlich-
keit ermöglichten ihm ausdauernde und schnelle Bewegungen auf dem Parkett. Besonders beim Jive war er in
seinem Element und schon bald ein beliebter Tanzpartner.
Das Verhältnis zwischen Mädchen und Jungs war nahezu
ausgeglichen, doch die Anzahl der Teilnehmer nicht gerade. Daher musste immer eine Person zugucken, ein Junge
dann, wenn zwei Mädchen miteinander tanzten. Wen das
Schicksal traf, bestimmten die Schnelligkeit und der Zufall.
Mal forderten die Jungs die Mädchen auf, mal umgekehrt.
Karl war immer sehr schnell bei einem Mädchen, wobei er
eine Lieblingstänzerin hatte, doch es ihm nicht immer
gelang, sie aufzufordern. Manchmal saßen sie unglücklich
und er schaffte es nicht rechtzeitig und musste sich mit
einer anderen begnügen oder ging leer aus. Wenn die Mädchen mit dem Auffordern an der Reihe waren, zeigte sich
ein anderes Bild, denn die Lieblinge der Mädchen waren
nicht zwangsläufig dieselben. Karl stand in der Hackord-
nung ziemlich weit unten. Zwar erkannten alle seine sportlichen Leistungen an, doch war er aus den genannten

Gründen sozial nicht integriert. Sofern sich kein Mädchenpärchen bildete und Karl so zum Zuschauer machte, wurde er oftmals von einer Schülerin aufgefordert, die einen ganzen Kopf kleiner war als er und deren körperliche Reize sich in Grenzen hielten, man nannte sie Pummelchen. Karl war es unangenehm, dass sie so genannt wurde. Auch mit ihr tanzen zu müssen, war ihm unangenehm, doch er musste mitziehen, konnte sich nicht verweigern. Auch konnte er die Gedanken der Kleinen nicht lesen. Sie schaute ihm nie in die Augen. Bei anderen war es leichter. Vanessas Gedanken zum Beispiel waren lesbar, wie die Seiten eines Buches. Karl forderte sie ein paar Mal auf und brauchte nur in ihre Augen zu sehen, um ihr alle Wünsche abzulesen. Meist wünschte sie sich, vor ihren Freundinnen besonders zu glänzen und vom gutaussehendsten Jungen aufgefordert zu werden. Beim Jive tat Karl ihr den Gefallen und ließ sie strahlen und ihre Freundinnen vor Neid erblassen. Doch sein Status genügte ihr nicht und das wusste er auch. Ungefähr zur Hälfte des Kurses kannte jede jeden und jeder jede. Karl machte sich einen Spaß daraus, die Mädchen reihum nach ihrem Lieblingstänzer zu befragen. Dazu forderte er zu jedem Tanzblock eine andere auf und wenn er ihr in die Augen schauen konnte, fragte er danach. Die Antwort, die sie mündlich gaben, unterschied sich von der, die sie dachten aber nicht trauten zu sagen. Karl notierte die Antworten. Bei ein paar Tänzerinnen hatte er keinen Erfolg, aber er wusste ja, dass seine Gedankenleserei nicht allgemeingültig war. Andere Mädchen schaffte er nicht aufzufordern, da ihre Stammtänzer schneller waren. Er befragte sie nach dem Unterricht, ohne Umschweife direkt. Die Mädchen dachten natürlich, er wolle seine eigenen Chancen ausloten, doch seine Hintergedanken konnten sie zum Glück nicht lesen. Nachdem er die Liste nahezu vollständig hatte, erstellte er eine zweispaltige Auflistung. Links die Namen der Tänzerinnen, rechts die Spalte mit den Jungs. Dann verband er die jungen Damen mit ihrem Wunschpartner aus der Spalte mit den Tänzern. Klar gab es Doppelnennungen. So bevorzugten sowohl Vera als auch Lena einen Schüler aus der Parallelklasse namens Thomas. Statt den Tänzern seine Ergebnisse mündlich zu nennen, beschrieb er 13 Zettel. Inhalt: Sowieso würde gerne nur mit dir tanzen. Tatsächlich stimmten drei Nennungen mit den bevorzugten Paarungen während der Tanzstunde überein. Auch gab es zwei Mehrfachnennungen. Wie zu erwarten, hatte kein Mädchen Karl auf dem Schirm. Es hatten ja auch nicht alle ihre Gedanken kundgetan. Natürlich wunderten sich die Jungs über das Zettelchen, das Karl ihnen zuschob. Klar fragten sie ihn, woher er die Kenntnis hatte, doch er meinte nur, man solle ihm vertrauen und es einfach ausprobieren. Das taten sie in der nächsten Tanzstunde und einige Mädchen erröteten, als ihr angebeteter vor ihnen stand. Letztlich erfüllten die Jungs nicht immer die tänzerischen Erwartungen der Damen, doch Karl war nun ein gefragter Ratgeber. Ein Junge, der mit seiner neuen Partnerin sehr gut zurechtkam – beide gaben beim Cha-Cha-Cha ein tolles Bild ab – fragte Karl, ob er herausfinden könne, ob sie mehr wolle, als nur tanzen. Karl erbat sich einen Tanz. Später sagte er dem Jungen, küssen ja, mehr erst später und vielleicht. Bereits am nächsten Tag sah er die beiden auf dem Pausenhof zusammen und nach der Schule verträumt Hand in Hand in die Innenstadt gehen. Thomas, dem Schüler, dem die Gunst gleich zweier Mädchen zuteil wurde, tanzte mal mit der einen, mal mit der anderen. Nach der Schule standen die drei zusammen. Sie schienen sich zu verstehen. Für Karl wurde aus einem Spaß eine Last. Seine Fähigkeit hatte sich herumgesprochen. »Kannst du herausfinden, ob sie mich liebt oder was ich tun muss, damit sie mit mir geht?«, waren die häufigsten Bitten. Wenn er die Gedanken der Angebeteten nicht lesen konnte, was ja öfters vorkam, machten sie lange enttäuschte Gesichter. Um sich nicht zu blamieren, erfand er dann nette Geschichten: das Mädchen sei noch in einen anderen verliebt. Karl ermunterte, es weiterhin ihr zu versuchen, schließlich sei der weibliche Wille durchaus wechselhaft. Anfangs hatte Karl es aus Spaß und umsonst gemacht, doch bald forderte er eine Gegenleistung. Mal genügte ein Beutel Haribo, mal bat Karl darum, zur nächsten Fete eingeladen zu werden. So schaffte er es, alsbald bei jedem Fest dabei zu sein. Diese Feste boten natürlich die besten Möglichkeiten, weitere Forschungen anzustellen, Beziehungen anzustiften oder auch zu beenden. Alles fügte sich nach dem Willen der von Karl beobachteten Mädchen. Nur der Abschlussball wurde für Karl zum Problem. Fast alle Mädchen hatten ihren Traumpartner dank Karls Hilfe erhalten und fieberten aufgeregt dem ersten Ball ihres Lebens entgegen. In ein paar Fällen hatte Karl ein wenig nachgeholfen und die übriggebliebenen Jungs auf die jungen Frauen verteilt, deren Gedanken er hatte nicht lesen können. Nur an sich selbst hatte er nicht gedacht. Schon zur Generalprobe sah der Tanzlehrer das Dilemma: Es gab einen Jungen zu viel. Ein pummeliges Mädchen, das besonders häufig hatte zugucken müssen, wollte ihren Bruder mitbringen, was eine andere junge Dame ebenfalls auf die Idee brachte, ihren Freund zu bitten. Karl war der Dumme. Er hatte keine Partnerin, wohl aber für glückliche Tanzpaare gesorgt. Der Tanzlehrer fragte ihn, ob er eine Schwester oder Freundin hätte, die einspringen könnte. Karl grübelte nach, doch es fiel ihm niemand ein. Schließlich schlug Karl vor, bei der Promenade und den ersten drei Tänzen zuzugucken. Der Tanzlehrer war ein wenig angefressen von der Situation und klärte gleich im Anschluss die Kleidungsfrage. Herren im Anzug, Damen im Kleid. Keine Jeans. Weiter ging es mit der Sitzordnung. Wer wie viele Leute mitzubringen gedachte. Die meisten nannten ihre Eltern, einige nur ein Elternteil, manche ihre ganze Sippe. Karl schwieg. Es hatte keinen Sinn. Er hatte auf dem Abschlussball nichts verloren. Nach der Probe nahm der Tanzlehrer Karl zu Seite. Es sei schade, er möge bitte nicht an der Situation verzweifeln und er könne an dem Abend an der Theke arbeiten, bräuchte auch keinen Anzug dafür, nur ein weißes Hemd und selbst dass könnte er ihm ausleihen, man hätte ja ungefähr die gleiche Größe. Und später am Abend könne er gerne mittanzen, sofern die Nachfrage nach Getränken gering sei und allein müsse er den Job auch nicht machen und bezahlt werden würde er auch. Karl willigte ein. Der Termin des Balls kam. Karl war eine Stunde vor Beginn da und half beim Aufbau. Tischerücken und Getränkekisten schleppen lag an. Dann gab ihm der Tanzlehrer, Besitzer der Tanzschule, ein weißes Hemd, das Karl viel zu weit war. Seine schwarze Jeans harmonierte aber sogar sehr gut damit. Lediglich Karls Schuhe fielen aus dem Rahmen, denn er hatte, neben seiner Laufschuhsammlung, nur ein Paar alte Treter aus weißem Leder, die er von einem älteren Herren und Mitglied des Schwimmvereins geschenkt bekommen hatte. Doch hinterm Tresen fielen die Schuhe gar nicht auf. Zum Tanzen nutzte er am Liebsten ein paar Leinenschuhe mit flacher Sohle; Schuhe, die er sich für seinen DLRG-Job angeschafft hatte. Nach und nach trudelten die Gäste ein. Die Mädchen herausgeputzt in rotem oder blauem Gewand, die Jungs in ihren Konfirmationsanzügen in Dunkelblau oder Grau. Man nahm Aufstellung zur Promenade; Karl schenkte Bier aus, die Väter hatten Durst. Es stellte sich heraus, dass das Pummelchen ihren älteren Bruder nicht hatte überreden können. Nun stand sie da und heulte. Der Tanzlehrer bat Karl einzuspringen, ganz am Ende der Reihe, nur drei Tänze und danach könne er wieder hinter die Theke und während der ersten Tänze würde sowieso alle glotzen und nicht trinken. Mit Pummelchen, so nannte man die junge Dame, hatte Karl bisher nur zweimal getanzt und auch nur zwei Tänze. Es begann mit dem Einmarsch. Kein Problem, sie fassten einander an den Händen. Dann ein Wiener Walzer, weil es so Tradition ist. Kein Problem. Karl drehte Viertelkreis rechtsherum – alles gut. Dann ein Cha-Cha-Cha. Die Musik war schnell, Pummelchen versuchte mitzuhalten, doch verhaspelte sich mehrfach. Karl versuche zu retten, was zu retten war, tanzte nur Grundschritte und minimale Verzierungen, führt die junge Dame immer wieder in den Takt zurück, bis schließlich die drei Minuten überstanden waren. Es folgte ein Tango. Es war ihr Lieblingstanz, er konnte es ganz gut, aber sein Liebling war Jive. Er flüsterte ihr ins Ohr, dass Kundschaft warten würde, er müsse bedienen. Sie meinte, nur diesen Tanz noch. Okay, die Hälfte. Die beiden nahmen Aufstellung, Karl gab das Signal und sie starteten mit einem Grundschritt nach Lehrbuch, gefolgt von einer Wiegeschrittkombination im Kreis, weiter mit einer amerikanischen Promenade. Schon war das Paar in die Mitte des Saals angelangt. Die anderen Paare hatten ihren Tango ausgesetzt und schauten zu. Blitzlicht erhellte den Saal. Karl mit seinen weißen Schuhen, seiner schwarzen Hose und dem weiten weißen Hemd, sie in Rot, schwarzen Haaren und etwas zu viel auf den Rippen, mit stämmigen Beinen und kräftigen Waden, sie beide wurden zum Traumpaar des Abends und ihr Foto zierte am Folgetag den Lokalteil der Zeitung. Die nächsten Stunden verbrachte er hinter der Theke und erhielt von allen Gästen sehr viel Lob. Selbst seine Klassenkameradinnen gratulierten ihm. Und alle jungen Damen im Saal wollte mit ihm tanzen. Fast neideten sie dem Pummelchen den schönen Auftritt mit Karl. Als der Abend zur Neige ging, gab der Tanzlehrer Karl frei. Genug gearbeitet und gut gemacht. Karl forderte Vanessa auf, tanzte mit ihr Jive und Cha-Cha-Cha. Nach den beiden Tänze, nahm Vanessa seine Hand und führte ihn zu ihren Eltern, die Karl schon auf ihrer Geburtstagsfete kennengelernt hatte. Ihre Mutter strahlte ihn an, der Vater erhob sich und drückte ihm die Hand. Karl wusste nicht, woher der Vater es wusste, jedenfalls lobte er Karl für seinen Einsatz zur Rettung seiner Tochter. Karl war ein wenig angefressen. Die Sommerferien waren ein halbes Jahr vorbei. Weder Vanessa noch sonst wer hatte sich beim ihm bedankt und er erwartete auch gar keinen Dank, denn es war seine Pflicht gewesen und wenn sie ertrunken wäre, hätte er erwartet, dass man nicht ihn anklagt, sondern den Verursacher, also letztlich Sven. Doch Karl machte gute Miene, wollte sich von den Eltern und auch von Vanessa verabschieden. Der Abend war lang, er hatte geschuftet und wollte ins Bett. Der Vater sagte dann, dass er eben gerade erst erfahren hätte, dass er der Retter war, man bisher angenommen hatte, Alina sei es gewesen. Karl fragte nur, wer es verraten hätte, doch er erhielt keine Antwort und stattdessen wollte der Vater ihm Geld zustecken. Damit war Karl nicht einverstanden. Sie Sache war vorbei und längst vergessen und heimlich war er froh, dass Sven am Abend nicht Partner von Vanessa gewesen war. Karl lehnte ab, dankte für das Angebot und verabschiedete sich. Nachdem er dem Tanzlehrer das weiße Oberhemd zurückgegeben hatte, leider ungewaschen, wofür sich der Junge noch entschuldigte, holte er seine Jacke und wollte zur Tür. Dort wartete Vanessa auf ihn. Er sah ihr in die Augen und wusste, was los war. Sie wollte ihn. Sein Auftritt mit Pummelchen, ihr gemeinsamer Tanz und die Tatsache, dass er sie gerettet hatte, verklärten ihren Blick. Plötzlich war ihr klar, dass er nicht nur arm und anständig war, sondern auch ein verdammt guter Tänzer, ein Kumpel und bestimmt auch ein Freund, ein guter Freund sogar, vielleicht auch mehr sein könnte. Daher trat sie auf zu ihn, als er zur Tür hinaus wollte und drückte ihm ein Küsschen auf die Wange und dann noch eins, diesmal auf die Lippen. Es war ihm peinlich. Er passte nicht in die Welt der Einfamilienhausbesitzermitgartenundgrill. Vanessas Ballkleid hatte wahrscheinlich ein kleines Vermögen gekostet. Davon hätte Karl mehrere Monate leben können. Es ging einfach nicht und außerdem ertrug er es nicht, permanent ihre Gedanken vor Augen zu haben und ihre Wünsche zu kennen, bevor sie sie kundgetan hatte. Daher sagte er zu ihr, dass er sie sehr gut leiden könne, aber sie bitte keine Schuldgefühle ihm gegenüber hegen solle. Er sei bettelarm, sie hätte Eltern und ein behütetes Zuhause. Nie würde sie samstags ausführen können. Dann gab er ihr noch einen Kuss und verließ die Tanzschule. Vanessas Mutter fand ihre Tochter später heulend auf dem Klo.

9

Petra am Ostseestrand

Den Fluch des Tanzlehrers Felix hatte Karl längst vergessen. Er lebte in zwei Welten. In der Schule traf er auf Jugendliche aus der Stadt, die bei ihren Eltern wohnten und deren Strenge ausgesetzt waren oder alle Freiheiten nutzten, die ihnen gelassen wurde. Im Internat gab es strenge Regeln, die vom Personal überwacht und natürlich auch verletzt wurden. Zwar war das Haus frei zugänglich, doch gab es Schließzeiten. Dass Karl morgens um sechs das Haus in Richtung Schwimmbad verlassen durfte, hatte er beantragen müssen. Technisch war es kein Problem, denn die Türschließung ließ immer alle Personen heraus, aber nicht herein. Abends nach Schließung musste man klingeln. Der Hausmeister nutzte eine Videoanlage zur Kontrolle. Damenbesuch war nicht erlaubt. Die Tatsache, dass alle Jungs des Internats eine öffentliche Schule besuchten, sorgte dafür, dass sie in der Schule und der nahen Stadt mit Mädchen und jungen Frauen in Kontakt kamen und die Quote der Homosexuellen viel geringer war als im Klosterinternat. Niemand von den Jungs war wirklich homosexuell; es war einfach nur praktisch, so seinen Hormonstau loszuwerden, denn man ging einfach aufs Zimmer oder in eine andere Kammer, in denen sich gerade niemand aufhielt, und seien es die Toiletten. Diejenigen, die in der Schule eine Freundin fanden, hatten das Problem, dass sie im Internat nicht besucht werden durften, man sich also woanders treffen musste und nicht jedes Mädchen war bereit, ihren neuen Freund mit nach Hause zu bringen. Im Sommer waren die Treffen in der freien Natur kein Problem. Doch in den restlichen acht Monaten? In der Großstadt gab es Lokale und Clubs, Vereinsräume und Sportanlagen, doch war man dort selten allein. Karls Ausgleich war sein Sport. Nach einem Tag mit Schwimmtraining am Morgen, Schule, Nachhilfe, Lauftraining und Hausarbeiten war er meist so kaputt, dass er früh zu Bett ging und meist sofort und tief einschlief. Oft kamen seine Zimmermitbewohner später. Manchmal wachte er auf, wenn einer von ihnen zu viel Lärm machte. Es gab auch Tage, an denen die Mitbewohner vergaßen, dass Karl schon im Bett lag. Karl hatte nämlich die Betten und Schränke so umgestellt, dass sein Bett von einem Schrank verdeckt und in einer Ecke stehend nicht sofort einsichtig war. Es kam vor, dass ein anderer Junge sich, erhitzt womöglich von einem Treffen, sich selbst befriedigte. Karl kannte diese typischen rhythmischen Geräusche. Die Internatsschüler der Oberstufe hatten zumeist alle eine Freundin, die jüngeren onanierten hingegen, entweder allein oder zu zweit. Wie alle Jungs lernte auch Karl so die männliche Sexualität kennen.

Seine erste Freundin war keine Klassenkameradin und auch kein Mädchen vom Gymnasium. Karl hatte es nach zwei Jahren Aufsicht am Baggersee geschafft einen der begehrten Plätze am Ostseestrand zu ergattern, etwas, wovon er jahrelang geträumt hatte. Er war nie an der Ostsee gewesen und hatte immer nur in den Zeitschriften und den DLRG-Informationsschriften über die wunderbare Ostseenatur gelesen. Nach der neunten Klasse hatte er seine Bewerbung geschrieben und erhielt im Winter die

Zusage für die kommenden Sommerferien, in denen er sechszehn werden würde, was für eine Aufsicht am Meer als Mindestalter vorausgesetzt wurde. Er musste sich für sechs Wochen verpflichten, d.h. die ganzen Sommerferien lang. Am letzten Schultag, nach Erhalt des Zeugnisses – er hatte immer noch gute bis sehr gute Noten – setzte er sich in den Zug und fuhr einen halben Tag lang zuerst mit dem Schnellzug, später mit der Bimmelbahn durch Mecklenburg und Vorpommern. Das letzte Stück bis zur Küste musste er sogar mit dem Bus zurücklegen, da die Infrastruktur im Osten nach der Wiedervereinigung noch sehr marode war. Die Fahrtkosten wurden ihm zum Teil erstattet, eine Hälfte musste er selbst tragen, die Organisation wollte auf diese Weise verhindern, dass zu viele Jugendliche das Angebot ausnutzten, um kostenlos Urlaub zu machen. Karl erhielt eine Aufwandsentschädigung, eigentlich nicht der Rede wert, und Summa Summarum ging die Sache finanziell Plusminus null für ihn aus. Doch er hatte es sich in den Kopf gesetzt und wollte es durchziehen. Ausgerüstet mit Rucksack, Bekleidung und Fahrrad kam er im Ostseebad an. An den Füßen trug er seine Laufschuhe und hoffte, in den Abendstunden sein Training wie gewohnt durchziehen zu können. Untergebracht wurde er und einige andere DLRG-Mitglieder auf einem Campingplatz. Mit dem Inhaber des Platzes hatte die Gesellschaft ein Abkommen; man durfte kostenlos zelten, erhielt Frühstück und Wasser gestellt und bewachte im Gegenzug den Badestrand des Zeltplatzes mit. Am Campingplatz endete eine sehr lange Sandbucht mit wunderbar seicht ins Meer abfallendem Strand. Dreizehn Stationen, jeweils mit Aufsichtstürmchen, quasi einer Leiter mit Sitz, wie sie der Schiedsrichter bei Tennis benutzt, sicherten den Badebetrieb ab. Ob das Baden erlaubt war und ob eine Aufsicht vorhanden war, wurde an den dreizehn Fahnenmasten mit entsprechenden Flaggen symbolisiert. Rotgelb, die Farben der DLRG und gut sichtbar von weitem, signalisierte einen gefahrlosen Badebetrieb, gelb, dass nur erfahrenen Schwimmern die Nutzung erlaubt war, und Rot zeigte an, dass es lebensgefährlich sein könnte. An den Rettungsstationen zeigten Tafeln die Temperatur des Wassers und der Luft an und deren Messung gehörte zum Dienst, wie die Aufsicht.

Die Zelte der DLRG waren ehemalige Armeezelte, recht groß aus imprägniertem Stoff. Die Seiten wurden ein wenig eingegraben und vor Unwettern schützten sie nicht wirklich. Da waren die leichten doppelwandigen Zelte aus Kunststoff mit wasserdichten Boden, die die Gäste mitbrachten besser geeignet. Es gab natürlich auf dem Platz auch Wohnwagen und Ferienhäuser, doch meist parkte ein Auto, manchmal ein Trabbi neben dem Zelt und abends qualmte der Grill; morgens sammelte jemand die vielen Bierflaschen ein. FKK war erlaubt, etwas was für Karl neu und ungewohnt war. Anfangs glotzte er den Nackedeis nach, doch hatte er sich nach einer Woche daran gewöhnt und fand die fetten Körper der alten Männer eher abstoßend. Der Platzwart hatte der DLRG natürlich nicht den besten Zeltplatz zugewiesen. Der ganze Campingplatz lag herrlich im Schatten von Laub- und Nadelbäumen. Mittendurch führte eine Teerstraße, die auch von Radfahrern als Küstenwanderweg benutzt wurde. Der Wald brach zum Meer hin steil ab; unten war dann zumeist Sand-, an einigen Stellen Steinstrand. Oberhalb der Straße stieg der Wald an, die Küstengegend war hügelig. Für die DLRG war eine Fläche ganz am Ende des

Platzes reserviert, weit ab von der Straße, direkt an der Küste, die an dieser Stelle zirka drei Meter tief abbrach und mit vielen faustgroßen Steinen belegt war. Die drei Zelte der DLRG lagen bis mittags in der Sonne, danach verhinderten hohe Kiefern und Birken das Aufheizen. Es war kurzum der unattraktivste Ort des Campingplatzes. Zudem war der Boden an dieser Stelle nicht eben, sondern stieg etwa fünf Prozent an. Um dennoch kochen, essen und schlafen zu können, hatte man den Zelten einen Holzboden verpasst und diesen küstenseitig leicht aufgeständert. Dies hatte zudem den Vorteil, dass die Luftmatratzen nicht direkt auf den kühlen und feuchten Boden zu liegen kamen. Der Campingplatz zog sich über einen Kilometer an der Küste entlang. Die drei Zelte der DLRG waren wie folgt aufgeteilt: Ein Zelt für die Männer, eins für die Frauen und eins zum Kochen, zum Essen und als Unterstand bei Regen. Nach festgelegtem Plan kochten zwei Leute für alle, und am Abend saß man zusammen und ließ den Tag Revue passieren. Bei Regen im Zelt, sonst gerne auch am Lagerfeuer am Strand.

Nicht alle Anwesenden verbrachten sechs Wochen im Camp, wie Karl. Manche blieben zwei Wochen, andere kamen nur übers Wochenende. Es war ein Kommen und Gehen. In der dritten Ferienwoche bezogen drei Jungs im Alter von Karl einen Zeltplatz neben der DLRG. Zwar hatten ihre Zelte Schieflage und niemand wusste, wie die Jungs so schlafen konnten, doch ihr Hauptanliegen war das Gelände oberhalb, denn sie hatten nicht nur zwei Zelte, sondern auch ihre Mountainbikes dabei. Überhaupt war das Rad das ideale Fortbewegungsmittel, wenn man nicht gerade Rennrad fahren wollte. Karls Rad mit den schmalen Reifen war ziemlich ungeeignet. Die Reifen gruben sich tief in den Sand, an ein Vorankommen war kaum zu denken. Wie üblich ging Karl früh morgens Schwimmen, welches im Meer und Salzwasser schwieriger war als im ruhigen Hallenbad. Karl tröstete sich damit, dass der Ironman auch eine Schwimmstrecke im offenen Meer beinhaltete. Abends versuchte er, dann noch zirka 20 Kilometer zu laufen, doch reduzierte er diese Übung aufgrund der Hitze schon bald und begnügte sich damit zum Einsatzort zu laufen, was bis zu sieben Kilometer entfernt sein konnte. Die drei Jungs im Nachbarzelt hingegen rasten tagsüber mit ihren Rädern durch den Wald, suchten mittags in abgelegenen Orten nach Pommesbuden, am Nachmittag gingen sie Schwimmen und glotzten die Nackten am FKK-Strand an, bevor sie Dosensuppen und Würstchen auf ihrem Campingkocher zubereiteten und dann literweise Bier soffen. Sie grölten die halbe Nacht, solange bis jemand aus den Nachbarzelten ihnen den Marsch blies. Karl hasste sie. Weder konnte er das Gesaufe gutheißen, noch das Gegröle. Da er quasi nebenan im Zelt nächtigte, stand er oft vorm Zelt der drei Jungs und beschwerte sich, was angesichts seines Alters nicht gut ankam. Man verarschte ihn nach Strich und Faden. Zu den jungen Frauen, die DLRG-Dienst schoben, gehörten drei Mädchen aus Norddeutschland, zwei älter als Karl, eine etwas jünger als er. Wie die Jüngere es geschafft hatte, am Camp teilzunehmen, war Karl ein Rätsel, denn er hatte lange auf seinen Ortsgruppenleiter einreden müssen, um einen Platz zu erhalten. Die drei hießen Sabine, Susanne und Petra. Petra war die Jüngste. Im Damenzelt nebenan hatten sie mittels weiterer Planen ein kleines Abteil für sich abgetrennt. Dort lagen drei Luftmatratzen mit Isomatte und Schlafsack. Der Reißverschluss von zwei Schlafsäcken waren spiegelverkehrt, so dass man sie zu einem großen kombinieren konnte. Darin schliefen Bine und Sanne. Karl fiel später auf, dass die beiden gerne darin kuschelten und einmal sah er per Zufall, wie sie nackt aus dem Schlafsack schlüpften. Es war ihm egal, denn die Dritte interessierte ihn. Petra war die jüngere Schwester von Sanne und hatte ihr Mitkommen wohl irgendwie durchgesetzt, denn Sanne und Bine hockten gerne und viel zusammen und fühlten sich von Petra gestört. Karl war ganz vernarrt in Petra. Sie sah mit ihren braunen Haaren und dem schlanken Gesicht gut aus, war eine sehr gute Schwimmerin und er konnte ihre Gedanken nicht entziffern, während er die Liebe von Sanne und Bine zueinander längst interpretiert hatte.

Petras Undurchsichtigkeit machte Karl schüchtern und verlegen. Immer wieder versuchte er, mit ihr warm zu werden, meist beiläufig, so wie man auch mit allen anderen auszukommen hatte, schließlich war man zum Arbeiten da und musste zusammen kochen, um nicht zu verhungern. Leider durften Petra und Karl kein Team bilden, dazu waren sie zu jung; es musste immer eine erfahrene Kraft vor Ort sein. Wenn Karl Glück hatte, sah er sie tagsüber von Ferne.

Sehr zum Leidwesen von Karl hatte Petra gegen die Mountainbiker keine Einwände. Endlich Party in der Bude, war ihr Spruch. Schließlich wollte sie nicht nur arbeiten, sondern auch Spaß und das versprachen die drei Typen. Einer von den drei Bikern hatte seine Gitarre mit und klimperte abends darauf herum. Er hatte eine zarte piepsige Singstimme. Petra hatte längst gespürt, dass Karl ihr gegenüber immer sehr zuvorkommend war, doch führte sie dieses auf ihr Alter zurück, denn sie beide waren die Jüngsten im Team. Doch war Karl aus ihrer Sicht zu still und viel zu ehrgeizig mit seinem Training. Immer wieder schaute sie zu den Jungs nebenan. Als Karl eines Abends von seinem Lauftraining zurückkam, saß Petra drüben vorm Zelt und sang zur Gitarre alte Seemannslieder. Vor dem Zelt reihten sich die leeren Bierflaschen und auf dem Gaskocher köchelte ein Eintopf. Als Karl vom Duschen zurückkam, die Duschen waren einige hundert Meter entfernt, waren zwei der Jungs mit ihren Rädern los und holten Nachschub. Petra schlürfte von der Suppe und nippte am Bier. Der Anblick tat weh. Er hatte sich Hals über Kopf in Petra verliebt, leider wusste sie es nicht. Als die beiden Jungs mit mehr Bier zurückkamen, boten sie Karl auch eine Flasche an, doch er lehnte ab und wetterte gegen den Alkohol als legale Droge. Um ihn zu besänftigen, verabschiedete Petra sich von den Bikern und verschwand in ihrem Zelt und schrieb Tagebuch.

Am nächsten Tag regnete es. Nachdem man die rote Flagge aufgezogen hatte, sich der Strand geleert, beziehungsweise gar nicht erst gefüllt hatte, schloss man den Badebetrieb ganz und die DLRGler zogen sich durchnässt in ihr Zelt zurück. Die drei Jungs waren bereits beim dritten Bier, einer lallte, ein anderer grölte. Sie riefen nach Petra. Doch Petra fror und kochte Kräutertee für das Team. Als auch der Biernachschub geleert war, legten sich die drei Biker schlafen. Es war gerade erst Mittag, es regnete und von der Küste pfiff ein kalter Wind. Auch Karl saß herum, wusste nichts anzufangen, versuchte sich auf ein Buch zu konzentrieren, doch er beobachtete nur Petra, die nebenan ein Gulasch kochte. Karl war an dem Tag zum Abwasch eingeteilt und wäre gerne zu Petra rübergegangen und hätte mitgeholfen, doch es waren schon vier andere da und mehr konnte das Zelt gar nicht aufnehmen. Am Nachmittag klarte es auf. Die drei Murmeltiere aus dem Nachbarzelt erwachten und kochten erst mal Kaffee. Karl schnappte sich das schmutzige Geschirr und machte sich zum Waschhaus auf, um abzuwaschen. Als er zurückkam, waren die drei Jungs auf ihren Mountainbikes unterwegs und kurvten im Wald oberhalb der DLRG-Zelte. Durch den Regen am Vormittag war der Waldboden nass und aufgeweicht. Das hielt die Radsportler nicht davon ab, Sprünge zu wagen, hatte man doch am Vortag extra einen Sprunghügel gebaut. Mittels eines Klappspatens hatte einer der drei Erde abgetragen und an anderer Stelle aufgehäuft. So folgte ein Hügel auf eine Kuhle und das Ganze auch noch bergab. Das DLRG-Gemeinschafszelt war nur wenige Meter entfernt und dann folgte auch gleich die Steilküste. Karl wollte gerade einen Stapel Teller ins provisorische Regal räumen, welches man aus ein paar Brettern und Ziegelsteinen gebastelt hatte, als einer der Jungs mit Karacho über den Sprunghügel raste. Das Rad hob ab, wie gewünscht, setzte dann auf. Der Fahrer wollte bremsen. Ging aber nicht, weil der Boden glitschig und nass war. So raste das Rad gegen das Zelt und der Fahrer landete unsanft auf dem Dach, was das ganze Zelt mitsamt Karl darin zum Einsturz brachte. Das Porzellan war zerbrochen, Karls Hand umgeknickt. Er jaulte vor Schmerz. Petra, die nebenan im Zelt ihre Erlebnisse im Tagebuch festgehalten hatte, kam sofort zur Rettung. Sie half zuerst dem Radfahrer, der auf dem halb herunterhängenden Zeltdach zappelte. Karl hörte, wie er sich bei Petra bedankte und war erstaunt, dass sie nicht schimpfte, sondern nur einen Witz über die Gefahren des Mountainbiking riss. Erst dann befreite sie Karl und schimpfte über die zerbrochenen Teller und warum er nicht habe besser aufpassen können. Karls Empathie für Petra schlug blitzartig um.

Die drei Jungs ersetzten die Teller, wurden am Abend vom Teamleiter sogar eingeladen. Zusammen saß man am Lagerfeuer, welches auf dem Steinstrand angezündet worden war. Man trank Bier, welches die Biker spendiert hatten. Petra war immer in der Nähe des Rasers, der den Unfall verursacht hatte. Karl war angefressen. Er trank eine Cola, aß zwei Würstchen und verabschiedete sich früh. Als er ging, warf er Petra einen wirklich bösen Blick zu. Am nächsten Morgen war seine Hand geschwollen. Er konnte nicht schwimmen, so sehr tat seine umgeknickte Hand weh. Petra verarztete ihn, meinte, so könne sie das Verarzten üben. In der Tat half die Handgelenkbinde ein wenig, doch der Rettungsdienst war für Karl in den nächsten Tagen passé. Karl bleibt auf dem Campingplatz, alle anderen schwärmten zu ihren eingeteilten Stationen aus. Die Biker scherzten noch, sie würde Petra besuchen kommen und sich am FKK-Strand vor ihr ausziehen.

Karl, voller Wut im Bauch, schwor Rache. Er besorgte vom Campingplatzbesitzer ein rotweißes Flatterband und sperrte die Mountainbikestrecke oberhalb der DLRG-Zelte. Die Schanze zerstörte er. Am Nachmittag kamen die drei Jungs zurück. Laut frotzelten sie über die dicken nackten Weiber am Strand und wünschten sich, einmal mit Petra FFK zu baden. Für Karl waren diese Chauvisprüche unerträglich. Dann entdeckten die drei das von Karl gespannte Flatterband und die zerstörte Schanze. Sofort schnappte sich einer von ihnen den Klappspaten und wollte die Rampe neu anlegen, doch er wurde von seinem Kumpel zurückgehalten. Sie buddelten an einer anderen

Stelle, recht nah am Steilufer. Karl war gut in Physik und auch im Kopfrechnen und schätzte die Sprungweite der Rädern und den Bremsweg. Es blieben nur wenige Meter. Mit richtig Speed würde ein Biker nach dem Sprung nicht mehr bremsen können und über den Abgrund rutschen. Unterhalb der drei Meter Steilwand warteten dann harte Steine auf den Fahrer. Aus Karls Sicht war das lebensgefährlich und gehörte verboten. Er ging zu ihnen und rechnete ihnen vor, dass sie es nicht schaffen würden, rechtzeitig zu bremsen oder die Kurve zu kriegen. Einer wollte ihm nicht glauben und holte sein Rad. Die Schanze hatten sie inzwischen befestigt. Er nahm Anlauf, jedoch nur mäßig, machte einen Satz mit dem Rad und kam unmittelbar vor der Kante zum Stehen. Stolz zeigte er eine Siegerpose und stichelte dann Karl an, er solle es selbst versuchen. Es sei total geil. Karl wollte nicht und ging fluchend zum Zelt zurück. Die drei Jungs setzten sich wieder vors Zelt und öffneten die ersten Bierflaschen des Tages. Extra lautstark prosteten sie sich zu. Karl war kurz vorm Ausflippen. Erst wollte er zum Campingplatzbesitzer rennen und petzen. Von der DLRG war niemand da, alle waren bei gelber Flagge und heißem Wetter auf Station. Aus Sorge, dass etwas passieren könnte, schnappte er sich den Rest Flatterband. Es war noch eine halbe Rolle. Zwischen zwei Bäumen nahe der Steilküste spannte er mehrere Bahnen der Folie, insgesamt ungefähr sechs. An den Bäumen verknotete er die Bänder. So war er sich sicher, dass niemand die Warnung übersehen würde und todesmutige Mountainbikefahrer eine Chance zum Überleben haben würden. Es sollte Recht behalten, teilweise.

Nachdem ein Sechserträger geleert und sechs Spiegeleier verspeist worden waren, trieb der Übermut die Jungs wieder auf ihre Räder. Lass uns üben, dann können wir später Petra imponieren, meinte einer von ihnen. Aus Karls Sicht völlig unverständlich wollten sie alle hintereinander weg über die Schanze fahren, im Abstand von vielleicht fünf Meter. Zum Glück trugen sie Helme. Karl schaute zu. Der Erste nahm Anlauf, hob ab und schaffte es, gerade so eben abzubiegen. Der Zweite beschleunigte heftig, machte einen weiten Satz und rauschte in das Absperrband, welches ihn vor einem Absturz bewahrte. Der Dritte sah das Malheur seines Kumpels gerade noch, versuchte seine hohe Geschwindigkeit durch Bremsen zu verringern, doch es half nichts. Er machte einen Sprung, verzog dann den Lenker, um nicht in seinen Kumpel zu rasen, knallte gegen den rechten Baum, machte einen Satz über das Absperrband, als hätte ein Pferd ihn abgeworfen. Hart schlug er unten auf. Karl ergriff die Panik. Er war allein, er war verletzt, konnte seine Hand nicht richtig nutzen und es gab einen Verletzten. So schnell er konnte, rannte er zum Strand runter, wozu er erst ein paar Meter weiter einen Pfad nehmen musste. Unten lag der Biker und rührte sich nicht. Karl hatte im Unterricht mehrfach von schweren Rückenverletzungen gehört und wie wichtig es wäre, in diesem Fall den Körper nicht unnötig zu bewegen. Der Verletzte atmete noch. Er fragte, ob er sprechen könne. Der Biker nickte. Karl kniff in seinen Oberschenkel. Nichts. Karl kniff in die Hand. Aua. Fluchend rannte Karl zurück. Er unterwies die beiden verbliebenen Jungs kurz, nichts anzufassen und vor allem den Verletzten nicht zu bewegen. Dann schwang er sich auf eins der Mountainbikes, radelte zur Campingplatzrezeption und informierte den Rettungswagen. Während des ganzen Tages hatte es keinen Badeunfall gegeben, doch das Martinshorn schall laut aus Richtung DLRG-Camp und alle DLRGler auf den Stationen befürchteten Böses – zu Recht.

Als Petra spät am Nachmittag zum Zelt kam, hockte Karl in einer Ecke, mit Händen über dem Kopf. Er hatte ein Bier geöffnet, etwas, was er sonst nie tat. Die Mountainbiker hatten die Zelte nebenan schon abgebaut und waren gefahren. Für den Verunglückten kam jede Hilfe zu spät. Er war wohl querschnittgelähmt und somit gezeichnet fürs Leben. Mit Tränen in den Augen berichtete Karl alles. Petra hockte neben ihm und streichelte seinen Kopf. Die anderen DLRGler schauten auf den Bedröppelten herab und fragten sich, ob und wie sie helfen könnten. Karl machte sich Vorwürfe. Hätte, hätte, Fahrradkette. Die Leiter des Camps beteuerte, dass ohne Karls Flatterband wahrscheinlich alle drei verunglückt wären und er stolz sein könne, zumindest zwei gerettet zu haben. Zur Aufmunterung erzählte er, wie ihm vor Jahren ein Ertrinkender bei einer Rettung weggestorben sei. Ein Trauma, was ihn immer noch verfolgen würde, dennoch hätte er weitergemacht. Karl und Petra saßen noch lange im Zelt. Petra machte sich Vorwürfe die Biker angefeuert, statt gewarnt zu haben. Alles, was sie gemacht hätte, wäre nur Spaß gewesen und eigentlich hätte sie Karl eifersüchtig machen wollen, seine Aufmerksamkeit erringen wollen, ihn zum Kämpfen und nicht zum Resignieren bringen wollen, was ihr ja auch gelungen sei, allerdings mit Kollateralschaden. Den Rest der Zeit hingen Petra und Karl wie Kletten zusammen. Ja der Leiter setzte sich sogar über die Altersregel hinweg und ließ beide zusammen eine Station besetzen. Am letzten Wochenende küssten sie sich. Man hatte zum Abschied ein Lagerfeuer am Strand entzündet, dort Stockbrötchen und Würstchen gegrillt. Karl und

Petra hatten, wie alle anderen auch Bier getrunken und der erste Kuss schmeckte nach Bier und Wurst. Sie sagte daraufhin, dass sie sich immer in seiner Nähe wohlgefühlt, beim Kuss aber nichts gespürt hätte und es auch nur noch zwei Tage bis zum Abschied seien und dass es doch schön sei, nur Freunde zu bleiben. Karl reiste am nächsten Morgen vorzeitig ab. Dabei zeigte er ein Gesicht, wie Regenwetter an einem Montag im Harz.

10

Juli, Cassy und Selin

Ein Jahr trauerte er der verpassten Chance nach. Statt sich
unter den vielen jungen Damen an der Schule umzusehen,
mischte sich immer wieder und zu den unpassendsten
Momenten Petras Lächeln in seine Gedanken. Er verklärte
sie, ja die Mutter Maria war von gläubigen Menschen nicht
mehr verehrt worden, als Petra von Karl. Ihre Bewegungen, ihr süßes Lächeln, ja das alles und viel mehr sah er an
jeder Straßenecke und erkannte es auf jedem Plakat. Was
er nicht wusste war, dass Petra sich zu Beginn des neuen
Schuljahrs einem Sitzenbleiber vom Typ Aufschneider mit
Moped, hingegeben hatte. Gemäß dem Zitat ihrer Mutter
war am nächsten Morgen das beste von ihr ab. An Karl
verschwendete sie keinen Gedanken und aller Schwüre
zum Trotz, meldete weder er sich, noch sie. Statt erneut
einen Sommer mit der DLRG am Baggersee oder an der
Ostsee zu verbringen, suchte sich Karl im Folgejahr einen
Job. In einer Werbeagentur druckte er Plakate und Aufkle-
ber, fertigte Kopien an und bearbeitete Kundenaufträge,
die meist mit miesen Fotovorlagen auf Disketten oder
CDs vorm Ladentisch standen und sofort einen Druck
benötigten. Dabei war die Verarbeitung mit dem PC ein
Kinderspiel. Karl holte mit einem Grafikprogramm das
Maximum aus schlechten Vorlagen heraus und sein Chef
war traurig, als die Sommerferien vorbei waren und Karl
gehen musste. Die Arbeitszeiten waren für die Vorberei-

tung auf kommende Triathlons ideal. Vor neun morgens und ab fünf nachmittags war viel Zeit. Die Schwimmhalle hatte geschlossen, das Training fand draußen am See statt. Man traf sich am Dienstag und Donnerstag, übte den Start und das Durchschwimmen des Parcours. Für die olympische Distanz galt es 1500 Meter zu schwimmen, der See gab aber nur eine 700 Meter Runde her, die zweimal zu durchschwimmen war. Nach der ersten Runde musste man aus dem Wasser und um einen Baum herumlaufen und dann erneut ins Wasser. Wer dies einmal geübt hat, weiß wie viel Zeit man mit dem flachen Sandstrand eines Sees verlieren kann. Auch übte das Team das Umkleiden. Raus aus dem Wasser, zur Wechselzone laufen, nasse Klamotte aus- und neue Hosen, Socken und Schuhe anziehen und ab aufs Rad. Wer ein Steinchen unterm Fuß kleben hatte, dem war eine Blase garantiert. Und in der Wechselzone wurden schon viele Rennen verloren. Bei Profis sieht das übrigens anders aus: Sie schwimmen mit Neoprenanzug, tragen Laufshirt und Radhosen drunter. Bereits auf dem Weg vom Wasser zur Wechselzone streifen sie den Neo ab und schnappen sich gleich das Rad. Die Schuhe sind bereits an den Pedalen angeklickt und sobald man auf dem Rad sitzt, zieht man die Schuhe ohne Socken an und zurrt die Klettverschlüsse zu. Wenn ein Neo im Sommer zu heiß ist – manchmal wird das Tragen auch verboten – zieht der Profi eine Art Strampelanzug aus Kunstfaser zum Schwimmen an. Ohne sich umzuziehen wechselt er aufs Rad. Für die abschließende Laufstrecke muss man nur die Schuhe wechseln. Besonders schnell angezogen sind Laufschuhe mit Schnellschnürung, die mit einem Zug gespannt werden kann. Kurzum: Triathlon ist eine reine Materialschlacht.

Insbesondere die Räder sind sündhaft teuer. Ohne Neo und mit schwerem, langsamen Rad, verlor Karl immer sein gutes Schwimmergebnis in der Wechselzone und beim Radfahren. Laufen konnte er recht gut und manchmal ein paar Plätze gutmachen. Damit stand Karl im Gegensatz zum Problem vieler Triathleten: Gute Schwimmer können nicht laufen, gute Läufer können nicht schwimmen und ein schnelles Rad allein reicht nicht für den Sieg. Seine Ergebnisse bei den Triathlons waren ganz respektabel. Für Ende Oktober hatte er einen Halbmarathon im Visier. Mal nur Laufen. Für Karl war das neu.

Zu Beginn des Schuljahrs stellte Vanessa ihm ihren neuen Freund vor. Karl sah in ihren Gedanken, dass es etwas Ernstes war. Ihr Freund hätte Karls Zwilling sein können, nicht vom Aussehen, sondern von seiner Art. Ohne Zweifel Schwiegermutters Liebling, aber aus wohlhabendem Hause. Der weitere Kontakt zu Venessa verlor sich nicht nur wegen ihres neuen Freundes, sondern weil in der elften Klasse in Kursen unterrichtet wurde und in Fächern, mit wenig Anmeldungen, wurde der Unterricht schulübergreifend unterrichtet. Auf Karl traf das in Biologie zu. Sein Bio-Kurs fand donnerstags in der vorletzten und letzten Stunde im Burg-Gymnasium statt. Mit dem Rad brauchte man acht Minuten, die ganze lange Pause ging drauf, wenn man zu Fuß ging. Das Burg-Gymnasium, ehemals ein Mädchen-Lyzeum, wurde immer noch bevorzugt von Mädchen besucht. Als Karl zum ersten Mal zusammen mit seinen Mitschülern den Klassenraum betrat, erwarteten ihn sechs junge Damen und nur zwei Jungs. In Summe waren sie zu 16 Personen im Kurs. Karl fand einen Platz neben einer jungen Dame seines Alters. Sie hieß Juliane, wurde von allen nur Juli genannt. Gleich nach dem Unterricht, sagte sie beiläufig zu Karl, sie hätte Hunger. »Ich auch!«, lautete die Replik von Karl, er hatte nur ein Pausenbrot gegessen. Sie schlug einen Bäcker in der Nähe vor, der auch eine Suppe als Mittagstisch anbot. Nach dem Essen konnte er nicht lange bleiben, denn er hatte einen Termin in einem Bürokomplex ganz in der Nähe. Dort in der siebten Etage erwartete ihn der Vater von Selin. Die Schülerin war in der neunten Klasse des Gymnasiums, jedoch nur ein Jahr jünger als Karl. Die achte hatte sie wiederholen müssen und die Versetzung in die neunte gerade so eben geschafft. Ihr Vater schob Panik und erkundigte sich beim Mathelehrer nach einem geeigneten Nachhilfelehrer. Die Wahl fiel auf Karl. Im Besprechungsraum der Firma, deren Geschäftsmodell Karl nicht kannte, saß ihm ein Mann Mitte vierzig gegenüber. Haare millimeterkurz, Verstand haarscharf. Er bohrte ein wenig im Sachlichen, stellte sogar eine Wissensfrage im Kontext Physik aus der Mittelstufe, die Karl natürlich beantworten konnte. Als Karl dann auf seine Triathlon-Leistungen zu sprechen kam, wurde er sofort engagiert, denn der Vater hatte selbst ein paar Halbmarathons bestritten und fühlte sich seelenverwandt. Um eine Versetzung seiner Tochter Selin abzusichern, stellte der Mann klare Forderungen: Vier Tage die Woche, zwei volle Zeitstunden, jeweils am Nachmittag ab 16 Uhr. Ort nach Wahl. Ferner: Bezahlung, zum üblichen Stundensatz pro Woche in bar, nach bestandener Prüfung zum Ende des Schuljahrs die gleiche Summe obendrauf als Prämie. Karl schluckte einmal kurz, als der Mann ihm einen zweiseitigen Vertrag rüberschob. Die Verträge, die er bisher unterschrieben hatte, waren Spielerei im Vergleich zu den Knebelformulierungen, die ihm vorlagen. Karl las den Text zweimal, fügte Ergänzungen von Hand ein und unterschrieb. Im Anschluss fuhr Karl zum Schwimmtraining, wie an jedem Donnerstag. Eine Woche später wiederholte sich die Prozedur. Nach zwei Stunden Bio gingen Juli und er zum Bäcker, schlürften eine Gulaschsuppe. Diesmal hatte Karl Zeit. Daher ließen sie sich den Kaffee in einen Pappbecher füllen und setzten sich in den nahen Park. Dort plauderten sie über dies und das. Viel über Schule, Abitur und Berufspläne. Es war angenehm; er mochte ihre ruhige Art, aber viel mehr noch ihre blonden welligen Haare, ihre süße Nase und ihren Honigmund. Bald lenkte sie das Gespräch auf Privates. Karl erzählte über das Leben im Internat, etwas, was Juli sich nicht richtig vorstellen konnte. Dabei beobachtete sie die ganze Zeit die nahe Straße. Plötzlich stand Jule auf, rannte schnell hinter die Parkbank und duckte sich hinter Karls Rücken. Auf seine Rückfrage antwortete sie mit einem »Pssst«. Karl blickte auf und sah auf der anderen Straßenseite einen jungen Mann vorbeigehen. Juli wartete eine Minute, entschuldigte sich dann und verabschiedete sich von Karl, ohne zu begründen, was sie dazu bewogen hatte. Karl wünschte ihr noch einen schönen Tag und machte sich etwas zu früh auf in Richtung Stadtbibliothek. Dort wartete bereits Selin. Sie war zu früh und sehr nervös und erinnerte Karl an eine Rose: Ihre krausen Haare dunkelrot gefärbt, ihre Gesichtshaut blassgelb und ihr Hosenkleid hellgrün. Kaum hatte er sich gesetzt, schwatzte sie los und erzählte von ihren Versuchen, die Matheaufgaben zu lösen und dass sie Elektrizität überhaupt nicht kapieren und sich unter Spannung und Stromfluss etwas anderes vorstellen würde. Karl als Mann wisse schon, was mit zwischenmenschlichen Spannungen und dem Fließen von Körper-füßigkeiten gemeint sei. Nach einer halben Stunde, musste sie gehen, hatte noch eine Verabredung. Sie nannte ihm noch kurz die Seiten im Buch, die gerade dran wären und dann war sie auch schon auf und davon. Karl dachte mit Schrecken an den Montag, an dem sie sich wiedersehen würden, befürchtete schon, Selin anketten zu müssen, und murmelte nur, dass ein Nürnberger Trichter auch bei ihr nicht helfen würde. Dann ging er in die Schulbibliothek, um sich die Bücher auszuleihen, die sie ihm genannt hatte.

Prompt kam er zum Schwimmtraining zu spät, was ihm in nächster Zeit wahrscheinlich noch öfter passieren würde. Als er Beckenrand stand, wendete gerade eine junge Dame, die Karl nicht kannte, auf der Trainingsbahn. Er erkundigte sich beim Trainer. Der sagte ihm, es sei eine Austauschschülerin aus den USA, Cassy sei ihr Name und sie sei deutlich schneller als er, obwohl gleichalt. Karl konnte es nicht glauben: Schneller als er? Bei ihrer nächsten Wende sprang er hinterher. Obwohl er alle Technik-tricks anwendete, zog sie ihm mühelos davon. Nach 400 Meter hatte sie schon eine halbe Bahn Vorsprung. Als er anschlug, lachte sie laut und dreckig, hüpfte fröhlich am Beckenrand auf und ab. Es war Schadenfreude pur. Später sagte sie zu Karl, dass man ihr gesagt hätte, er sei der Schnellste. Das würde ja auch stimmen, doch sie sei halt die Schnellste. In den USA hätte er mit seiner miesen Leistung keine Chance. Erst als er ihr in die Augen schau-te, fiel ihm auf, dass alle drei Frauen, die neu in sein Leben getreten waren, für ihn undurchsichtig, sprich nicht lesbar waren. Weder Juli, noch Selin noch Cassy.

Cassys Schwimmzeiten frustrierten Karl. Er trainierte seit der Grundschule und nun kam die Ami-Frau, sogar ein paar Zentimeter kleiner als er und machte ihn lächerlich. Er fragte seinen Trainer. Cassy war schon gegangen oder stand unter der Dusche. Es war ihm egal, er wollte ihr möglichst nicht über den Weg rennen. Der Trainer, der Karl seit der sechsten Klasse betreute, erklärte ihm, dass Karl von Anfang an den Triathlon-Stil trainiert habe. Dieser sei darauf ausgelegt, möglichst energieeffizient lange Strecken zu schwimmen. Cassy hingegen käme vom Wettkampf und hätte sich auf kurze Strecken konzentriert und würde eine Technik anwenden, die für Marathonis viel zu kräftezehrend sei. Karl solle am nächsten Donnerstag einen 1500 Meter Vergleich mit Cassy schwimmen. Den würde er um eine Länge gewinnen. Karl gab sich mit diesen tröstenden Worten nicht zufrieden und wünschte sich Videoaufnahmen von ihm und Cassy, möglichst in Zeitlupe. An diesem Abend trank Karl aus Frust ein Bier und reduzierte auch am Folgetag sein Training.

Statt einer langen Rennradtour rannte er am Wochenende 30 Kilometer. Er wollte für den Halbmarathon fit sein. Beim Laufen, die Strecke führte durch die nahen Wälder bis zum Baggersee, den er mehrfach umrundete, konnte er über Probleme nachsinnen. Ein Problem war Selin. Bei der nächsten Nachhilfe musste er sie disziplinieren, sonst waren seine Bemühungen gescheitert, bevor sie angefangen hatten. So kam er auf die Idee, Selin in einer Kammer zu unterrichten und während der beiden Stunden, die Kammer abzuschließen, um eine Flucht wie beim letzten Mal zu verhindern. Nur gab es eine solche Kammer?

Karl erkundigte sich in der städtischen Bibliothek. Ja, es gäbe einen solchen Raum, er sei mietbar und für mehrere Wochen ausgebucht. Der Hausmeister des Gymnasiums meinte nur, er hätte einen Lagerraum, leider ungeheizt. Letztlich fragte Karl im Internat. Der Hausmeister, der Karl gern hatte, sagte, dass es zwar verboten sei junge Damen mit ins Haus zu nehmen, aber er würde ein Auge zudrücken und könne ihm den Abstellraum im Dachgeschoss anbieten. Jedoch solle er das hintere Treppenhaus nehmen, die Tür könne er von innen öffnen und dann die Dame hineinlassen. Karl dankte und kündigte an, den Raum von Montag bis Donnerstag von 16 bis 18 zur Nachhilfe zu benötigen. Der Hausmeister lachte und antworte nur, es sei eine Gnade der Jugend.

Am Montag pünktlich um vier Uhr nachmittags wartete Selin vor dem Hintereingang des Internats. Karl hatte ihr in der Pause eine Wegbeschreibung zugesteckt. Nachdem die Stufen ins Dachgeschoss hochgestiegen war, öffnete Karl die einzige Tür. Er war nie in diesem Raum gewesen und erschrak ein wenig, als er eintrat. Es gab einen Tisch, zwei Stühle und eine Couch, auf der eine Decke lag. Der Hausmeister musste extra für ihn aufgeräumt haben, denn die Möbel waren staubfrei und der Fußboden gefegt worden. Selin plapperte gleich los und setzte sich auf die Couch. Es sei von ihm sehr geschickt eingefädelt, doch sie könne gerade nicht, er wüsste schon weshalb. Karl wusste nichts mit ihren Worten anzufangen. Als er sich an den Tisch setzte und seine Unterlagen herausholte, kapierte sie, dass es ihm wirklich nur um die Nachhilfe ging und er keine Hintergedanken gehabt hatte. Er drohte ihr: Wenn sie wieder vorzeitig abhauen sollte, würde er die Tür abschließen. Das sei eine gute Idee, antwortete sie. Doch Karl ließ sich nicht provozieren und ließ Selin eine Rechenaufgabe der aktuellen Stunde lösen. Er wollte lediglich erkennen, wo sie Schwierigkeiten hatte. Bald merkte er, dass er ganz von vorne anfangen musste, und fragte sie, was eine Zahl sei. Karl stellte nur Aufgaben und ließ Selin arbeiten. Auf einem Wecker, den Karl mitgebracht hatte, quälte sich der Sekundenzeiger genauso wie Selin sich mit den Aufgaben. Pünktlich nach der ersten Zeitstunde um fünf, wechselte er zur Physik. Das aktuelle Thema war der elektrische Strom. Selin konnte sich darunter nichts vorstellen. Karl zeichnete einen Schaltkreis bestehend aus einer Stromquelle, einem Schalter und einer Lampe auf. Selin musste mit dem Finger die Leitungen nachfahren und so den Stromfluss simulieren. Am Ende der Stunde hatte sie tatsächlich die einfache elektrische Schaltung verstanden. Als Karl gehen wollte, scherzte sie, dass man ja jetzt noch kurz die Couch ausprobieren könne. Karl stöhnte laut, es törnte ihn ab.

Nach der Doppelstunde Nachhilfe war er ausgelaugt und konnte sich kaum auf seine eigenen Hausarbeiten konzentrieren. Sein abendliches Lauftraining ließ er ausfallen. Am Folgetag quälte Selin sich erneut durch die Welt der Zahlen und später mit dem Wechselstrom. Als Karl sie zum Abschluss fragte, was ihr Lieblingsfach sei, meinte sie praktische Sexualkunde. Karl glaubte ihr kein Wort. Sie hatte garantiert noch nie.

Am Donnerstag nach der Bio-Doppelstunde gingen Juli und Karl erneut essen. Doch zum Bäcker um die Ecke wollte Juli nicht mehr. Karl konnte sich denken, warum, doch fragte er nicht. Noch nicht. Sie wählten einen Pizzastand in der Innenstadt und im Anschluss, sehr zum Bedauern von Karl ein richtiges Café, denn dort war ein

Kaffee doppelt so teuer wie beim Bäcker. Endlich wagte Karl es: »Was war das letzte Woche?« Juli antwortete, sie würde ihn noch nicht gut genug kennen, um ihm alles erzählen zu können. Es sei ihre Privatsache. Und dann fragte sie ihn, ob er eigentlich gut in Physik sei. Es gäbe da bald eine Klausur und das mit der Mechanik sei alles furchtbar schwierig. Karl nahm einen Stift und seinen Block. Er hatte noch 15 Minuten Zeit, dann musste er los zum Internat. Die viertel Stunde war vielversprechend. Zumindest sagte Juli das. Im Anschluss hatte Karl den Verdacht, dass sie die ganze Zeit vorgehabt hatte, ihn als kostenlose Nachhilfe zu gewinnen. Selin hatte wieder einen faulen Tag. Als die beiden oben in der Dachgeschosskammer ankamen, legte sich Selin auf die Couch und kündigte an, sie müsse ein wenig ausruhen. Karl stellte Kopfrechenaufgaben, worauf Selin ihm eine Packung Papiertaschentücher an den Kopf warf. Mit seiner Drohung, alles hinzuschmeißen, ließ sie sich doch noch überreden. Gegen Ende der Stunde lobte sie ihn. Er sei der beste Nachhilfelehrer, den sie je gehabt habe. Karl konterte: »Wie viele hattest du?« Leider kam er erneut zu spät zum Training. Cassy war schon im Wasser, sein Trainer hatte die Kamera dabei und bereits ein paar ihrer Schwimmsequenzen aufgenommen. Karl zog seine 1500 Meter durch und erreichte dabei eine Bestzeit. Doch auf 100 Meter runtergerechnet, war Cassy deutlich schneller. Als er nach dem Duschen in die Kassenhalle des Bads trat, wartete Cassy auf ihn. Sie hatte sich in Windeseile umgezogen, ihr Kurzhaarschnitt war verwuschelt und ungefönt. Zusammen verließen sie das Gebäude. Karl wollte sich bereist auf sein Rad schwingen, als Cassy ihm vorschlug, noch irgendwo etwas trinken zu gehen; Sie würde gerne die Stadt am Abend kennenlernen. Zuerst maulte Karl herum, dass er noch Hausarbeiten zu machen habe, es war eine Ausrede, in Wirklichkeit scheute er die hohen Preise. Als Cassy ihm vorwarf, es interessiere sich wohl nicht für schöne Frauen, gab er nach und sie gingen in eine Bar, die auch Speisen anbot, und wählten Finger Foot. Cassy schwärmte von ihrer Heimat und dass Karl unbedingt vorbeikommen müsse. Karl hingegen schwärmte von seinem Sport und kündigte an, Ende Oktober den Halbmarathon zu laufen. Letzter Sonntag im Oktober sei ihr letzter Tag, sagte sie. Am Montagfrüh ginge ihr Flieger. »Okay, dann kannst du mich ja anfeuern. Oder mitlaufen?« Sie verabredeten sich für Samstagabend. Karl sollte sie bei ihrer Gastfamilie abholen. Sie zahlten Halbe-Halbe. Während des Unterrichts am Freitag träumte er von Cassy. Am Nachmittag warteten noch zwei Schüler der sechsten Klasse auf seine Nachhilfe. Danach ging er laufen, er musste seinen Hormonstau abbauen und mit nichts ging das besser als mit einem Lauf über mindestens 25 Kilometer. Zur Hälfte fing es an zu regnen. Pitschnass tippelte er ins Internat und zog eine Spur nasser Schritte hinter sich her. Der Hausmeister sah es und sprach ihn auf seine Nachhilfe an, wobei er das Wort Nachhilfe ganz komisch betonte. Karl nahm ihn den Wind aus den Segeln und erzählte haarklein vom Wechselstromkreis und der Kurvendiskussion. Der Hausmeister schüttelte verständnislos dem Kopf und murmelte: »Weiß denn der Junge gar nicht, dass es zwei Sorten Menschen gibt.« Überpünktlich klingelte er am Samstag bei Cassys Gastfamilie. Es öffnete Juli. Sie glotzte ihn an, er blickte bedröppelt auf den Boden und entschuldigte sich, er hätte wohl eine Adresse verwechselt. Eigentlich sei er mit einer

Sportlerin aus dem Schwimmverein verabredet. Julis Augen blitzten. »Ah, mit Cassy!« »Ja, woher kennst du sie?«, fragte Karl zurück. Es stellte sich heraus, dass Cassy bei Juli wohnte und ihr Zwillingsbruder gerade in den Staaten weilte. Die Idee, die jeweiligen Schulen zu tauschen, hätten Cassys Eltern gehabt. Dessen Vorfahren seien aus Deutschland ausgewandert, ihren damaligen Transfer könne man in Überseemuseum in Bremerhaven nachschlagen. Auf dem Schiff hätten sie sich kennen und lieben gelernt. Ach wie romantisch, kommentierte Karl etwas zu abfällig. Cassy stand plötzlich hinter Juli. Sie hatte sich herausgeputzt. Im Gegensatz zu Karl, der auf schicke Klamotten keinen Wert legte und immer mit Jeans und Turnschuhen herumlief, nur Hemd und Pullover variierend, Jacke hatte er nur eine. Cassy bat ihn ins Haus. Karl begrüßte die Eltern, wie gewohnt mit einem angedeuteten Handkuss für die Frau Mama und einem festen Händedruck für Papa. Der Vater ließ sofort eine Batterie Fragen auf den Jungen los. Währenddessen flüsterte Mama Cassy ins Ohr. Sie stimmte kopfnickend zu. Juli war längst in ihrem Zimmer verschwunden. Jetzt, wo Karl vor der Tür gestanden hatte, wollte sie mit. Cassy verschwand ebenfalls und so löcherte jetzt Frau Mama den Gast. Wo seine Eltern wohnen würden? Auf dem Friedhof. Wer seine Verwandten seien? Wie lange er schon im Internat wohnen würde? Was seine Hobbys seien? Karl beantwortete jede Frage in Kurzfassung, fühlte sich genervt. Er war mit Cassy verabredet, hatte wenig Geld dabei und auf eine große Fragestunde nicht vorbereitet. Cassy und Juli erlösten ihn. Die beiden Frauen erhielten von der Mutter noch die üblichen Verhaltenssprüche und paar Warnungen vom Papa mit auf den Weg und dann endlich standen die drei vor der Tür und Karl fragte dumm, was die Damen anzufangen gedächten mit dem angebrochenen Abend. Er hatte sich wenig Gedanken gemacht, hatte geglaubt Cassy und er könnten nochmals die Bar aufsuchen und sich übers Schwimmen und den Triathlon unterhalten. Doch nun war Juli dabei und ein gemeinsames Thema, von der Schule abgesehen, fehlte. Juli und Cassy diskutierten. Karl hörte zu. Schließlich entschlossen sich die Damen, erst in einer Bar etwas zu trinken und ein Spiel zu spielen, um dann in einen Club zu gehen und dort abzutanzen, bis der Wecker klingeln würde. Karl wurde nicht gefragt, er musste machen, was die Damen beschlossen hatten. Die Bar war nett. Es war Julis Vorschlag. Er kannte sie nicht. Das Spielchen entpuppte sich als Kartenspiel und Karl vergeigte fünf Runden. Zum Glück zahlten die Damen ihren Eintritt zum Club selbst, Karl hätte nicht die Finanzkraft für drei Personen gehabt und musste auch nach dem Kauf einer Karte schon seine Penunzen dreimal umdrehen. Zum Glück entpuppten sich die Damen als spendabel. Karls Schicksal und seine permanente Geldknappheit hatte sich sogar auf dem Burg-Gymnasium herumgesprochen. Es dauerte nur Minuten, bis die Musik die Drei auf die Tanzfläche zog. Karl hatte seit seinem Abschlussball nicht mehr richtig getanzt. An dem Abend musste er auch nicht. Man hottete herum. Mal schäkerte Juli mit ihm, mal Cassy, wobei Letztere deutlich kecker vorging als seine Mitschülerin des Bio-Kurses. In einer Pause, schon etwas verschwitzt, gönnten sie sich eine Cola, die Juli spendierte, was Karl peinlich war. Dann ging es wieder aufs Parkett. Der DJ spielte eine Ballade von John Lennon. Wie selbstverständlich ging Cassy in eine enge Umarmung über; ihre beiden Arme um seinen Hals, seine Arme um ihre Taille geschwungen. Sie tanzten Blues, sachte im Kreis drehend. Cassy, nur wenig kleiner als Karl, drückte ihren Kopf an seinen, Karls Ohr glühte von der Berührung. Juli drehte sich allein und beobachtete die beiden. Karl hatte ihr gerade den Rücken zugewandt, als Cassy plötzlich stockte. Warte kurz, sagte sie zu Karl. Er drehte sich um und sah Juli mit einem Mann streiten. Karl kannte ihn. Es war der Typ, den er auf der anderen Straßenseite gesehen hatte, als er mit Juli im Park gesessen hatte. Der Typ wollte Juli umarmen, wohl mit ihr tanzen. Doch sie wehrte seine übergriffigen Hände ab. Cassy hatte die Situation sofort erkannt und ging zu den beiden rüber, just in dem Moment, als John Lennon seine Ballade beendete. Der DJ spielt nun einen schnellen Rock'n roll. Als sie Cassy kommen sah, rannte Juli von der Fläche. Karl sah, wie Cassy auf den Typen einredete und damit Erfolg hatte, denn die beiden tanzten. Karl wartete von der Toilette. Wohin sonst sollte sie gegangen sein. Als Juli zurückkam, sprach er sie an. Erst drexte sie herum, dann meinte sie, der Typ sei ihr Ex. Karl gab sich mit dieser kurzen Antwort nicht zufrieden und hakte nach, warum der sich so anstellen würde. Nachdem sie mehrmals versucht hatte, drumherum zu reden, gab sie schließlich zu, dass er vor einer Woche gewollt hätte, sie aber nicht und er enttäuscht ein wenig handgreiflich geworden wäre, worauf sie sich gewehrt hätte und es zwischen ihnen sehr laut geworden wäre und schließlich der Vater ins Zimmer gestürmt wäre und den Typen rausgeschmissen hätte, und nun wolle sie nicht mehr. Er sei ein Schlägertyp. Karl wusste Bescheid. Mit Schlägertypen kannte er sich aus. Immer wenn sie ihren Willen nicht kriegten, fingen sie an zu prügeln. Erneut hatte der DJ zur Entspannung einen Blues aufgelegt. Juli brauchte Trost. Karl zog sie auf die Tanzfläche, umarmte sie, wie er es bei Cassy getan hatte. Eng umklammert und schweigend drehten sie sich zur Musik. Juli war sehr nachdenklich, wusste nicht, ob es richtig gewesen war, ihm so intime Dinge zu beichten. Ungefähr zur Mitte des Blues spürte Karl eine Hand auf seiner Schulter und gleichzeitig sah er Entsetzen in Julis Gesicht. Eine zweite Hand schob sich zwischen die beiden, Karl wurde herumgerissen, er sah noch kurz die Visage ihres Ex, dann spürte er einen heftigen Schmerz. Als er wieder erwachte, spielte die Musik nicht mehr. Dafür glotzen ihn vielen Augenpaare von oben an. Er erkannte Cassy, die sich als Einzige zu ihm heruntergebeugt hatte und sich nach seinem Befinden erkundigte. Karl lag auf der Tanzfläche, von Juli und ihrem Ex keine Spur. Langsam rappele er sich auf, drängte zum Ausgang und als ihn Leute zurückhalten wollten, schüttelte er sie ab. Es war ihm peinlich und er spürte eine Hitze in sich aufsteigen, die er zum letzten Mal nach einem verlorenen Wettkampf gespürt hatte. Er ließ Jacke, Jacke sein und stürmte nach draußen, in der Hoffnung dort den Übeltäter noch zu Gesicht zu bekommen. Alles, was er jedoch zu sehen bekam, war ein Motorrad, auf dem der Schläger gerade davonfuhr. Trotz des Helms erkannte er ihm an den markanten Gesichtszügen. Karl konnte sich gerade noch das Kennzeichen merken. Als er zurück in den Saal ging, fragte er sich, was Juli dazu bewogen hatte, sich mit diesem Schläger einzulassen. Sie war gleichalt, dennoch konnte er ihre Motivation und Gefühle nicht nachvollziehen. Drinnen dröhnten die Boxen erneut in voller Lautstärke. Cassy stand am Rand und diskutierte mit ein paar anderen das Geschehene. Als Karl dazu trat, fiel sie ihm um den Hals und wiederholte mehrmals, wie sehr sie sich freue, dass ihm nichts Schlimmeres passiert sei. Karl fragte nach Juli. Cassy zuckte mit den Achseln, fragte, ob sie nicht mit dem Typen auf dem Motorrad gefahren sei. Karl verneinte und bat Cassy, auf der Damentoilette nachzusehen. In der Tat saß Juli heulend auf dem Klo. Es dauerte eine Weile, bis die beiden Damen zurück in den Saal kamen. Die Stimmung war dahin. Karl wollte nach Hause, Juli auch. Cassy ließ sich umstimmen. Bei Juli zu Haus tranken sie Bier und überlegten, wie sie Julis Ex beikommen könnten, denn sie waren sich einig, dass es so nicht weitergehen konnte. Doch die Vorschläge waren absurd und nicht umsetzbar.

Am Sonntag radelte Karl seine übliche Sonntagsrunde, die ihn weit außerhalb der Stadt durch die hügelige Landschaft führte. Zu seinem Schrecken überholte ihn das Motorrad des Schlägers, er erkannte es am Nummernschild. Später machte Karl wie immer eine Pause an einer Eisdiele, zirka 15 Kilometer von der Stadt entfernt. Es war so Usus und meist traf er dort anderen Radsportler und man fachsimpelte über die neueste Rennradtechnik und lästerte über andere, nicht anwesende Vereinsmitglieder. Auch an diesem Sonntag Mitte September war es so. Drei Radsportler, die Karl kannte, saßen draußen am Tisch und gönnten sich ein alkoholfreies Weizen. Karl hatte einen Eisbecher geordert und setzte sich dazu. Man unterhielt sich. Von Ferne hörte Karl ein Motorrad herankommen, Karl drehte sich aus Neugier um und erkannte den Fahrer wieder. Es war der Schläger, der Typ, der ihn bereits eine Stunde zuvor überholt hatte. Nun parkte der sein Motorrad auf einem Parkstreifen in der Nähe. Karl hoffte, der Typ möge gleich wieder verschwinden und ihn nicht hier vor allen anderen anmachen. Aus Angst davor erzählte Karl vom Vorfall am Vorabend im Club. Es wurde gelacht, der Typ störte die Runde nicht und bald dachte niemand mehr an den Motorradfahrer. Als Karl später zu seinem Rad zurückkam, waren beide Reifen zerschnitten. Kein herkömmlicher Platten, regelrecht zerfetzt hatte man sie. Für Karl war sofort klar, es war der Motorradfahrer, der Ex von Juli. Wahrscheinlich war der Typ eifersüchtig und glaubte, Karl sei ihr Neuer. Das Flickzeug, was er immer bei sich führte, war für einen derartigen Schaden ungeeignet. Zum Glück fand ein liebenswerter Familienvater noch Platz in seinem VW-Bus und brachte Karl mitsamt defektem Rad zurück in die Stadt. Noch am selben Abend machte sich Karl auf zu Juli. Ihre Mutter wunderte sich über seinen erneuten Besuch. Doch Karl wollte nicht ins Haus, er wollte Juli nur eine Frage stellen, die ihm auch beantwortet wurde, nachdem er vom Vorfall beim Eiscafé erzählt hatte. Gerade mal eine Stunde später, es war schon dunkel, traf Karl bei der Wohnung des Typen ein. Das Motorrad stand auf dem Parkstreifen vor einem Mehrfamilienhaus. Karl schlich sich an und ließ Luft aus dem Hinterrad. Nicht alles, aber sehr viel. Am übernächsten Tag stand im Lokalteil der Zeitung, die Karl zum Frühstück regelmäßig las, dass ein Motorrad verunglückt sei. In einer scharfen Kurve sei wohl das Heck des Fahrzeugs ausgebrochen. Der Fahrer hätte sich eine Fraktur des linken Oberschenkels und der linken Hand zugezogen und weil er ein ungeeignetes Schuhwerk getragen habe, sei der linke Fuß ebenfalls zertrümmert worden. Davon, dass der Fahrer zuvor einen Anruf erhalten hatte, stand in der Zeitung nichts.

Als Karl am Donnerstag erneut nach der Bio-Stunde mit Juli im Café saß, erzählte sie ihm vom Unfall ihres Ex, als wüsste Karl nichts davon. Sie bedauerte ihren Ex nicht, im Gegenteil, sie hätte es gerne gesehen, wenn die Lenkradstange sich in seinen Arsch gebohrt hätte. Für die nächsten Monate hätte sie Ruhe und danach würde er humpeln und sie ihn auslachen, sofern er es wagen sollte, sie jemals wieder anzugucken. Als sie schon gehen wollte, fragte sie nochmals nach, wann er ihr Nachhilfe erteilen könnte. Er antwortete, sie könne um kurz nach sechs ins Internat kommen und dort vor der Tür des Nebeneingangs auf ihn warten. Erneut fühlte Karl sich ausgenutzt.

Die zwei Stunden mit Selin zogen sich wie Melasse. Karl war unkonzentrierter und strenger als sonst. Selin heulte vor Wut los, doch Karl ließ sich nicht erweichen. Kurz vor sechs beendete er den Unterricht und Selin war froh, ihm endlich entrinnen zu können. Als Karl kurz darauf nach unten ging, wartete Juli bereits. Karl öffnete die Tür. Sie fragte, ob er hier wohnen würde. Er verneinte, sagte, dass er eigentlich keinen Damenbesuch empfangen dürfe und nur unter Duldung des Hausmeisters eine Dachkammer für die Nachhilfe nutze. Oben angekommen fiel ihr Blick sofort auf die Couch. Karl beteuerte, dass der Hausmeister sie hergerichtet hätte, er nichts dafür könne. Doch Juli fand das Ding bequem und setzte sich. Als Karl verdutzt stehen blieb und ihr den Stuhl am Tisch anbot, nahm sie seine Hand und zog ihn zu sich. Der folgende Kuss war perfekt. Noch nie hatte Karl so zarte Lippen und eine so forschende Zunge gespürt. Danach lagen sie Arm in Arm und schauten an die Decke, wo es nichts zu sehen gab außer ein paar Spinnenweben. Karl wusste nicht, was man in einer solchen Situation zu tun hatte.

Alle Klischees waren ihm zu albern und deshalb rührte er sich nicht. Sie ergriff seine Hand. War es aus Angst, er könne sie sonst damit berühren oder wollte sie seine Hand führen, ihn verführen? Er wusste es nicht. Nervös sprach er leise zu ihr, dass sie zur Nachhilfe gekommen sei und man langsam anfangen müsse. Doch sie antwortete, er bräuchte Nachhilfe, worauf er einwendete, es ginge alles zu schnell, er sei unerfahren, hätte Angst etwas falsch zu machen. Sie lagen noch eine halbe Stunde nebeneinander, küssten sich und sie erzählte, wo sie ihren Ex kennengelernt hatte, und warum sie anfangs auf ihn reingefallen war und dass sie froh sei, dass es jetzt endlich vorbei sei und sie neu anfangen könne. Als sie aufbrachen, machte sie ihm ein großes Kompliment. Er sei der Erste, der ihr nicht gleich an die Wäsche gewollt hätte. Das sei schön, denn nachdem was passiert sei, könne sie so etwas jetzt nicht ertragen. Seinen Schwimmunterricht versäumte er an diesem Donnerstag. Als er am Samstag erneut bei Julis Eltern klingelte, öffnete Cassy und schimpfte. Karl erschrak, wusste, dass sie sauer auf sein verpenntes Training war. Dann brach sie in Gelächter aus, umarmte ihn und sagte, dass Juli ihr alles gebeichtet habe und sie sich freuen würde. Dieses Mal verlief der Abend ohne Zwischenfälle.

Nachdem Selin am Montag die Dachkammer betreten hatte, setzte sie sich erst auf die Couch. Sie war müde, hatte wohl am Wochenende gefeiert. Während ihre Augen Karls Vorbereitungen verfolgten, strich sie mit der Hand über die Decke. Plötzlich hielt sie inne. Sie hielt ein langes Haar zwischen ihren Fingern, betrachtete es und dann heulte sie los. Er würde sich hier mit seiner Geliebten treffen, schimpfte sie. Die hätte lange blonde Haare. Ihr Schicksal sei ihm völlig egal. Nie würde er fragen, wie es ihrem Liebesleben gehen würde, er würde sich gar nicht für sie interessieren, dabei hätte sie mehrfach Andeutungen gemacht, dass sie ihn gut leiden könne. Karl antwortete, es sei wissenschaftlich erwiesen, dass wenn ein Mann und eine Frau längere Zeit allein verbringen müssten, sie sich irgendwann paaren würden oder... Umbringen, ergänzte Selin. Was folgte, war eine Strafpredigt von Karl. Er machte Selin klar, dass sie von der Schule fliegen würde, wenn sich nicht ihre Leistungen in Mathe und Physik verbesserten. Ihr sei nicht damit geholfen, wenn sie beide Sex hätten. Im Gegenteil. Ob sie sich überlegt hätte, was sie denn ohne Abi mit ihrem Leben anfangen wolle, bei dem ehrgeizen Vater, den sie hätte? Unterwäsche verkaufen? Männermagazine zieren? Dann stellte Karl die Frage aller Fragen: »Was möchtest du im Leben erreichen?« Selin antwortete, dass sie Modeschöpferin werden wolle. Karl erzählte ihr die Geschichte seiner Tante Lucia und was aus ihrem Traum einer Modeschöpferin geworden war. Selin konterte geschickt und fragte Karl, was denn sein Ziel sei? Mit dem Sport könne er kein Geld verdienen und bald würden ihn die Jüngeren überholen. Karl hatte keine Antwort. Er setzte sich neben sie, legte seinen Arm um sie und zog sie ganz eng zu sich heran. Dann sagte er, ihr Zwischenziel müsse die Versetzung am Ende des Schuljahrs sein. Sein Zwischenziel sei es, mit der Nachhilfe so viel Geld zu verdienen, dass er sich Schuhe und Kleidung kaufen und ab und an mal in den Club oder ein Café gehen könne. Und deshalb müssten sie jetzt und in den nächsten Tagen und Wochen fleißig arbeiten. Als er das sagte, fühlte er sich beschissen erwachsen.

Seine Freundschaft mit Juli festigte sich in den folgenden Wochen. Sie trafen sich öfters nach der Schule oder abends. Karl vernachlässigte sein Schwimmtraining, was ihm Schelte von Cassy einbrachte. Dreimal die Woche und am Wochenende übte er für den Halbmarathon. Während der Woche am frühen Morgen schnelle zehn Kilometer, am Sonntag eine sehr lange 30 Kilometer Runde. Julis Eltern mochten ihn und daher fuhr er abends häufig bei Juli vorbei. Dort saßen sie zu dritt in ihrem Zimmer, hörten Musik und klönten, wobei Cassy gerne und viel aus ihrer Heimat erzählte. Für Karl waren die beiden ein wenig wie Geschwister, nur dass er vor dem Gehen Juli ausgiebig küsste. Cassy zog sich dann immer diskret zurück. Zu mehr als Küssen kam es nicht, was Karl seiner Freundin ja auch versprochen hatte.

Es kam das letzte Oktoberwochenende. Am Sonntag, dem Tag vor Cassys Rückflug stand der Halbmarathon an, der erste seines Lebens. Er hatte mit Cassy abgesprochen, dass sie ihn von Kilometer 15 bis 20 begleite, denn sie war eine gute Sprinterin und sollte ihn ziehen. Juli und Cassy feuerten Karl beim Start an. Sein Anfangstempo war viel zu hoch, denn er ließ sich von der Spitzengruppe mitziehen. Bei Kilometer 10 standen Cassy und Juli an der Strecke, die an dieser Stelle durch einen Wald führte. Juli hatte ein Schild dabei, erschrak aber, als sie ihn sah. Das hohe Tempo forderte Tribut. Er war hochrot und brauchte dringend Flüssigkeit. Sie reichte ihm eine Flasche Wasser, der er während des Laufs leerte und Juli einen Kilometer später aufsammelte, weil sie keinen Plastikmüll in der Umwelt duldete. Exakt am 15 km Schild wartete Cassy in langen Laufhosen und dickem Shirt, denn es war kalt. Sie lief neben Karl und redete die ganze Zeit auf ihn ein. Wie sie es schaffte, zu laufen und gleichzeitig zu reden blieb Karl ein Rätsel. Doch ihre Anwesenheit und ihr Zureden taten ihm gut. Er kam erneut in seinen Rhythmus. Cassy stoppte ihre Begleitung erst kurz vorm Ziel. Auf den letzten 600 Metern zog Karl nochmals davon, wollte die verdammte Uhr überlisten. Seine Zeit in Ziel betrug 1 Stunde 20 Minuten und 15 Sekunden. Einsneunzehn wären ihm lieber gewesen, doch gerechnet hatte er mit einsdreißig. Völlig erschöpft fiel er Juli in die Arme. Er musste trinken, musste sich setzen und hörte die ganze Zeit Lobeshymnen seiner beiden Frauen. Einige Sportler gratulierten ihm. Ein paar Meter weiter, beglückwünschte ihn auch Selins Vater, der am Wochenende sehr leger gekleidet war. Selbst Selin hatte seinen Zieleinlauf gesehen und drückte ihm ein Küsschen auf die Wange, worauf Karl Juli als seine Freundin und Cassy als Austauschschülerin vorstellte.

Am Tag darauf, es waren Herbstferien, begleitete Karl Juli, Julis Eltern und Cassy zum Flughafen. Cassy rang ihm das Versprechen ab, sie in den USA zu besuchen, wichtiger aber im nächsten Jahr einen Triathlon zu gewinnen. Karl versprach es. Und dann kam der Satz, der Karl im nachherein stutzig machte. Cassy sagte zu Juli: »Wir sehen uns im Januar.«

Selin war heilfroh, ein paar Tage nicht mit dem strengen Nachhilfelehrer Karl büffeln zu müssen. Juli und Karl nutzten die Dachgeschosskammer des Internats bereits am Nachmittag des Montags, an dem sie früh morgens Cassy zum Flughafen begleitet hatten. Als sie oben auf der Couch lagen, sie hatten sich in die Wolldecke gekuschelt, denn am Wochenende war die Heizung ausgeschaltet gewesen, sprach Karl Juli auf Cassys Aussage an. Juli druckste zuerst herum, dann gab sie zu, am 2. Januar zum Austausch in die USA zu fliegen. Dort würde sie bei Cassys Eltern wohnen und ihr Bruder käme bereits zu Weihnachten zurück. Für Karl und Juli blieben nur noch zwei Monate, viel Zeit zum Abschiednehmen, wenig Zeit für eine Zukunft. Karl hatte gehofft, dass sich seine Liebe zu Juli auch körperlich weiterentwickeln würde. Doch die Aussicht war trübe und er fragte sich, ob er überhaupt mehr wollte? Der Trennungsschmerz wäre noch unerträglicher, wenn sie vor ihrem Abflug Sex haben würden. Juli erahnte seine Gedanken. Kurz bevor sie um sechs Uhr am Abend gehen musste, teilte sie ihm mit, dass sie nicht mit ihm schlafen könne. In ihrem Kopf sei immer noch die Angst präsent und sie fürchte sich vor zu großer Intimität. An den Folgetagen reduzierte Karl seinen Kontakt zu Juli spürbar. Sie trafen sich nur noch zweimal die Woche, einmal am Donnerstag nach der Schule und am Samstagabend. Statt Cassy begleitete jetzt eine Freundin die beiden in die Clubs. Gegen Mitte Dezember, stellte Karl auch diese Besuche ein, denn ihm waren die Club-Besuche einfach zu teuer. In den Herbstferien hatte er nichts verdient und die magere Zeit um Weihnachten versprach ebenfalls keine Einnahmen. Immerhin bestand Selin alle Prüfungen des Schuljahrs. Im Zwischenzeugnis stand die Mathenote noch auf vier. Im Versetzungszeugnis für Mathe und Physik sogar jeweils auf drei. Selins Vater war zufrieden und zahlte die versprochene Prämie. Vorher, etwa zu Ostern, erhielt Karl einen Brief aus den USA. Er war von Juli. Sie dankte für seine Unterstützung in einer schweren Zeit, die sie jetzt hinter sich gelassen hätte. Sie hätte einen Football-Spieler kennen- und liebengelernt, der sie sehr zärtlich von ihren Leiden befreit hätte. Wahrscheinlich sei Karl einfach noch zu unerfahren gewesen und sie wünschte ihm mehr Erfolg bei anderen Mädchen. Der Fluch des Tanzlehrers hatte erneut zugeschlagen.

11

Anette und Selin

Die meisten Menschen erinnern sich gerne an ihr Leben
mit siebzehn. Einige finden in dieser Zeit sogar ihren
Partner fürs Leben, andere genießen eine scheinbar unbe-
schwerte Zeit, noch ohne Verantwortung, eine Zeit mit
Freundschaften, Partys und Urlaubsfreuden. Nicht so
Karl. Julis Nachricht war ein Tiefschlag, gut gemeint, aber
schmerzhaft. Er wurde noch unsicherer, als er es schon
zuvor gewesen war. Zwar gewann er noch einen Triathlon
in seiner Altersklasse, doch danach musste er die Trai-
ningsgruppe wechseln. Statt mit jüngeren Mädchen und
Jungs zu trainieren, gehörte er jetzt, zumindest aus Sicht
des Vereins, zu den Erwachsenen. Im Alter von 17 bis 20
ist der Frauenanteil beim Triathlon gering. Viele hören auf
oder machen eine Pause, konzentrieren sich auf die Schule
oder ihren Freund. Und die wenigen, die im Training bleiben, werden sehr schnell von jungen Männern erobert,
denn Triathletinnen mit ihren hoch aufgeschossenen athletischen Körpern machen immer eine gute Figur. Für
Karl waren sie zu alt. Die Jüngeren sah er nur auf Vereins-
feiern einmal im Jahr und sie waren ihm zu albern und
unreif. Hinzu kam, dass beim Triathlon das Material den
Erfolg mitbestimmt. Wer das schnellste und teuerste
Rennrad fährt, ist selbst bei Misserfolgen besser angesehen, als Karl es mit seinem Klapperrad je war. Kurzum:
Es hatte bisher nicht geklappt und Karl war auch einein-

halb Jahre nach Juli ohne sexuelle Erfahrung. Zwar hielt Selin auch nach Ende der Nachhilfe die Freundschaft aufrecht, doch hatte sie nichts Erotisches. Selin war albern und sprunghaft. Mal stellte sie Karl ihren neuen Freund vor, als ob ihn das interessieren würde, dann wiederum passte sie ihn nach der Schule ab und suchte Unterstützung bei Dingen, die Karl zum Verzweifeln brachten. So sollte er mit ihr einen Badeanzug aussuchen, schließlich sei er ja Experte in diesen Dingen. Sie nahm ein halbes Dutzend mit in die Umkleide, doch statt sich Karl zu präsentieren, bat sie ihn, durch einen Schlitz des Vorhangs zu lugen. Ein Badeanzug stand ihr sehr gut, er machte ihr Komplimente, doch sie kaufte schließlich einen Bikini, dessen Oberteil ihre Brüste nur knapp bedeckte und sie nuttig aussehen ließ.

Ein paar Tage vor seinem 18. Geburtstag erhielt er einen Brief von einem Geldinstitut seines Geburtsorts. Erst glaubte Karl an ein Werbeschreiben, doch als er es öffnete, stockte fast sein Atem. Man teilte ihm mit, dass er mit seinem 18. Geburtstag über das Erbe seiner Eltern selbst verfügen könne, so wie es im Vertrag, den seine Tante Lucia, ein Notar und die Bank geschlossen hätten, festgelegt worden sei. Zecks Absprache der Regularien bat man ihn, an seinem Geburtstag oder höchstens ein paar Tage später vorbeizukommen. Karl hatte seit vielen Jahren keinen Kontakt mehr zu Lucia gehabt und seit sein Onkel Ewald in Schweden lebte, war auch die spärliche Beziehung zum Onkel verloren gegangen. Er wusste nur, dass das elterliche Haus durch Lucia verkauft worden war und das Geld auf einem Konto liegend all die Jahre seinen Internatsaufenthalt und sein Taschengeld finanziert hatte.

An seinem Geburtstag reiste Karl mit der Absicht in seine Geburtsstadt, neben dem Bankgespräch auch Lucia, sowie wenn möglich auch Meta und Leo zu besuchen. Insgeheim hoffte auf ein Ende seiner finanziellen Misere. Als er nach langer Zugfahrt vor Lucias Mode Atelier stand, wies ein Zettel auf deren Urlaub hin. Karl wunderte sich. Nicht gewundert hätte er sich, wenn er gewusst hätte, dass Lucia über seinen Besuch informiert worden war und extra einen Urlaub gebucht hatte, um sich nicht rechtfertigen zu müssen. Für das Gespräch lud ihn ein Bankangestellte in sein Büro und bot ihm Kaffee an. Karl war angetan von der Atmosphäre und dankbar, dass man ihn als erwachsenen Menschen behandelte. Nachdem Karl sich mittels Perso ausgewiesen hatte, legte der Angestellte ihm einen Stapel Kontoauszüge vor. Der Zeitraum reichte vom Tag der Kontoeröffnung bis zum aktuellen Monat. Normalerweise würde die Bank keine Auszüge so lange aufbewahren, doch in seinem Fall sei es anders, schon um eine spätere Klage zu meiden. Karl wunderte sich über das Wort Klage und assoziierte es ganz richtig mit einem Gerichtsprozess und hoffte nur, nie beklagt zu werden und auch selbst nie klagen zu müssen. Der aktuelle Kontoauszug zeigte eine magere Zahl von knapp neuntausend Mark, ein Bruchteil dessen, was zu Beginn eingezahlt worden war. Karl blätterte durch die letzten Auszüge, auf denen primär die Überweisungen an das Internat und auf sein Taschengeldkonto verzeichnet waren. Kurz überschlug er, wie lange er das Internat mit der Restsumme noch würde zahlen können. Zwar war er gut im Überschlagsrechnen, doch das machte das Ergebnis auch nicht schöner. Karl teilte dem erstaunten Banker mit, dass er das Konto gerne sofort auflösen würde. Der Restbetrag solle auf sein Konto, er nannte es das Taschengeldkonto, überwiesen werden. Der Bankangestellte füllte zwei Formulare aus und ließ sie von Karl gegenzeichnen. Karl hatte noch nicht mal am Kaffee genippt, da war das Erbe seiner Eltern bereits Geschichte.

Wenig später saß er in einem Café in der Fußgängerzone. Der ganze Ort kam ihm klein, bieder und spießig vor. Er bestellte eine Tasse Kaffee und überlegte, ob er die Busfahrt zu Meta und Leo antreten sollte? Sein schlechtes Gewissen zwang ihn dazu.

Während der Fahrt blätterte er die Kontoauszüge durch. Sie waren chronologisch geordnet und umfassten 13 Jahre. In den letzten Jahren hatte ein Blatt für ein Quartal ausgereicht und nur die bekannten Buchungen enthalten. In den Auszügen davor tauchten regelmäßig Abbuchungen von Lucia und auch Überweisungen an Ewald auf. Selten war der Grund angegeben. So titulierte Lucia eine Überweisung an Ewald mit der Beschreibung ›Betreuung Karl‹. Es waren tausend Mark. Karl schaute sich das Datum an und versuchte, sich an den Monat zu erinnern. Es war ein normaler Märztag vor ein paar Jahren gewesen und er hatte mit seinem Onkel zu diesem Zeitpunkt keinen Kontakt gehabt, denn Ewald hatte bereits in Schweden gelebt. Die Auszüge im ersten und zweiten Jahr nach Kontoeröffnung waren in manchen Monaten ziemlich reichhaltig mit Buchungen bestückt. Reichlich Überweisungen hatte es auch zu der Zeit gegeben, als Lucia in die Wohnung des verstorbenen Schneidermeisters gezogen war. Regelmäßige Barauszahlungen gab dann wieder ab der Zeit, wo Lucias Kind geboren worden war. Karl zählte etliche Buchungen mit zusammen über dreißigtausend Mark. Geld von Lucia zurückzufordern oder sie sogar zu verklagen war zwecklos. Sie hätte immer Begründungen finden können, denn Karl kannte nur die Beträge und wusste nicht, was sie mit dem Geld angestellt hatte. Meta erkannte den Jungen nicht, bzw. erst spät. Leo und sie waren alt geworden, wirklich alt. Seit sie sich zum letzten Mal gesehen hatten, waren fast 10 Jahre vergangen. Die Welt hatte sich in der Zwischenzeit verändert. Die innerdeutsche Grenze war obsolet und Metas Neffe, der er in der DDR gelebt und nie hatte ausreisen dürfen, wohnte jetzt mit seiner Familie auf dem Hof. Man hatte die Diele des alten Bauernhauses zu Wohnraum umgebaut. Die ehemals verpachteten Felder bestellte jetzt der Neffe im ökologischen Gemüseanbau nach Demeter-Vorgaben. Karl fühlte sich im neuen Familienkreis nicht mehr wohl. Die Zeit seiner Kindheit, in der bei dem beiden Alten die Ferien verbracht hatte, waren vorbei. Jetzt spielten andere Kinder auf dem Hof. Meta fragte Karl, ob er eine Freundin hätte? Karl verneinte wortkarg. Dann erzählte Meta von Lucia, soweit sie es wusste. Noch vor der Geburt ihres Kindes hätten sie und dieser Felix geheiratet und dass, obwohl der Mann nach dem Fahrradunfall ein Krüppel gewesen sei. Sie hätte eine Tochter, deren Namen wüsste sie nicht mehr. Jedenfalls hätte das kleine Mädchen den Nachnamen des Vaters. Seit ein paar Jahren seien Lucia und Felix geschieden. Grund sei, dass die Frau, die Felix für Lucia verlassen hatte, auch ein Kind erwartet hatte. Felix wäre also binnen eines halben Jahres Vater von zwei Kindern von zwei Frauen geworden. Zustände seien das!

Auf der Heimfahrt ließ er die Ereignisse der letzten Jahre anhand der Kontotransaktionen Revue passieren. Resümierend stieg Panik auf, er sah Probleme wie Eisberge so groß vor ihm aufragen. Er musste sofort gegensteuern. Das Internat war zu teuer. Er brauchte eine sehr, sehr günstige Bleibe und er benötigte einen Job, um sein Leben finanzieren zu können. Gleich nach seiner Ankunft informierte er den Internatsleiter. Das Konto sei leer, die nächste Abbuchung würde scheitern und Karl daher zum Monatsletzten ausziehen. Der Internatsleiter versuchte ihn umzustimmen. Er solle sein Abitur nicht gefährden, lieber erst mal die Schule beendet und dann weitersehen. Karl donnerte ihn die letzten Kontoauszüge auf den Tisch. Der Internatsleiter murmelte noch etwas von einem kleinen Rabatt, den er gewähren könnte, kam dann aber zu der Erkenntnis, dass es trotzdem nicht reichen würde und kommentierte Karls Entscheidung mit: »Jeder ist seines Glückes Schmied.«

Hochmotiviert suchte Karl in den einschlägigen Zeitungen nach einem Zimmer in einer Wohngemeinschaft. Die Zeit war günstig, das Semester hatte begonnen, der große Run auf Zimmer war vorbei. Kurz überlegte Karl, das Gymnasium zu schmeißen und irgendwo Geld zu verdienen, um sich eine Wohnung leisten zu können, doch er verwarf den Gedanken schnell, denn wozu hatte er sich all die Jahre abgemüht. Der ganze Gedanke war surreal. Die Motivation zur WG-Suche sank von Absage zu Absage und das Monatsende raste heran, wie ein Intercity Express auf freier Strecke. Endlich wurde er zu einer Vorstellungsrunde eingeladen. Doch diese war nervtötend. Statt wichtiger Fragen kamen Dinge zur Sprache, die ihn überhaupt nicht interessierten. Ob er bisexuell sei, ob er eine feste Beziehung hätte und wenn ja mit welchem Geschlecht, was seine politische Auffassung sei, ob er den Solidaritätskampf der sowieso gegen sowieso unterstützen würde, ob er noch Jungfrau sei. Niemand fragte nach seinen finanziellen Verhältnissen und als er sich als Sportler zu erkennen gab, lehnten sie ihm ab. Er würde die Dusche dauernd belegen und damit die Warmwasserkosten für alle hochtreiben. Schnell wurden ihm die marktüblichen Zimmerpreise genannt, über die er sich bisher nie Gedanken gemacht hatte. Ihm wurde klar, selbst um ein WG-Zimmer bezahlen zu können, brauchte er einen weiteren Zuverdienst. Zwar hatte er immer noch Nachhilfeschüler, doch war die Nachfrage saisonal schwankend. Die Suche nach einem Zimmer und nach Arbeit belastete ihn schwer und fraßen seine Zeit. Da fast alle WG-Besichtigungstermine für die Zeit des Tages angesetzt wurden, an denen er sonst Schwimmen oder Laufen ging, musste er sein Training stark reduzieren und selbst die schulischen Leistungen sanken für kurze Zeit.

Zum zwölften WG-Termin kam Karl eine halbe Stunde zu spät. Es störte niemanden in der Vierer-WG, aus der ein Mitbewohner wegen eines Studienortswechsels ausziehen wollte. Außer einem Pärchen bewohnte eine sehr junge Studentin ein Zimmer. Sie war körperlich klein, unscheinbar und schweigsam. Anette, hieß sie, war der Typ Frau, die ihn verunsicherte. Während des Interviews sagte sie fast nichts, doch sie glotzte ihn die ganze Zeit an und immer wenn er ihr direkt in die Augen blickte, wurde ihm übel und er musste den Blick abwenden. Das Pärchen hörte händchenhaltend zu. Man hatte Karl einen Fragebogen in die Hand gedrückt und erwartete spontane Antworten.

Ausgerechnet Anette rief später bei Karl an und teilte mit, dass er die Herzen der WGler erwärmt hätte. Karl musste schmunzeln. Derart poetische Floskeln hatte er Anette gar nicht zugetraut, im Gegenteil, sie war ihm unheimlich gewesen. Froh endlich irgendwo unterkriechen zu können, sagte er zu. Es blieb keine andere Möglichkeit. Wenige Tage nach seiner Ummeldung beim Einwohneramt der Stadt erhielt er ein Schreiben der Krankenversicherung. Er müsse jetzt für seine Versicherung selbst aufkommen und sei nicht mehr über die Familie versichert. Karl war all die Jahre im Internat nie krank geworden, hatte sich nur einmal bei seinem DLRG-Einsatz verletzt. Und nun sollte er monatlich zahlen. Zwar hielt sich die Summe in Grenzen, aber es war eine weitere monatliche Ausgabe.

Als er mit seinen wenigen Sachen, primär Bücher und Sportsachen in der WG ankam, erwartet ihn ein leeres Zimmer, keine Möbel, nacktes Linoleum und fleckige Tapeten. Dank des Internatshausmeisters konnte er das Zimmer binnen Tagesfrist mit einer Matratze, einem Tisch und einem Stuhl ausrüsten. Bettwäsche lieh ihm Anette – wortlos. Die mündlichen Abi-Prüfungen waren für Mai angesetzt. Bis Juni reichte Karls Finanzpolster. Er musste Arbeit finden, und zwar parallel zu seiner Schulzeit. Als er die Liste aller in Frage kommenden Arbeitgeber durchging, fand er Gefallen an zwei Jobs. Die recht anspruchslose Arbeit in einer Werbeagentur und das knallharte Geschäft mit Selins Vater. Weil er glaubte, die Werbesache würde ihm nicht weglaufen, machte er telefonisch einen Termin mit Selins Vater aus und stand auf die Minute pünktlich vor dessen Schreibtisch. Karl schilderte seine Situation ungeschminkt. Der Vater zollte ihm Respekt, doch ohne Ausbildung und mit dem Abitur vor der Tür könne er ihm keine Arbeit anbieten. Er hätte damals, so sagte Selins Vater, sein Geld als Bedienung in Kneipen verdient, aber diesen Job würde heutzutage nur noch gut aussehende Damen machen. Ob er nicht als Türsteher oder Security bei Fußballspielen arbeiten könne? Karl dankte und überreichte eine Visitenkarte mit neuer Anschrift und WG-Telefonnummer.

Zwei Tage später stand Selin der Tür. Papa hatte ihr die Karte mit der Hoffnung in die Hand gedrückt, Selin würde sich mal in einen anständigen Jungen verlieben, statt immer nur mit – aus seiner Sicht – Losern anzukommen. Sie hatte sich verändert, war fraulicher geworden, hatte die natürliche Farbe ihrer Haare zugelassen und reichlich Oberweite spannte ihr Shirt. Für Karl, der mit Weiblichkeit primär die athletischen Köper von Schwimmerinnen assoziierte, war Selins Anblick genau so exotisch, wie der von Anette, die kleiner und älter als Selin war, aber was das Frauliche anging, genauso üppig ausgestattet war.

Da Karl ihr keinen Stuhl anbieten konnte, setzten sie sich mit einem Kaffee auf die Matratze. Selin war glücklich. Sie liebten diese Art Mann. Nichts konnte Karl umwerfen, er war harmoniebedürftig und mit gab sich schnell zufrieden. Gerade deshalb schlug sie ihm ein Geschäft vor. Die Erfahrung, mittels Nachhilfe den Kopf aus der Schlinge gezogen zu haben, hätte sie dazu angestiftet selbst Nachhilfe zu geben. Dabei hätte sie festgestellt, dass man doppelt verdienen könne, wenn man zwei Personen gleichzeitig unterrichte. Sie hätte es ausprobiert und es hätte wunderbar geklappt. Endlich hätte sie ein wenig Zaster für sich und auch gleich gut investiert. Ob er auch mal wolle. Sie zeigte ihm ein gehäckseltes Kraut, doch Karl war Sportler und verabscheute Drogen. Sie schlug ihm vor, eine Nachhilfefirma zu gründen und mehrere Schüler und Schülerinnen gemeinsam zu unterrichten. Karl hatte sich gerade von der Nachhilfe als Einnahmequelle verabschiedet, und sagte Selin ab. Da er sie aber nicht brüsk verprellen wollte, erwähnte er beiläufig, dass er sich nach dem Abi so etwas vorstellen könnte und sie gerne nochmals wiederkommen solle. Als sie sich verabschiedete, bedauerte sie, nicht seine Freundin zu sein. Er antwortete, sie sei seine Freundin, worauf sie mit der Hand in die Faust hämmerte und »nicht so richtig« murmelte.

Der Werbefritze konnte sich noch gut an Karl erinnern. Ja, eine Aushilfe könne er gut gebrauchen, vor allem vormittags. Karl redete sich den Mund fusselig, stellte seine beschissene Situation in dunkelsten Farben dar und bettelte förmlich um einen Job. Schließlich bot man ihm an, an Samstagen bei hoher Nachfrage auf Zuruf auszuhelfen. Karl rechnete die resultierenden Einnahmen durch und kam auf eine Differenz von 500 Mark pro Monat, um Miete, Essen und Grundbedürfnisse abdecken zu können. Immerhin, es waren nur 500. Wäre er im Internat geblieben, hätte er mindestens das Dreifache benötigt. Als er nach dem Gespräch bedröppelt in die WG kam, wartete Anette auf ihn. Aus dem Zimmer des Pärchens hörte man Stöhnen und Anette fühlte sich mies, wie sie sich immer mies fühlte, wenn ein anderes Paar Liebe machte. Doch ihre Laune besserte sich, als sie Karl erblickte, obwohl er aussah, wie drei Tage Starkregen im Zelturlaub. Anette gab ihm eine Flasche Bier, nahm selbst auch eine, obwohl sie dem Gerstensaft nichts abgewinnen konnte, und die beiden gingen in sein Zimmer, welches vom Rammelraum am weitesten entfernt lag. Karl klagte über seine Situation.

Das war bisher nie der Fall gewesen, doch die aktuelle wirtschaftliche Situation war für ihn neu. Anette hörte sich sein Klagen schweigend an. Nach einer ganzen Weile unterbrach sie ihn und fragte sehr direkt: »Du hast noch nie, oder?« Karl war platt. Um nicht antworten zu müssen, setzte er die Flasche an und nahm einen großen Schluck, an dem er sich sogleich verschluckte. Anette klopfte seinen Rücken. Aus heiterem Himmel kam ein neuer Satz: »Ich kann meinen Vater fragen, ob du in der Markthalle arbeiten kannst.« Karl assoziierte Markthalle mit früh am Morgen Gemüsepaletten schleppen. Von fünf bis halb acht ging das, doch meinte sie das wirklich? Er hakte nach. Sie schrieb wortlos eine Telefonnummer auf einen Fetzen Papier, drückte ihm das Blatt in die Hand. Dann stand sie auf, schmatzte ihm ein Küsschen auf die Wange, sagte, dass sie ihn gut leiden könne und verschwand. Das Stöhnen nebenan hatte aufgehört. Am nächsten Morgen rief Karl die Nummer an. Er kannte inzwischen Anettes Nachnamen, doch es meldete sich nur ein Herr Hallo. Karl bat, Anettes Vater sprechen zu dürfen, worauf die Stimme nur sagte: Für sie Chef! Wenig später hatte Karl Anettes Vater am Apparat. Karl leierte seinen auswendig gelernten Bewerbungstext herunter und sprach dabei so schnell, als müsse er einen Badeunfall melden. Zur Antwort erhielt er ein »Moment, was wollen Sie?«. Und nachdem Karl sein Sprüchlein nochmals langsam von sich gegeben hatte, sagte der Vater nur »Kommse vorbei. Großmarkt.« und dann legte er auf. Karl ließ Gymnasium Schule sein und radelte sofort zum Großmarkt, dessen Standort er glücklicherweise vom Radtraining kannte, denn das Gebäude lag an seiner Sonntagsradrunde. In der Halle brauchte er über fünf Minuten, um Anettes Vater zu finden. Er handelte mit Fisch. Am Stand war es nass und frisch. Überall standen Plastikwannen herum. Der Vater begrüßte ihn mit Handschlag. Los ginge es um vier Uhr in der Nacht. Dann würden die LKWs kommen, ausladen sei angesagt und dann Sendungen zusammenstellen, nach Bestellung der Händler und der Küchen. Ob er sich mit Fischsorten auskenne? Nein, dann müsse er es lernen, sei ja schließlich Student (er schloss von seiner Tochter auf Karl). Drei Tage die Woche wäre genug, Donnerstag, Freitag und Samstag, morgens vier bis sieben. Bezahlung soundso viel. Ja, auf Wunsch auch schwarz. Ohne groß nachzudenken, sage Karl zu. Handschlag, abgemacht. Am Nachmittag büffelte er in der Bibliothek Fischsorten, wohl wissend, dass die bunten Bildchen nicht viel mit den toten Objekten in der Markthalle gemein hatten. Am späten Abend, Karl war todmüde und lag auf der Matratze, klingele es, was fast nie vorkam. Besuch gab es in der WG nicht so oft und wenn, dann brachten die Mitbewohner ihre Freunde gleich mit. Doch statt der Eingangstür wurde Karls Zimmertür geöffnet, Anette schlich ins Zimmer und zeigte mit Finger vor den Lippen, dass er schweigen und nicht fragen solle. Karl war aufgesprungen und wunderte sich wortlos, zuckte mit den Schultern. Anette kroch ins Bett und zog die Decke so hoch, dass man nicht erkennen konnte, dass sie dort lag. Da lag ein Körper, ja, doch mehr war nicht sichtbar, auch deshalb nicht, weil Karl kein Licht an hatte. Die Türklingel wollte nicht schweigen. Nach ein paar Minuten hämmerte jemand gegen die Flurtür. Schließlich erbarmte sich das Pärchen, unterbrach ihr Liebesspiel und öffneten mit fast gar nichts an. Vor der Tür stand ein Mann, geschätzt 25 Jahre alt. Sein Haar war struppig und seine Kleidung alltäglich. Karl hörte ein

Gemurmel, dann ein Türklappern. Auch Karls Zimmertür wurde aufgerissen, der Typ glotzte ins dunkle Zimmer. Karl brüllte ihm ein »RAUS!« entgegen, worauf der Fremde in der Tat die Wohnung verließ.

Anette bibberte am ganzen Körper, als Karl sie zur Rede stellte. Dabei war es warm. »Wollte der Typ zu dir?«, fragte Karl. Anette nickte, sagte aber nichts, machte auch keinerlei Anstalten zu gehen. Sie brauchte Hilfe, das war klar. Doch weshalb? Erst als Karl damit drohte, eine neue WG zu suchen, sagte Anette quälend leise: »Ist mein Freund.« Karl hatte unter Freundschaft immer Zuneigung verstanden. Doch das, was er gesehen hatte, war Abneigung, ja Flucht gewesen. Karl ging im Raum auf und ab. Im Internat hatte er mit Jungs zusammengelebt. Probleme wurden notfalls mit den Fäusten ausdiskutiert. Mit einem Verhalten, wie Anette es zeigte, kam er nicht klar. Selbst in der kurzen Zeit seiner Beziehung zu Juli, wenn man es überhaupt als Beziehung bezeichnen konnte, hatte es derartige Situationen nicht gegeben. Anette schaut ihn mit einem Dackelblick an. Sie saß unten auf der Matratze, die auf dem Boden lag. Karl ging im kleinen Zimmer hin und her, wie ein Tiger im Zoo. »Karl, bitte lass mich hier übernachten.« Er hatte es befürchtet und fragte, ob sie Angst hätte. Die Antwort kam als Nicken. Karl überlegte. Er wollte nicht. Eigentlich nicht. Auf jeden Fall nicht mehr. Auf keinen Fall von so einem Typen verprügelt werden. Schließlich erbarmte Karl sich, forderte aber, ihre Matratze holen zu dürfen. Zwei Leute auf einer sei zu eng. Sie schickte ihn in ihr Zimmer, die Matratze holen. Ein paar Minuten später stand Anette mit geputzten Zähnen und ihrer Bettdecke in Karls Zimmer. Karl räumte gerade noch die Matratzen zurecht. Dann ging auch er Zähneputzen. Als er zurückkam, lag Anette bereits im Bett. Sie hatte ein großes rosa T-Shirt als Nachthemd an. Er tat so, als sei er allein, löschte das Licht und schlüpfte unter seine Bettdecke. Im Internat hatte er mit anderen Jungs in einem Zimmer nächtigen müssen, doch waren es alles alberne Jungs gewesen. Jetzt lag eine mundfaule Frau neben ihm, die zwei oder drei Jahre älter war als er, sich aber benahm, als sei sie siebzehn. Karl schaute sie an. Durch das Fenster erleuchtete eine Straßenlaterne das Zimmer, hell genug, um ihre Augen zu sehen, zu dunkel, um etwas zu lesen. Leise flüsterte sie: »Ich kann nicht schlafen. Nimmst du mich in den Arm?« Karl schüttelte entschieden den Kopf. Ihr Freund war ein Schläger, zumindest glaubte er das. Er war gerade erst eingezogen und hatte keine Lust auf weiteren Stress, wollte sein Abi machen. Punkt. Als Karl ihr wiederholtes Bitten nicht mehr abschlug, huschte sie mit unter seine Decke. Vorsichtig kuschelte sie sich Löffelchen an Löffelchen in seine Arme. Es dauerte lange, bis Anette eingeschlafen war. Karl lag noch lange wach und versuchte, die Situation zu begreifen. Es gelang ihm nicht. Als der Wecker Karl am Morgen weckte, war Anettes Matratze noch da, sie selbst aber nicht.

Die Arbeit auf dem Fischmarkt erforderte Überwindung. Nicht nur das Aufstehen um halb vier, das hastige Frühstück zwischendurch, nein auch die Arbeit, das permanente Greifen nach in Eis gelagerten Fischen und nicht zuletzt, wie die toten Tiere ihn anglotzten, das alles törnte ihn ab. Seine Mitschüler bekamen davon wenig mit. Ab und an schimpfte jemand in der ersten Stunde über den Fischgestank, den er verbreitete und eine Mitschülerin sagte dreist zu ihm, er solle seinen Schwanz waschen, damit er nicht so nach Fisch stinke, Wasser und Seife würden genügen. Nach einer sonst ereignislosen Woche sah Karl auf dem Großmarkt den Typen wieder, der Anette gesucht hatte. Zumindest glaubte Karl, dass es derselbe war, sicher war er sich nicht. Auf Nachfrage stellte sich heraus, dass Anettes Vater nicht nur Herrscher über den Fisch war, sondern auch Gemüse aus Holland importierte. »Fisch und Tomaten, das passt prima zusammen«, sagte der Chef einmal. Besagter Typ war also Angestellter, arbeitete beim Hollandgemüse und half, wenn Not am Mann war, beim Fisch aus, denn Fisch musste im Gegensatz zum Gemüse immer kühl gehalten und schnell umgepackt werden. An einem Dienstag, es war so gegen drei Uhr am Nachmittag, klingelte es an der WG-Tür. Karl saß mit Anette in seinem Zimmer. Seitdem sie die eine Nacht bei ihm im Zimmer verbracht hatte und früh morgens mit einer Brötchentüte aufgetaucht war, hatte sie Karl nicht mehr belästigt. An dem Tag jedoch war sie völlig durch den Wind, redete dummes Zeug, während sie sonst meist schwieg und irgendwie lethargisch erschien. Als Karl die Tür öffnete, stand der Gemüsemensch vor ihm. Der Typ drängte an Karl vorbei, ging ohne anzuklopfen in Anettes Zimmer, fand sie dort aber nicht vor. Das Zimmer des Pärchens war abgeschlossen und so wanderte er von Raum zu Raum und fand Anette schließlich bei Karl, auf der Matratze liegend. Karl hörte die beiden streiten, eigentlich hörte er nur ihn schreien. Dann zog der Mann Anette mehr oder weniger gewaltsam in ihr Zimmer. Die Tür wurde abgeschlossen. Karl hörte noch Gemurmel und irgendwelche Gegenstände umfallen und dann ertönte aus Anettes Zimmer ein Geräusch, welches er bisher nicht mal aus dem Zimmer des Pärchens gehört hatte. Geschockt fragte er sich, was zu tun sei? Er war sich sicher, dass der Typ Anette schlug. Die Tür war abgeschlossen, ihre gequälten Aua-Schreie eindeutig, doch es war kein Schrei nach Hilfe, sie erduldete ihr Schicksal. Aus Angst vor dem, was kommen würde, zog Karl seine Laufklamotten an und machte sich auf den Weg. Die neue Wohnung lag in einem anderen Stadtteil und Karl hatte noch keine richtig schöne Laufstrecke gefunden. Überall nur Häuser und Straßen mit Ampeln und Fußgängerüberwegen, das törnte jeden Läufer ab und so hatte er seit seinem Umzug noch keine rechte Lust entwickelt, regelmäßig laufen zu gehen. An diesen Nachmittag war es ihm egal. Er wollte weg, sich auspowern, nichts mehr zu tun haben mit gewalttätigen Liebhabern und womöglich devoten Frauen. Ampeln interessierten ihn nicht, er überquerte selbst Hauptstraße an den unmöglichsten Stellen. Mehrfach hupten ihn Fahrzeuge zusammen, zweimal konnte er gerade noch dem herannahenden Tod vom Blech springen. Von weitem beobachtete eine junge Dame den selbstmörderischen Lauf des jungen Mannes. Irgendwoher kannte sie ihn. Als er vor ihr die Straße querte, stoppte sie ihn mit einem beherzten Handgriff. Es war Selin. Karl pumpte heftig und schaute sie nur verdutzt an. »Bist du lebensmüde, Karl?«, fragte sie. Er antwortete, dass er das nicht wisse, und gerade vor der eigenen Courage davonlaufe. Auf ihre Nachfrage hin weigerte er sich, ihr den Vorfall zu schildern, meinte nur, er müssen laufen oder duschen, sonst würde er sich den Tod holen. Selin bot ihm an, mit zu ihr zu kommen, sie wohne in der Nähe.

In der Tat war die Wohnung nur einen Block entfernt. Es war eine recht große aufwendig ausgestattete Dreizimmerwohnung. In ihr wohnte Selin mit ihrer Mutter. Ihr Vater, der ja Karl damals engagiert hatte, hatte die Scheidung eingereicht und seiner Ex diese Wohnung überlassen. Die Mutter war unterwegs und Selin schickte den verrückten Läufer, wie sie ihn nannte, ins Bad zum Duschen. Während das Wasser auf ihn niederprasselte und er überlegte, wo er trockene Klamotten herbekommen sollte, kochte Selin mit einem sündhaft teuer aussehenden Kaffeevollautomaten Cappuccino. Auf die Türklinke des Badezimmers hatte sie ein Badetuch gelegt, das Karl dankend annahm, um sich abzutrocknen und anschließend keine Blöße zu zeigen. Sie setzten sich auf ein weißes Ledersofa. Selin hatte den Fernseher angestellt und auf der Mattscheibe liefen Musikvideos. »Jetzt kannst du auspacken«, sagte Selin. Karl fühlte sich wohl unter so viel Luxus und erzählte frei von Anette, seinem WG-Zimmer, seinem Job und Anettes Marotten. Selin brüllte laut los und hätte um ein Haar Kaffee auf den weißen Flokati geschüttet, als Karl die Situation schilderte, als Anette zum ihm auf die Matratze gekrochen kam. »Und ihr habt nicht? Wirklich nicht?«, fragte sie mehrfach und machte dabei die typische Handbewegung, die Karl kürzlich schon mal gesehen hatte. Karl sagte nur, er sei froh, sie nicht angerührt zu haben, der Gemüsemensch hätte ihn wahrscheinlich gelyncht. Das Wort Gemüsemensch änderte die Richtung des Gesprächs. Selin fragte Karl nach dem Typen aus. Viel wusste Karl nicht, erzählte freizügig, was er gesehen und gehört hatte. Selin schwieg einen Moment, schien zu überlegen und das Schweigen war untypisch für sie. Dann sagte sie, dass sie ihm doch von einem Zusatzgeschäft erzählt hätte. Karl bejahte, meinte aber die Nachhilfe. Nein, die Nachhilfe sei passé. Das andere Geschäft sei viel besser. Ob er sich noch an das Kraut erinnern könne, dass sie geraucht und er als Sportler verschmäht hätte? »Ja, was ist damit, dealst du?« Selins Antwort schockierte ihn: »Mein Vater ist ein Geizhals. Für die Nachhilfe hat er ein kleines Vermögen hingeblättert, doch mein Taschengeld hat er gekürzt. Wie soll ich mir das Kraut leisten, wenn er so kniepig ist?« »Du pumpst dir also Geld, kaufst im großen Stil ein und zum dreifachen Preis in kleinen Portionen an die Nachhilfeschüler weiter?«, fragte Karl, ein wenig wütend. »Ungefähr!«, war ihre Antwort. Und dann erzählte sie, dass der Dreh- und Angelpunkt des ganzen Geschäfts ein Gemüsemensch vom Großmarkt sei. Das Zeug käme als getrocknete Kräuter getarnt aus Holland. Der Typ würde es umpacken und dann portionsweise weiterverkaufen, deklariert als getrocknete Pfefferminze. Es sei ja so genial! Ob sie den Gemüsemenschen jemals gesehen hätte, fragte Karl. Ja, klar, antwortete sie, sie sei doch ein guter Kunde. Karl sei doch auch noch auf der Penne, ob er nicht auch ins Geschäft einsteigen wolle? Nein, lehnte Karl entschieden ab.

Karl Laufklamotten waren fast wieder trocken. Selin hatte Stielaugen, als Karl sich umzog, ohne sich umzudrehen. Als seien sie seit Jahrzehnten Freunde, verabschiedeten sie sich mit Küsschen. In der WG-Wohnung war es ruhig. Karl war zurückgegangen, nicht gelaufen. Er wollte nicht noch mal unter die Dusche. Die Geschichte mit der Pfefferminze ging ihm nicht aus dem Kopf. Die Küche war leer. Er füllte ein Wasserglas, schaute dann bei Anette vorbei, ihre Tür war offen, sie war nicht da. Das Pärchen war ausgeflogen. Sein Zimmer leer, wie erwartet. Dann hörte Karl die Klospülung, dann den Wasserhahn im Bad und dann ging die Klotür auf und Anette traf auf den Flur.

Ihre Augen waren verheult, ihre Wimperntusche war verlaufen, auf der Wange ein roter Fleck, sie trug ihr rosarotes, übergroßes Shirt, darunter wohl nichts, an ihrem Bein zeigte sich noch ein roter Faden, ihre Füße waren nackt. Als sie Karl erkannte, stoppte sie ihren Gang, ohne ein Wort ging sie auf ihn zu und umarmte ihn. Sie war so viel kleiner als er, dass ihre Arme seine Taille umfassten und ihr Kopf auf Herzhöhe gegen seine Brust drückte. Karl tastete mit einer Hand nach ihr. Ein Spiegel im Flur zeigte Anettes Rücken. Karl sah, dass der rote Faden an ihrem Bein immer länger wurde. Es war Blut. Ohne zu sprechen, fasste er die Kleine und trug sie in sein Zimmer. Dort legte er sie behutsam auf die Matratze. Dann holte er aus dem Badezimmer, Mullbinden, Pflaster, warmes Wasser und einen Waschlappen, wobei ihm in dem Moment egal war, wessen Lappen er ergriffen hatte. Zurück im Zimmer, schloss er die Tür, ja er drehte den Schlüssel um. Dann kniete er sich neben Anette und schob ihr Shirt hoch. Er musste sie umdrehen, um die Blutspur vollständig abwischen zu können. Und dort, wo sie begann, traute er nicht, sie zu berühren. Anette heulte in einer Tour, weil sie ihr Leid abzuschütteln versuchte. Karl hatte Wasser und Waschlappen zur Seite gelegt und sie zugedeckt. Als er gehen wollte, um sie schlafen zu lassen, bat sie ihn, bei ihr zu bleiben. Sie könne jetzt nicht allein sein. Karl, der immer noch sein Sportdress trug, entkleidete sich bis auf seine Laufshorts und kroch unter die Decke, wo sie sich an ihn klammerte. Dann fing sie an, ihm alles zu berichten. Und da ihre Wunden ohnehin gesehen hatte, verschwieg sie nichts. Das, was sie schilderte, verschlug ihm den Atem. Nie hatte er geglaubt, dass Liebende sich freiwillig Derartiges antun würden. Doch neben ihm lag der lebende Beweis.

Freitags war Fischtag. Samstag hatte Gemüse Hochkonjunktur. Doch Samstag wurden auch die Halle und das Werkzeug gereinigt. Karl, der samstags keine Schule hatte, meldete sich beim Chef für ein paar Überstunden am Samstag. Er brauchte das Geld. Am Samstag, nachdem er das Drama mit Anette mitbekommen hatte, achtete er besonders auf den Gemüsemann, dem Lover von Anette. Anette hatte ihn über ihren Vater kennengelernt. Er war drei Jahre älter als Anette, fünf Jahre älter als Karl, muskulös und liebte offenbar sexuelle Abartigkeiten, die nur mit devoten Frauen möglich waren. Anette, lieb und nett war auf ihn hereingefallen. Einmal abhängig war es schwer, die Beziehung zu beenden. Mehrfach hätte sie es versucht, doch es wäre ihr nicht gelungen, hatte sie Karl gebeichtet. Nachdem Karl die Fischkörbe und den Boden mit einem Kärcher gereinigt hatte, fluchte der Chef. Er hätte das Reinigungs- und Desinfektionsmittel vergessen. Nur mit Wasser würde man es nicht sauber bekommen. Karl musste nochmals ran. Chef zeigte ihm den Vorrat an Mittelchen, die er in den Kärcher zu füllen hatte und die dann wohl portioniert dem Wasser zugesetzt wurden. Fisch und Gemüse teilten sich einen Kärcher und weil Karl getrödelt hatte, musste er auch beim Gemüse reinigen. Anettes Liebhaber sortierte noch leere Tomatenkisten aus. Karl beobachtete, wie er aus einer Schachtel etwas herausnahm, prüfte und dann in einen Beutel steckte, der an einem Pfeiler hing. Just in diesem Moment rief Chef nach Achim, so hieß der Gemüsemensch. Karl war fast fertig und als Achim beim Chef im Büro war, griff er in die

Tüte, schnappte sich drei Säckchen und steckte sie in die Tasche seines wasserdichten gelben Overalls, den er zum Schutz gegen Nässe zusammen mit schwarzen Gummistiefeln immer in der Markthalle trug, wenn er beim Fisch zu tun hatte. Achim kam zurück, wünschte Karl, den er wegen der gelben Kluft nicht als Mitbewohner von Anette erkannte, ein schönes Wochenende und frotzelte, Karl könne gerne jeden Samstag beim Gemüse reinigen. Es war noch früh, als Karl von der Markthalle nach Hause radelte. Doch statt direkt nach Hause zu fahren, machte er einen kleinen Umweg und fuhr bei Selin vorbei. Es dauerte eine gefühlte Minute, bis der Türdrücker der Eingangstür betätigt wurde und als er oben an der Wohnung ankam, stand eine verschlafene Selin im Nachthemd vor ihm. »Wo kommst du denn her? Weiste überhaupt wie spät is?« Karl antwortete nicht und drängte in die Wohnung. »Mutter is nich da, is beim Lover«, beantwortete sie Karls fragenden Blick. Karl griff in seine Umhängetasche und drückte Selin drei Säckchen in die Hand. Mit denen wusste Selin nichts anzufangen, sie kannte ja nur die aufgearbeiteten Produkte. Nach ein paar Sekunden ging ihr ein Licht auf. »Aus der Markthalle? Arbeitest dort? Deshalb so früh!« Selin war währenddessen in die Küche geschlürft und hatte den Kaffeevollautomaten angeschmissen, der inzwischen mit seinem Aufwärmen beschäftigt war und dabei laut Krach machte. Selin war mächtig stolz auf Karl. Rechnete immer wieder durch, wie viele Portionen sie daraus zaubern könne und wie viel sie daran verdiente. Karl meinte nur beiläufig, es sei der letzte Stoff, den sie aus der Markthalle bekommen würde. Er würde den Laden hochgehen lassen. »Bist bescheuert?«, war ihre Antwort. Karl meinte es ernst. Er wollte der Polizei einen Tipp geben. Selin wirkte angepisst, als sie spürte, dass er es wirklich ernst meinte. Sie drückte ihm noch einen Espresso in die Hand und sagte dann, sie müsse unter die Dusche. Er könne gerne mitkommen oder gehen. Karl ging.

Auf dem Weg nach Hause dachte er nochmals über seinen Plan nach. Er hätte den Nachteil, dass man ihn rausschmeißen würde und er dann keine Arbeit mehr hätte. Im Verlauf des Heimwegs arbeitete er daher einen neuen Plan aus. Am nächsten Samstag bot er Achim freiwillig an, beim Gemüse ebenfalls zu reinigen. Doch statt Desinfektionsmittel füllte er Schmierseife in den Kärcher, die er zuvor in eine leere Desinfektionsflasche umgefüllt hatte. Schnell bildete sich eine glitschige Schicht auf dem Boden der Gemüseabteilung. Achim fluchte. Karl hatte statt der Gummistiefel seine Laufschuhe mit einer griffigen Sohle an. Achim versuchte, ein paar auf der Brühe schwimmende Kartons zu retten, denn Karl hatte sich nicht die Mühe gemacht dem Gemüsemenschen hinterher zu räumen. Es passierte das, was Karl gehofft hatte. Achim rutschte aus und schlug sich den Kopf an ein Wasserrohr, welche an einem der Pfeiler verlegt worden war, um Wasser zu schöpfen oder eben einen Kärcher anzuschließen. Karl wählte zu allererst den Rettungswagen und leistete danach erste Hilfe. Der Chef kam und schimpfte. Doch Karl spielte das Unschuldslamm. Zusammen mit dem Rettungswagen kam die Polizei. Karl hatte in der Zwischenzeit ein paar Cannabissäckchen deutlich sichtbar auf einen Haufen mit Pappkartons geworfen. Als die Polizei ihn befragte, erwähnte Karl beiläufig, da seien so komische Sachen in den Kisten aus Holland gewesen, ob sie wüssten, was das sei?

Karl könne nichts für den Unfall, stellte die Polizei fest. Jemand beim Hersteller des Desinfektionsmittels musste fälschlicherweise Seife eingefüllt haben und Karl hätte das gemacht, was man ihm gesagt hatte und wäre zu jung und unerfahren, um die Flüssigkeiten auseinanderzuhalten. Für seinen Hinweis auf das Rauschmittel dankten sie ihm. Der Chef hingegen bekam Ärger. Karl hatte schwarz gearbeitet, es war Cannabis gefunden worden und ein jetzt verletzter Arbeiter wohl darin verstrickt. Natürlich warf der Chef Karl noch am selben Tag raus. Zum Glück, denn so musste er nicht die Schmierseife beseitigen. Zwei der Säckchen hatte er zuvor in Sicherheit gebracht und damit wollte er solange überleben, bis sich eine neue Geldquelle aufgetan hatte. Achims Wunden heilten in Untersuchungshaft. Später wurde er für ein paar Jahre verknackt.

12

Sex and Drugs

Als Karl an dem Samstag zurück in die WG kam, war die Wohnung menschenleer. Dass das Pärchen entweder nicht da oder am Vögeln war, daran hatte er sich gewöhnt. Doch Anettes Abwesenheit wunderte ihn, vielleicht wunderte es ihn auch nur an diesem Tag. Er war müde, sehr müde, denn früh aufgestanden hatte er bis weit nach acht Uhr am Morgen gearbeitet und dann war noch die Sache mit dem Rettungswagen und der Polizei dazwischengekommen und nun war es zehn. Er gönnte sich ein Toastbrot mit Schmelzkäse und legte sich ins Bett. Als er erwachte, war es vier Uhr am Nachmittag und er fühlte sich elend, wie nach einer Transcontinentalflugreise. Kaum war er aus dem Bad zurück, stand Anette vor ihm. Wie üblich glotzte sie ihn nur an und sagte nichts. Er kannte das schon und zog sich einen Pullover über. Anette reichte ihm etwas. Es waren hundert Mark, sein Lohn für die Woche, mit dem er nach seinem Rausschmiss gar nicht mehr gerechnet hatte. Anette bestellte beste Grüße von ihrem Vater. Er hätte es nicht so gemeint. Jetzt, wo Achim im Knast säße, bräuchte er einen Ersatz, er allein schaffe das nicht und den einen Mann, den er noch hätte, sei ein faules Großmaul. Wie wahr, wie wahr, dachte Karl. Und daher, führte Anette fort, solle er unbedingt in der nächsten Woche früh morgens vorbeikommen, er könne auch das Gemüse machen und es gäbe auch eine Prämie, doppelter Lohn, schwarz, bis er einen Nachfolger gefunden hätte. Er dürfe sich nur nicht nochmal erwischen lassen und müsse sofort untertauchen, wenn der Zoll in der Tür stehen würde. Soweit die Nachricht vom Vater, und was er mit Achim gemacht hätte? Karl erzählte ihr, dass er von ihrem Anblick nach Achims letzten Besuch geschockt, überlegt hätte, dem Gemüsemenschen eins auszuwischen. Leider sei ihm die verwechselte Seife zuvorgekommen, sonst hätte er Achim aus dem Hinterhalt zu Brei geschlagen. So etwas wie der mit ihr gemacht hätte, das ginge gar nicht. »Warum kann ich mich nicht in jemanden wie dich verlieben, Karl?«, fragte sie rhetorisch. »Probieren wir es doch einfach«, meinte Karl. Es war ihm einfach so herausgerutscht. Seit Julis Weggang träumte Karl vom Sex mit einer Frau. Irgendwann musste es doch mal passieren und warum nicht mit Anette. Ihre Antwort schockierte ihn, denn sie meinte, Blümchensex würde sie nicht befriedigen, sie bräuchte jemand, der sie härter rannähme, sonst klappe es bei ihr nicht. Ohne weiter auf eine Reaktion von Karl zu warten zog sie sich aus. Ihren BH ließ sie an, ihre Hose streifte sie herunter und so stand sie vor Karl. Von vorne sah sie recht normal aus, wenn man von der typisch untersetzten Figur einmal absah, deren Anblick er von Schwimmerinnen nicht kannte. Dann drehte Anette sich um. Und jetzt sah Karl den Grund für die Blutfäden, die ihr am Bein heruntergerannt waren und die Karl mit warmem Wasser weggewischt hatte. Ihr Hintern war übervoll mit Wunden, die eindeutig von einer Peitsche stammten. Karls Magen klappte ruckartig um und Karl schaffte es nicht mal mehr bis zum Klo. Schon auf den Badezimmerfliesen kotzte er die wenigen Essensreste, die er noch im Magen gehabt hatte. Nachdem er den Boden mit Klopapier gesäubert hatte, ging er zurück in sein Zimmer. Doch Anette war nicht mehr dort. Er fand sie in der Küche. In der Pfanne brutzelten Spiegeleier und im Toaster stecken Brotscheiben. Karl bekam augenblicklich Hunger. Auf dem Tisch standen eine Likörflasche und zwei Gläser. Nachdem sie Brot und Eier serviert hatte, schenkte sie ein. »Auf den Schreck«, sagte sie und sie tranken das süße geile Zeug auf Ex. Beim Essen fragte Karl nach. Seit wann sie diesen Hang hätte, wie oft sie es praktizieren würde und ob Achim ihr Einziger gewesen sei? Nicht auf alle Fragen erhielt er eine Antwort. Je länger und offener sie berichtete, umso mehr bedauerte Karl sein Handeln und wurde immer schweigsamer. Er hatte den Gemüsemann ganz umsonst leiden lassen. Und dass der jetzt auch noch im Knast landen würde, war überflüssig gewesen und schadete letztlich Anette. Sie hatte es so gewollt, vielleicht nicht ganz so heftig, aber immerhin. Nach dem Abwasch durfte Karl Anettes Wunden mit einer Wundcreme behandeln. Erneut stieß ihm das Essen sauer auf, er fühlte sich schlecht und musste an die frische Luft.

Erst wollte er eine Runde laufen. Doch er war überhastet aufgebrochen. Jetzt stand er draußen auf der Straße und überlegte, wo er hingehen könnte. Zurück zu Anette wollte er nicht gleich. Auf gut Glück machte er sich auf zu Selin. In seiner Jacke steckte noch die Säckchen mit dem Cannabis. Die musste er unbedingt loswerden und am besten zu Geld machen. In der Tat öffnete Selin, schaute ihn verdutzt an und meinte, damit hätte sie jetzt nicht gerechnet, aber gut, es sei ihr ganz recht. Ihre Mutter sei übers Wochenende mit ihrem Lover unterwegs und sie hätte die Bude allein. Eigentlich hätte sie vorgehabt noch ein paar Leute einzuladen, schließlich sei genug Alkohol da und was zum rauchen hätte sie auch im Haus. Aber jetzt sei er ja da und da könne sie sich den Abend auch anders vorstellen. Karl war froh, mit ihr allein zu sein. Herumalbernde Pennäler hätte er nicht ertragen. Oben in der Wohnung aktivierte Karl gleich den Kaffeevollautomaten. Er liebte dieses Wunderding, das sogar Milchschaum erzeugen konnte – auf Knopfdruck. Selin hatte seit dem Frühstück nur Süßkram genascht und schlug eine Pizza vor. Karl durfte zwischen fünf im Eisfach liegenden Geschmacksvariationen wählen. Selins Zuhause war ein Schlaraffenland. Bescheiden, wie man ihn erzogen hatte, wählte er eine einfache Margarita. Während der Backofen sich abmühte, den eiskalten Teig mitsamt Belang auf Temperatur zu bringen, drehte Selin einen Joint. Sie konnte das. Geschickt drückte sie das Kraut und wickelte das Zigarettenpapier drumherum. »Nach dem Essen«, war ihr Kommentar. Aus dem Getränkefach des Kühlschranks holte sie eine Flasche Sekt. Karl hatte insbesondere am Baggersee des Abends öfter Sekt gesoffen, doch einen Rieslingsekt kannte er nicht und konnte sich unter einem sortenreinen Sekt auch nichts vorstellen. Bei Selin kam nie die zweite Wahl auf den Tisch. Der Käse auf der Pizza warf große Blasen, der Korken ploppte. Selin kam auf Temperatur und Karl war nach den Ereignissen des Tages froh über Abwechslung. Als Selin kurz auf dem Klo war, fielen ihm die Säckchen wieder ein. Er holte seine Jacke und drückte Selin, als sie wieder vor ihm stand, zwei davon in die Hand und meinte »Fifty/Fifty«. Sie nickte und kommentierte: »Macht dich reich, brauchste nicht mehr so viel in den Fischkisten wühlen. Ach ja, ungewaschener Schwanz stinkt wie Fisch, das weißt du, ja?« Ja, das hatte Karl schon mal gehört und er schäumte vor Wut über diesen Spruch und deutete an, Selin erwürgen zu wollen. Doch sie war geschickt und drücke ihm ein Küsschen auf die Lippen. Luder! Damit hatte er nicht gerechnet. Zur Pizza tranken sie den Sekt. Im Anschluss gab es die Tüte als Nachtisch. Selin zog lang und tief. Nichtraucher Karl wollte sich nicht zu sehr zu blamieren. Er nahm einen Anstandszug, aber nicht tief. Er paffte nur. Eine Wirkung hatte das Zeug so nicht bei ihm. Selin war nach ein paar weiteren Zügen high. Sie lallte ein Liedchen, das Karl nicht kannte, strich wahllos durch die Wohnung, streichelte wahllos Dinge, die irgendwo herum lagen. Karl folgte ihr neugierig, sie drückte ihm die Tüte in die Hand und ihr Weg führte ins Wohnzimmer. Karl wollte das glimmende Zeug loswerden. Doch wohin? Er fand einen Aschenbecher, doch weil er das Zeug schon mal in der Hand hatte, nahm er noch einen tiefen Zug auf Lunge und musste sofort husten. Doch das Zeug schmeckte und er zog nochmals. Währenddessen zog Selin ganz langsam ihre Kleidung aus. Erst ihre Socken, dann die Hose, dann die Bluse. Nur mit ihrer weißen Unterwäsche bekleidet legte sie sich auf das Sofa, ihr Blick suchte Karl, doch fand ihn nicht. Wahrscheinlich verschleierten virtuelle Wolken ihren Blick. Karl ergötzte sich am makellosen Körper der jungen Frau. Ihr Kleidungsgeschmack war zweifelhaft, er war ihm zu exaltiert oder manchmal auch zu chaotisch, zu bunt und durcheinander kombiniert. Doch das war wohl alles nur Tarnung gewesen, um von ihrer perfekt schönen Haut abzulenken, die in diesem Moment von der Reinheit ihrer Wäsche noch mehr hervorgehoben wurde. Sie schloss ihre Augen und musste irgendwas Schönes träumen, denn ihre Hände glitten über ihren Köper, streichelten ihren Bauch, ihre Brust und schließlich fuhr die Hand auch in ihren Slip. Die ersten Gläser des trockenen Sekts hatte Karl gar nicht gespürt, im Gegenteil das perlende Getränk hatte ihm gutgetan. Inzwischen hatte er gleich mehrfach nachgeschenkt und merkte jetzt den Alkohol. Vielleicht waren es auch dieses Kraut, wer weiß. Jedenfalls, animiert durch Selins laszive Bewegungen, fing auch Karl an, sich zu entkleiden. Schon bald lag auch sein T-Shirt auf dem Boden, die Hose ließ er an, denn hart drückte sein Glied gegen den Stoff. Es war ihm ein wenig peinlich. Wer zeigt schon gerne sein erigiertes Glied? Karl wollte, dass Selin den Anfang machte, wollte sich hinterher nicht vorwerfen lassen, er sei übergriffig geworden. Selin starrte ihn an, ob sie ihn erkannte, ist unklar. Sie griff nach seiner Hand und zog ihn zu sich. Nun war das Sofa schmal, hatte keinen Platz für zwei. Er hockte sich auf den Boden vor dem Sofa. Der weiße Flokati war warm und weich. Selins Mund näherte sich seinem, Karl war fixiert auf ihre roten Lippen, er konnte nicht anders, er wollte sie küssen. Ihre Lippen berührten sich leicht, doch seine Lage, halb vorm Sofa hockend, sie darauf liegend war unbequem. Er versuchte, zu ihr aufs Sofa zu krabbeln, umarmte sie dabei. Doch sie purzelten beide herunter und nun lag er unten und sie auf ihm und beide auf dem Flokati. Selin richtete sich auf und öffnete ihren BH, der sie die ganze Zeit schon gestört hatte. Dann beugte sie sich herunter und küsste ihn. Karl spürte ihre weichen Brüste auf seiner Haut. So etwas Schönes hatte er noch nie erlebt. Doch Selin war es nicht genug. Sie rollte zur Seite und öffnete seinen Gürtel, dann den Knopf seiner Jeans. Mühsam streifte sie die schwere Hose herunter. Sein Glied pochte heftig. Schon lag sie auf ihm. Er spürte er etwas Heißes und dann setzten rythmische Bewegungen ein, deren Geräusch er bisher nur vom Pärchen in der WG kannte. Leider war alles schnell vorbei. Im letzten Moment hatte Karl seine Position verändert und nun zeigte der Flokati Flecke. Danach lagen sie einen langen Moment nebeneinander. Sie mit geschlossenen Augen, er die Decke anstarrend.

Zuerst hoffte Karl, der noch halbwegs bei Sinnen war, dass Selin sich an nichts erinnern könnte. Doch kaum war Karl aufgestanden, um ein Küchentuch zu holen und die Reste seines ersten Abenteuers abzuwischen, öffnete Selin die Augen und lächelte ihn an. »Das war aber kurz«, sagte sie. Die Wirkung der Drogen schien verflogen. Oder hatte sie alles nur vorgetäuscht, um ihn zu locken? Egal! Karl bereute nichts, höchstens, dass er so lange gewartet hatte. Er hätte Selin schon viel früher haben können.

Der Rest das Abends entsprach dem, was Karl sich immer schon erträumt hatte. Lediglich das erste Mal hatte er sich anders vorgestellt. In seinen Träumen hatte er sich eine romantische Freundschaft mit einem Mädchen, Juli oder Cassy, vorgestellt. Händchenhaltend streiften sie durch Feld und Wald, küssten sich an jeder Ecke und verabschiedeten sich am Abend unter Tränen. Den ersten Sex fand in seinen Träumen im Sommer am Baggersee oder am Ostseestrand statt. Im Bikini lag sie neben ihm im hohen Gras oder in den Dünen. Ihren BH zog er ihr aus, ihre zarte Brust küsste er. Zu mehr kam er in nie, denn die zumeist feuchten Träume endeten immer mit einer Entladung, ohne dass er viel nachhelfen musste. Nun war es mit Selin ganz anders verlaufen. Sie hatte es in die Hand genommen, sie war viel erfahrener als er, kannte jeden Trick. In dieser Nacht lernte Karl viel dazu und als er am

nächsten Tag nach Hause ging, war er erwachsen und auf-
geklärt. Selin hatte keine Fragen offengelassen, fast alles
hatten sie ausprobiert. Doch einen Stachel hatte sie doch
hinterlassen, indem sie gesagt hatte: »Ich habe gerne Sex
mit dir, aber ich bin nicht in dich verliebt. Glaub also
nicht, dass wir jetzt miteinander gehen, und sei nicht eifersüchtig, wenn du mich mit einem anderen siehst.« Karl fiel
es schwer, mit so viel Offenheit zu leben.

13

Der PC-Laden

In der Nacht mit Selin hatten sie nicht nur gevögelt,
gesoffen und gekifft. Sie hatte sich auch unterhalten, unter
anderen über mögliche Berufe und Studiengänge, sprich
über die Zukunft, die es zu gestalten gab. Selin hatte von
ihrem Vater erzählt, der ein Import/Export-Geschäft
betrieb und Computerteile aus Taiwan importierte und sie
an Händler und PC-Klitschen weiterverkaufte. Das alles
tat er, weil er nach seinem Abi ein Jahr in Taiwan verbracht hatte. Eigentlich war sein Ziel ein Bhagwan in
Indien gewesen, aber irgendwie war es Taiwan geworden.
Sein anschließendes BWL-Studium hatte er gleich praktisch angewendet und Teile aus Fernost importiert und
damit eine Menge Geld gemacht. Als dann die PC-Clones
herauskamen, witterte er das Geschäft und alles, was Karl
gesehen hatte, war dem Computerteilehandel entsprun-
gen, leider auch die Scheidung von Selins Mutter, denn er
hatte sich auf einer Geschäftsreise in die Tochter eines tai-
wanesischen Geschäftsmanns verliebt und lebte nun die
Hälfte seiner Zeit bei ihr in Taiwan.

Natürlich kam Karl der Aufforderung von Anettes Vater
nach und stand am Montag um vier Uhr früh in der
Markthalle. Er hantierte mit Gemüsekisten, als ein Mann
mit holländischen Dialekt ihn ansprach und nach Achim
fragte. Der Typ war Blumenlieferant und lieferte gerade

Tulpen. Karl berichtete ihm vom Vorfall am Samstag, also dass Achim im Krankenhaus sei. Der Typ zog mit saurer Miene ab und Karl wusste, warum er gekommen war und er wusste auch, dass ab jetzt keine Cannabislieferung mehr ankommen würde. Am Montag kontrollierte er noch die Pappschachtel, doch wie an den Folgetagen kam nichts mehr.

Selins Schilderungen des Geschäftsbereichs ihres Vaters hatte Karl auf die Idee gebracht, in der PC-Branche einen Job zu suchen. Es war die Zeit der boomenden PC-Clones und in jeder größeren Stadt sprießten die Läden aus dem Boden, die Komponenten zum Selbstbau eines PCs anboten. Die notwendige Software kopierte man meist von Freunden, die viel Geld für ihren Original IBM-PC ausgegeben hatten. Gleich beim ersten Laden, den Karl aussuchte, hatte er Erfolg. Schon an der Tür prangte ein Schild ›Mitarbeiter in Teilzeit gesucht‹ und ein junger Mann mit abgebrochenem E-Technikstudium erklärte nur wenig später, was es zu tun gab. Programmierkenntnisse bräuchte Karl nicht, es müsse nur die vom Kunden gewünschte Kombination zusammenstecken. Nachmittags bis Abends wäre in Ordnung, schwarz ginge nicht, aber mit Steuerkarte sehr wohl. Er könne gleich morgen anfangen. Karl murmelte was von Organisieren, meinte damit Anettes Vater, sagte dann für den übernächsten Tag zu. Statt Nachhilfe würde er Computer zusammenschrauben. Mehr Geld für weniger Anstrengung zu vernünftigen Arbeitszeiten - wunderbar.

Anettes Vater nahm es gelassen. Er hatte einen zusätzlichen Mitarbeiter engagiert und zahlte Karl seinen Lohn in bar aus. In der WG war Anette schweigsam wie immer, das Pärchen vögelte wie immer und Karl konnte endlich wie ein normaler Abiturient schlafen und lernen. Selin sah er jeden Tag in der Schule. Sie winkten sich zu, quatschten ein paar Worte und dann war sie auch wieder mit anderen unterwegs. Sie besuchen konnte er nicht, da ihre Mama zu Hause war, zumindest abends zu Hause war und mit zu ihm wollte er sie nicht nehmen, die WG strotzte vor Armut und gegenüber Anette hatte er ein schlechtes Gewissen. Doch Selin überredete ihn. Er hätte doch bis vier Uhr am Nachmittag Zeit. Dann erst würde sein Job losgehen und bis dahin könne er doch etwas Praktisches über den menschlichen Körper lernen. Derartige Frotzeleien, die sonst immer nur von pubertierenden Jungs ausgesprochen wurden, hörte Karl öfter von ihr. Die WG in ihrem Schmuddelcharme fand Selin geil, wie sie sagte. Sein spartanisches Zimmer mit der Matratze sehr praktisch, so könne man nicht tief fallen. Kaum im Zimmer schloss sie die Tür und fingerte an Karls Klamotten herum. Karl streifte derweil ihr Shirt ab und fummelte am Verschluss des BHs, mit dem er seine Schwierigkeiten hatte. Selin hingegen hatte Übung darin. Nackt ließen sie sich aufs Bett fallen. Karl wollte noch einen Präser überziehen, doch Selin meinte nur, das bräuchte er nicht, ihre Tage ständen unmittelbar bevor. Das Ergebnis waren rote Flecke auf der Bettdecke, die bis in die Matratze durchdrückten. Selin war diesmal lauter, als am Wochenende in der Wohnung. Diesmal lag Selin unten und Karl war sehr konzentriert, als Anette die Tür leise öffnete und in den Raum lugte. Karl kam zum Höhepunkt, Selin keuchte. Anette sagte trocken: »Endlich, das wurde ja auch Zeit.« Karl glotzte erstaunt. Er hatte die Tür nicht abgeschlossen und er wusste nicht, ob Anette seine augenblicklich verbrachte

Anstrengung oder seine Gesamtsituation gemeint hatte. Dann sagte Anette zu Selin: »Und dein Orgasmus war nicht echt, Mädchen!« Karl warf ihr einen Schuh entgegen, der gegen die Tür knallte, die sie im letzten Moment geschlossen hatte.

Selin hatte ihn vorgewarnt. Sex mit ihm sei reine Lustbefriedigung. Oft sahen sie sich nicht, denn sein neuer Job zusammen mit der Vorbereitung auf die Abiturprüfungen ließen ihm kaum Zeit. Seine sportlichen Aktivitäten stellte er komplett ein. Stattdessen büffelte er frühmorgens von sechs bis halb acht beim Frühstück sitzend. Sein Geist war dann noch frisch und er schaffte mehr als am Abend. Nach der Schule ging er zum PC-Laden und arbeitete dort bis halb sieben. Zu Hause in der WG kochte er sich ein schnelles warmes Essen, manchmal half Anette beim Zubereiten, manchmal auch nur beim Essen. Danach fiel ihm das Pauken schwer. An manchen Tagen rannte er einmal um den Block, doch im Anschluss musste er immer duschen, was erneut Zeit kostete. Daher gab es Tage, an denen er sich nach dem Essen kurz ausruhte, um frisch eine Nachtschicht bis zirka Mitternacht zur Prüfungsvorbereitung einzulegen. Das Wochenende ging ganz mit Pauken drauf. Samstag Abend traf sich der Abi-Jahrgang oft zur Abi-Fete, privat oder auch in Clubs oder anderen Räumlichkeiten. Dann wurde gesoffen und man flirtete miteinander, wobei die meisten Mädels ohnehin bereits vergeben waren und daher die verbliebenen von vielen Jungs umlagert wurden. Jeder wollte zum Schuss kommen. Karl nahm an ein paar dieser Feiern teil, er wollte kein Außenseiter sein, obwohl er es längst war. Denn fast alle wohnten bei ihren Eltern und Taschengeld wurde wöchentlich auf ihr Konto überwiesen. Immer wenn er auf solchen Feiern Vanessa mit ihrem Freund knutschen sah, drückte eine Last auf seine Lunge, als sei der Luftdruck 2000 Millibar, statt 1000. Meist ging er dann sofort, vermied auf jeden Fall, ihr in die Augen zu sehen.

An einem Samstag klingelt es. Selin stand vor der Tür. Sie reichte Karl ein Kuvert mit 1000 Mark drin. Es war sein Anteil am Verticken des Cannabis, jene Quelle, die inzwischen versiegt war. Auch Selin wollte mangels Nachschub aussteigen und rauchen würde sie das Zeug auch nicht mehr. Es kam, was kommen musste. Die beiden landeten auf der Matratze. Diesmal war es schön, sehr schön und Karl bedauerte, dass sie ihn nicht lieben würde. An dem Tag war er rettungslos in sie verknallt. Nachdem sie eine Stunde später erneut sehr viel Spaß miteinander hatte, sagte Selin, sie würde für ein Jahr wegziehen. Ihr Vater ginge nach Taiwan und sie ginge mit, solange es noch ginge. Nach dem Abi sei bestimmt Schluss mit derart langen Reisen. Ihr Abi müsse sie um ein Jahr verschieben, aber das sei auch egal. Bereits in der nächsten Woche würde sie abreisen und gerne vorher mit ihm eine Nacht verbracht, am liebsten vom Dienstag auf Mittwoch, denn irgendwie hätte sie ihn doch sehr lieb gewonnen.

Am Dienstagabend bereitete Karl alles für den Besuch vor. Er kaufte Wein, kochte ein leckeres Menü. Der Riesling-Sekt stand kalt. Selin kam in der Tat, zog aber lange Miene, denn ihre Regel hatte ein paar Tage zu früh eingesetzt. Karl tat so, als sei ihm das alles egal, doch innerlich war er enttäuscht. Das Essen schmeckte köstlich, der Sekt perlte trocken und der Wein mundete. Nachdem sie ihre Zähne gereinigt hatten, gingen sie in sein Zimmer. Selin zog sich gleich aus und zeigte Karl das Stäbchen, welches ihre Blutung aufhielt, denn sie hatte immer das Gefühl, Karl, der ja keine Mutter mehr hatte, aufklären zu müssen. Dann flüsterte sie ihm etwas ins Ohr, was ihn erröten ließ. Doch es machte ihm Spaß, als er es umsetzte. Im Anschluss fielen ihnen die Augen zu und sie lagen in nackter Umarmung beieinander. Es war das letzte Mal, dass er Selin zu Gesicht bekam, denn sie kehrte aus Taiwan nie zurück.

14

Felicitas

Karls Job im PC-Laden führte zu seiner Entscheidung, nach dem Abi E-Technik oder Informatik zu studieren. Seine Abi-Prüfungen verliefen gut, er war mit seinen Noten zufrieden. Ein Lehrer meinte, er hätte mehr rausholen können, doch kannte dieser Karls persönliche Situation nicht. Im Anschluss machte er, bezahlt mit den 1000 aus dem Drogenverkauf, den Führerschein und lange vor Semesterbeginn schrieb er sich für E-Technik ein. Auch ließ er sich frühzeitig auf die Warteliste eines Wohnheims setzen. Er wollte aus der WG raus, wollte weg vom ewig vögelnden Pärchen und konnte Anettes Schmerzensschreie, die ihr neuer Liebhaber ihr zufügte, nicht ertragen. Nach der Abi-Prüfung konnte Karl im PC-Laden Vollzeit arbeiten. Er begann morgens um 10, arbeitete bis 18:30 Uhr und am Samstag bis 14 Uhr. Urlaub kannte er nicht.

Im Studentenwohnheim traf er auf viele Ingenieurstudenten und wenige Studentinnen. Jede Etage hatte 10 Zimmer, eine Gemeinschaftsdusche, ein unisex Klo und eine Gemeinschaftsküche, der Treffpunkt für alle, denen die Decke auf den Kopf zu fallen drohte. Karls Zimmer war wie alle anderen Zimmer drei mal vier Meter groß, verfügte über einen raumhohen Einbauschrank und eine Waschecke. Ein Bett, ein Schreibtisch und ein Stuhl komplettierten die Ausstattung. Wer einen Sichtschutz vorm Fenster wünschte, musste selbst tätig werden. Karl brauchte zunächst keinen Vorhang, denn sein Zimmer lag im vierten Stock und das Fenster erlaubte einen weiten Blick über eine Wiese, die nie gemäht wurde und das Domizil von Feldmäusen war, weshalb ein Bussard auf einem Laternenmast nie lange auf Beute warten musste. Anfangs baumelte eine Fassung mit einfacher Glühbirne unter der Decke, doch das nackte Licht ging Karl schnell auf den Keks und er bastelte aus Butterbrottüten einen Lampenkubus, den er mit schwarzer Tusche mit den japanischen Schriftzeichen für das Wort ›Devotion‹ beschriftete. Immer wenn ihn jemand darauf ansprach, erzählte er, es sei der Vorname seiner Ex-Freundin, was natürlich völlig erlogen war.

Von den 10 Zimmern der Etage waren nur zwei mit Frauen belegt, beide waren wesentlich älter als Karl. Die eine studierte Pharmazie, die andere Lehramt. Bis auf einen waren die Männer im höheren Semester. Ein E-Techniker im fünften war auch dabei und half, wo immer es ging. Unter den anderen Wohnheiminsassen gab es drei Mädchen in Karls Alter. Zwei hatten einen festen Freund und verbrachten jedes Wochenende mit ihnen in ihrer Heimat. Die dritte erschloss sich niemanden, man munkelte, sie sei eine Lesbe. Kurzum: Karl gefiel es besser als in der WG, günstiger war es auch, doch seine Liebe würde er dort nicht finden. Mit dem Studium kam er gut klar. Vieles hatte er bereits in seinen Leistungskursen durchgenommen, lediglich die praktischen Labore waren neu. Unter den 80 E-Technik Erstsemestern lag die Frauenquote bei 2,5%. Es gab noch eine Kunsthochschule und eine pädagogische Hochschule vor Ort, doch die hatte Karl noch nicht besucht.

Es dauerte zwei Jahre, bis er der Kunsthochschule einen Besuch abstattete. Er besuchte den sogenannten Rundgang, in dem alle Klassen der freien Kunst ihre Semesterarbeiten vorstellten. Karl erwartete Malerei, sah jedoch nur ein Ölgemälde, welches auf 20 x 30 Zentimeter einen erigierten Penis zeigte, wahrscheinlich ein abgemaltes Foto. Weitere Arbeiten waren sogenannte Altäre mit Sammlungen von Krimskrams, Skulpturen aus Holzlatten und vor allem Videoarbeiten. Überall standen Fernseher herum und zeigte kuriose Alltäglichkeiten. Stundenlanges Zähneputzen, unterbrochen vom Verzehr einer Torte und dem Besudeln eines Tellers mit Sperma. Karl bereute die Fahrt dorthin. Als er aufbrechen wollte, kam er an einem Raum vorbei, vor dessen Eingang sich Dutzende Menschen drängten. Karl schaffte es, durch eine andere Tür hineinzukommen. Drinnen war Rollrasen verlegt worden. Der Rasen war schon ein paar Tage dort und große Tageslichtlampen hatte das Wachstum gefördert. Während im Hintergrund aus Lautsprechern wütendes Geknurre und Hundegebell zu hören war, hockte auf dem Rasen eine junge Frau, etwa in Karls Alter; passend zu ihren blonden Haaren trug sie ein Strickkleid aus Naturwolle, darunter war sie nackt und schnippelte mit einer Nagelschere ein Muster ins Gras. Interessanterweise war der Boden unter den gekappten Grashalmen blutrot. Der Kontrast zwischen dem satten Grün und dem blutrot wirkte grotesk. Sie musste schon Stunden so verbracht haben, denn langsam zeichnete sich ab, was der Schnitt aussagen sollte. Es war das englische Wort oppression, zu Deutsch Unterdrückung, auch Schinderei, Vergewaltigung oder Knechtung. Karl musste an Anette denken, die sich freiwillig hatte knechten lassen und offensichtlich dabei Befriedigung erfahren hatte. Was unterdrückte diese Frau, denn so ganz ohne seelisches Leid, würde sie diese Tortur nicht auf sich nehmen, war sich Karl sicher. Er wartete über zwei Stunden, bis sie ihr Werk beendet hatte. Fast alle Gäste waren längst gegangen. Ab und an guckte noch jemand durch die Tür und schmunzelte oder verspottete sie als Schaf oder glaubte, eine Demonstration für mehr Naturverständnis zu sehen. Karl stand wie gefesselt in einer dunklen Ecke, er wollte unbedingt diese Frau kennenlernen. Nach dem letzten Schnitt legte sie die Schere zur Seite und massierte ihre rechte Hand, auf der sich deutlich die Druckstellen der Schere abzeichneten. Erst jetzt bemerkte Karl eine Kamera, die die Szenerie von oben aufgezeichnet hatte. Das Mädchen zog einen Stecker heraus und beendete die Aufzeichnung. Dann huschte sie in die entgegengesetzte Ecke und griff aus einer Reisetasche Wäsche heraus. Sie zog einen Slip an, denn sie war die ganze Zeit unter der rauen Naturwolle nackt gewesen, auch am Hintern. Karl konnte gerade noch ihre rot gescheuerten Pobacken erkennen. Dann schlüpfte sie in Hosen und drehte sich so, dass Karl auch ihren nackten, auch von der Wolle zerkratzten Rücken zu Gesicht bekam, und zog ein Shirt an. Den BH ließ sie weg. Karl hatte bis dahin ganz still in der Ecke gestanden und gespannt gewartet. Erst nachdem sie sich angekleidet hatte, bemerkte sie Karl. Sie hatte gedacht, er wäre Teil des Raums und kein lebendiges Wesen. Als sie ihn ansah, lächelte er und nannte seinen Namen. Ihr bis dahin hartes und konzentriertes Gesicht lockerte sich und sie antwortete nur: »Felicitas.« Karl war neugierig auf diese junge Frau und antwortete: »Schöner Name – die Glückliche. Aber, das, was du hier geschaffen hast, zeigt mir, dass du nicht glücklich bist.« Ihre Gegenfrage lautete: »Bist du Psychologe?« Es war nicht aggressiv gemeint, sondern interessiert forschend. Die Fortsetzung des Gesprächs fand in einem Café statt. Es befand sich ein paar Meter weiter an der Hauptstraße und hatte noch eine Stunde geöffnet, obwohl es schon später Nachmittag war. Feli und Karl saßen sich gegenüber und schlürften Milchkaffee. Karl hatte ihr angeboten, essen zu gehen, doch sie meinte, ihre Eltern hätte ihr Kommen zugesagt, wären aber wohl aufgehalten worden und würden jetzt sicher in der Kunsthochschule herumirren und sie suchen. Aber sie seien ja zu spät, ihre Performance längst vorbei und deshalb würde sie jetzt mit ihm hierbleiben, bis das Café schlösse und danach ihre Eltern suchen. In Karl kroch das schlechte Gewissen hoch, denn er wollte den Familienfrieden nicht stören. Daher redete er von einem Termin, den er noch wahrnehmen müsse, aber, dass er sie gerne wiedersähe, sie hätten noch viel zu besprechen. Ihre Antwort beglückte ihn: Ja, sie würde ihn auch gerne wiedersehen, er scheine der Einzige zu sein, der ihre Arbeiten verstände. Sie tauschten die Telefonnummern aus und Karl machte noch auf die Probleme mit der Telefonvermittlung im Wohnheim aufmerksam, bevor sie sich trennten. Sie ging in Richtung Kunsthochschule, er stieg aufs Rad, denn das Wohnheim lag am anderen Ende der Stadt.

Als Regel des ersten Anrufs nach dem Kennenlernen gilt, dass er anzurufen hat. Doch im Fall von Feli und Karl war sie es. Und zwar bereits am selben Abend. Karl hatte gerade gegessen, als das Etagentelefon klingelte. Normalerweise nahm diejenige Person ab, die gerade in der Nähe war oder die sich gerade langweilte. Man meldete sich und ging die adressierte Person suchen. Das Telefon stand in der sogenannten Telefonecke, einer kleinen Butze, gleich hinter der Etagentür. Karl war in der Nähe und nahm ab. Es meldete sich eine Frauenstimme und sie wollte Karl sprechen. Erst jetzt erkannte er Felis Stimme, die durch die Leitung etwas verzerrt klang. Im folgenden Gespräch, in dem Feli mehr als 90% der Redezeit belegte, stellte Karl fest, dass es nicht nur am Hörer lag, dass ihre Stimme so verändert geklungen hatte. Nein, Feli war aufgekratzt und wütend, wie ein Kleinkind dem man sein Spielzeug weggenommen hatte. Sie berichtete ihm, ihre Eltern seien nicht gekommen, nein sie hätte sie nicht verpasst, sie hätten am Vortag bei ihrem Prof angerufen und sich nach Felis geplanten Arbeiten erkundigt. Der Prof, bei dem sie ihr Vorhaben im Vorfeld hatte einreichen müssen, hatte freizügig ihre geplante Aktion verraten, worauf die Eltern wutschnaubend weggeblieben wären. Karl wagte kaum nachzufragen, was an ihrer wunderbaren Performance so schrecklich gewesen sei, dass Eltern so reagierten. Es gelang ihm nicht, den ganzen Sachverhalt zu verstehen, obwohl Feli ungefähr 15 Minuten monologisierte. Sie verwendete medizinische Fachbegriffe, die Karl fremd waren und die Anzahl Personen und Tiere, die Auslöser ihrer Aktion gewesen waren, wuchs mit jeder Minute ihrer Rede an. Sprechen hilft, dachte Karl und ließ sie reden. Ab und an stellte er eine Verständnisfrage, doch im Wesentliche sprach sie. Nach 20 Minuten kam sie zum Ende. Sie hatte umfänglich ihre Position dargestellt, war immer noch sauer auf ihre Eltern und sie dankte Karl fürs zuhören und wünschte ihm eine gute Nacht.

Aufgrund ihres Monologs hatte Karl kaum noch Interesse daran, Feli wiederzusehen. Diese Frau war hochgradig gestört, er würde ihr nicht helfen können, und wenn doch dann wäre er danach selbst reif für eine Therapie. Gegen Ende des Telefonats hatte es keine Absprache über ein Treffen oder ein Folgetelefonat gegeben. Sie hatte sich verabschiedet und er ihr eine gute Nacht gewünscht.

Während des Semesters hatte Karl es so eingerichtet, dass er nach der Uni zum PC-Laden fuhr, um dort zu helfen. Oft waren es nur zwei Stunden, doch sein Chef war dankbar für jede Stunde Unterstützung. Festeinstellungen waren teuer, er hatte nur zwei Angestellte, doch der Laden viel länger auf, als die beiden pro Tag arbeiteten. So stand Chef zur Hauptgeschäftszeit oft allein im Laden und immer wenn Karl kam, war er froh. In den Semesterferien schuftete Karl den ganzen Tag und unterbrach den Job nur für Prüfungen. Seine Vorbereitungen für die Uni zog er am Liebsten nachts durch. Eine Kanne Schwarztee reichte aus, ihn bis zwei Uhr wach zu halten. Der Rundgang der Kunsthochschule hatte am letzten Wochenende des Sommersemesters stattgefunden. Felis Performance hatte den ganzen Samstagnachmittag gedauert. Sie hatte den Termin extra auf den Samstag gelegt, um ihren Eltern die Teilnahme zu ermöglichen. Von Donnerstag bis Samstagfrüh hatte nur ein Plakat auf die bevorstehende Performance hingewiesen, am Sonntag wurde das aufgezeichnete Video abgespielt. Während am Samstagabend traditionell in der Mensa der Kunsthochschule eine Abschlussfete stattfand, hatte Feli ihr Video geschnitten und für die Präsentation in Endlosschleife vorbereitet und im Anschluss mit Karl telefoniert, statt auf die Fete zu gehen.

Als Karl am Mittwochabend von der Arbeit kam, er hatte in der Woche keine Verlesungen, musste aber bald eine Klausur schreiben, saß Feli in der Küche des Wohnheims. Jemand hatte sie hereingelassen und sie vertröstet. Man kannte Karls Arbeitszeiten und Feli hatte eine viertel Stunde mit der Straßenbahn und dann noch zehn Minuten zu Fuß gebraucht, um das Wohnheim zu erreichen. Nun wartete sie bereits eine halbe Stunde auf ihn, doch es störte sie nicht, denn alternativ wäre sie eine Stunde umsonst hin und hergefahren. Natürlich hätte sie anrufen können, doch sie war so emotional aufgeladen, sie wollte mit Karl persönlich sprechen. Die Adresse des Wohnheims hatte sie aus dem Telefonbuch, sie hatte ja seine Nummer. Karl glotzte groß, als säße ein Gespenst in der Küche. Seine Begrüßung fiel kläglich aus. Er umarmte sie wortlos und drückte ihr ein symbolisches Küsschen auf die Wange, wobei seine Lippen ihre Haut kaum berührten. Am Vortag hatte er für sich beschlossen, Feli eine Kunststudentin sein zu lassen und von sich aus den Kontakt zu ihr nicht aufzunehmen. Kunststudentinnen waren schwierig, das hatte er begriffen. Nun stand sie vor ihm und er musste sich damit abfinden, so oder so. Karl fing sich schnell. Er hatte noch nichts gegessen und schlug Spagetti mit Pesto vor. Das ging schnell und machte satt und ob nun für eine oder mehrere Personen war portionierbar. Feli war einverstanden. Karl fischte aus dem Kühlschrank zwei Bier, die per Strichliste verrechnet wurden. Das Salzwasser kochte bald und die Spagetti brauchten nur wenige Minuten. Während dieser Vorbereitungen verfolgten ihre Augen seine Bewegungen, wortlos. Karl war es recht, er hätte keinen zeitfüllenden Smalltalk auf Lager gehabt. Überhaupt war Karl während seiner Studienzeit recht mundfaul geworden. Obwohl über hundert Mitbewohner den Ort teilten, hielt sich Karls Freundeskreis in Grenzen. Er war zu oft an der Uni und im PC-Laden und manchen Kunden dort kannte er besser als seine Mitbewohner oder Kommilitonen. Nur wenn es um den günstigen Einkauf von Computerteilen ging, war Karl ein angesehener Kontakt, doch die Kumpels, die im Wohnheim mit Computern bastelten, waren einsame Nerds. Karl tischte auf. Feli verglich die Spagetti mit dem Kunstprojekt ihres Profs, was Karl nicht nachvollziehen konnte, und so war ihr Geschwätz für ihn nur ein böhmisches Dorf. Danach verspeiste Feli einen ganzen Teller Spagetti und trank ihr Bier restlos, verlangte sogar ein zweites. Während Karl abwusch, musste sie aufs Klo. Danach verkrochen sie sich aufs Zimmer, denn in der Küche war ihre klägliche Unterhaltung immerzu von anderen Mitbewohnern unterbrochen worden. Jedes Mal hatte man bei Ansicht des Paars Karl Respekt gezollt, denn man hatte ihm die Bekanntschaft eines so hübschen Mädchens nicht zugetraut.

Karl nahm auch ein zweites Bier. Seine sportlichen Aktivitäten waren stark reduziert. Das Schwimmbad lag am anderen Ende der Stadt, die Gegend rund um das Wohnheim war zum Laufen reizlos. Lediglich die Fahrten mit dem Rad zur Uni und zur Arbeit hielten ihn halbwegs fitt und seine Konfektionsgröße auf Maß. Eine einzige Frage von Karl löste bei Feli einen Schwall Tränen aus. Er hatte sich nach ihren Eltern erkundigt. Ohne überhaupt auf seine Frage einzugehen, heulte sie los. Karl reichte ihr ein Taschentuch und als auch das nicht reichte, setzte er sich neben sie. Sie hatte den Platz auf dem Teppich mit Bett im Rücken gewählt, denn es gab nur einen Stuhl und die Matratze war ihr zu intim gewesen. Was sollte er auch anderes tun? Er legte seinen Arm um sie, sie ihren Kopf auf seine Schulter und dann erzählte sie: Bevor sie Montag und Dienstag, die Reste ihrer Performance abgebaut hätte, sei sie am Sonntag zu ihren Eltern gefahren, die auf dem Lande leben würden und dort einen Resthof hätten. Leben könnten sie davon nicht und daher würde ihre Mama im Krankenhaus putzen und ihr Vater in einem nahen Sägewerk arbeiten. Inzwischen sei sie das einzige Kind. Dieser Satz hätte Karl stutzig machen müssen, doch er überhörte das Wort ›inzwischen‹. Ihre Eltern seien total sauer gewesen und hätten ihre monatliche Geld-Zuwendung gestrichen und das alles wegen ihrer Performance. Eigentlich wollte Feli Medizin mit Schwerpunkt Psychiatrie oder Psychologie studieren, doch ihre schulischen Leistungen brachen ein und sie schaffte gerade noch das Abi mit einem Durchschnitt von zwei Komma fünf. Die Zulassung zur Kunsthochschule hatte sie nur geschafft, weil sie in der Oberstufe begonnen hatte, ihre Erfahrungen in düstere Bilder umzusetzen, allesamt mit schwarzer Tinte auf weißem Papier schnell hingeworfen mit schockierender Wirkung auf alle Betrachter. Ein Lehrer hatte gemeint, den Tod persönlich auf den Bildern zu sehen. Ein Dutzend dieser Werke hatte sie in eine Mappe gesteckt und zur Kunsthochschule geschickt und war prompt zu einem Gespräch eingeladen worden. Das Gespräch hatte sich auf ihre Kunst im familiären Umfeld konzentriert und man hatte ihr einen Platz zugesprochen. Zwei Jahre waren seitdem vergangen und ihre Eltern hätten ihr nur unter der Bedingung erlaubt, Kunst zu studieren, wenn sie ein positives Weltbild darstellen und keine ihrer düsteren Suizidgedanken als Kunst verkaufen würde. Genau das hätte sie jedoch mit ihrer Performance getan, sagten die Eltern. Bei ihrem Besuch hatte sie versucht, ihre Eltern zu beschwichtigen, hatte versucht ihre Kunst anders auszulegen, hatte behauptet, ihre Kunst würde ihr helfen, mit den Erlebnissen abzuschließen. Doch die Eltern hätten sie nur gezürnt und gemeint, sie solle besser als Verkäuferin im Discountmarkt arbeiten, sich einen Mann anlachen und selbst Kinder bekommen, dann wüsste sie, wie Eltern unter dem Werk ihrer Kinder zu leiden hätten. Karl hätte an dieser Stelle nachhaken können, doch tat er es nicht. Er mochte Feli, aber nicht ihre Probleme. Doch wenn sie keine hätte, säße sie nicht bei ihm im Zimmer. Sie hatte sich Karl ausgeguckt, weil am Samstag fast alle Besucher ihre Performance missverstanden hatten. Sie war ja erst im vierten Semester und dafür hielt sie selbst ihre Darstellung für ziemlich gut, doch die Gäste hatten sie für ein Schaf gehalten und den Sinn des Hundegebells nicht verstanden. Einzig Karl hatte die Performance bis zum bitteren Ende verfolgt und sofort den psychotherapeutischen Sinn des Spektakels erspürt, während hingegen die Arbeiten der anderen Künstler in spe nur Abbilder ihrer noch nicht ausgeheilten Pubertät waren. Ohne es zu wissen, betete sie ihn als Erlöser an. Er war der Vertreter des Mannes, den sie hatte ansprechen wollen und der sie nicht verstanden hatte, nämlich ihr Vater. Nun war Karl nicht viel älter als sie, aber gerade das machte ihn noch interessanter. Es nutzte ihr nichts, wenn ihr ältlicher Prof vorgab, sie zu verstehen; sie brauchte Bestätigung von Gleichaltrigen. Karl hatte längst zwei und zwei addiert und kannte nun das Schicksal der jungen Frau, die zu ihm gekommen war. Ihr war das Geld ausgegangen und schlimmer noch, ihre Eltern hatten ihr die Freundschaft gekündigt. Karl hatte die Freundschaft seiner Eltern nie richtig wertschätzen können, er war einfach zu klein, zu jung gewesen. Lucia hingegen hatte ihn abgeschoben, nachdem ein Gleichaltriger ihr schöne Augen und ein Kind gemacht hatte. Zwar hatte Karl Geldzuwendungen erhalten, allerdings nicht mehr mit 21 wie Felicitas. Neben ihm am Bett gelehnt saß eine äußerst zerbrechliche junge Frau, die alles auf eine Karte gesetzt hatte, um ihre Wunden zu heilen, woher auch immer die Wunden stammten. Und sie hatte verloren, zumindest glaubte sie das. Er sagte ihr, dass er ihr helfen möchte. Erst nachdem er diesen Satz gesprochen hatte, überlegte er, was er da eigentlich versprochen hatte. Helfen? Wobei? Feli fragte, ob sie bei ihm übernachten dürfe? Die Vermieterin hätte sie am frühen Morgen angemacht, die Miete für den laufenden Monat sei nicht bezahlt. Normalerweise würde Papa die Miete überweisen, doch diesen Monat hätte er sie unter Druck gesetzt gehabt; ihr Semesterabschluss sollte die Messlatte der weiteren Finanzierung sein. Doch das sei jetzt wohl passé. Karl war überrascht. So hatte er das nicht gemeint, doch nun stand er da mit seinem vorschnellen Angebot. Erst holte er aus und beschrieb, dass im Wohnheim der Platz beengt sei und sie höchstens ein paar Tage im Zimmer mitwohnen dürfte, das aber keine langfristige Lösung sei. Auch müsse er arbeiten, denn Zuwendungen bekäme er nicht und BAFöG auf Pump sei nicht seine Sache. Er sei also tagsüber kaum zu Hause. Das sei gut, so würde er tagsüber nicht stören, aber abends und nachts sei es eng und bitte, das Zimmer wäre kein Ort für Kunstprojekte, es wäre mit 12 Quadratmetern dazu einfach zu klein. Feli verstand seine Einwände sehr gut, nur es ging ihr noch viel schlechter. Er hatte ein Dach überm Kopf und Lohn und damit Brot. Sie hatte nicht mal mehr einen

Vater, zumindest im übertragenen Sinne. Am Liebsten hätte er ihr empfohlen, nach Hause zu fahren und sich mit den Eltern auszusprechen. Doch er wusste um ihre Empfindlichkeit und vermied es. Nun wusste er von ihrem Schicksal, wusste, das die Vermieterin Feli auf dem Kieker hatte. Karl nächtigte auf einer Luftmatratze, Feli im Bett. Statt Bettdecke schwitzte Karl in seinem Schlafsack. Es war immer noch der, den er vor Jahren an der Ostsee verwendet hatte. Am nächsten Morgen wollte Karl zur Arbeit. Er bot Feli an, sie am späten Nachmittag in ihrer Wohnung zu besuchen. Sie solle schon mal ihre Sachen packen. Irgendwie würde sie es schaffen. Zusammen sei man stark. Sie willigte ein. Auf der Arbeit bettelte er seinen Chef um die Auszahlung seiner Überstunden an. Er bräuchte dingend Geld, sagte Karl. »Wie heißt sie denn?«, fragte der Chef zurück. Karl sagte es ihm und bat gleich um einen Transport. Ob der Chef wohl so gegen acht mit dem Kleintransporter vorbeikommen könnte. Der Chef verneinte und bot Karl an, den Wagen selbst zu fahren. Zwar hatte Karl einen Führerschein, aber kaum Fahrpraxis. Dennoch nahm er das Angebot an. Die Fahrt am späten Nachmittag klappte ganz gut. Ein Parkplatz fand sich vorm Haus nicht, Karl parkte an einem Discountermarkt in der Nähe. In der Gegend, in der Feli wohnte, war er noch nie gewesen. Zur Kunsthochschule hatte sie es nicht weit. Feli bewohnte eine Einzimmereinliegerwohnung, also zur Untermiete, bei einer Dame Mitte 50, die nicht mehr berufstätig war und von ihrem Immobilienbesitz leben konnte. Feli wartete auf ihn. Sie hatte von der Vermieterin böse Worte zu hören bekommen und anschließend ihr Hab und Gut geordnet. Alles, was mit Kunst zusammenhing, hatte sie im Laufe des Tages zur Hochschule gebracht und dort im Studio zwischengelagert. Was blieb, waren Klamotten und Bücher, sowie ein wenig Porzellan und die Dinge aus dem Bad, die sie einfach in eine Plastiktüte geschüttet hatte.

Kaum hatte Karl die Wohnung betreten, stand die Vermieterin in der Tür. Der Vater hätte die Miete des laufenden Monats nicht bezahlt. Das wussten Feli und auch Karl bereits. Sie wolle sofort die Miete des Monats. Karl fragte, was denn Monat an Miete kosten würde. Von der Summe, die die Vermieterin nannte, erfragte Karl den Nebenkostenanteil. Von denen zog er ein drittel ab, denn der Monat war ja noch nicht vorbei. Den errechneten Betrag hatte Karl in bar dabei, sein Chef war ihm entgegengekommen und hatte die Überstunden schwarz bezahlt. Karl blättere die Scheine der verdutzt dreiguckenden Vermieterin in die Hand. Danach trug Karl Felis Sachen nach unten, stapelte sie dort, um sie später einzuladen, was wegen des Parkverbots schnell gegen musste. Felicitas heulte die meiste Zeit und ließ Karl die Arbeit machen. Eine halbe Stunde später parkte der Kleintransporter vor der Haustür. Karl packte Felis Hab und Gut in den Kofferraum. Am Wohnheim schafften sie die Sachen in sein Zimmer. Dann brachte er das Auto zurück. Es war alles so schnell gegangen. Am späten Samstagnachmittag hatte er sie das erste Mal gesehen und jetzt am Donnerstag wohnte sie mit ihm zusammen in seinem winzigen Wohnheimzimmer. Der Kavalier in ihm verbot es, ihr den Platz im Bett zu verwehren. Auf einer Luftmatratze nächtigte er auch in dieser Nacht auf dem Boden. Es war Sommer, warm und trocken, und als Zudecke reichte diesmal, statt des Schlafsacks ein Bettlaken. Am Freitag gab er ihr einen zweiten Schlüssel für Haus und Zimmer, so konnte Feli nach Belieben ein und ausgehen. Karl musste zur Arbeit, er braucht das Geld, jetzt nachdem er Felis Miete bezahlt hatte, erst recht. In einer Pause telefonierte er alle Psychologenpraxen der Stadt durch, doch der nächste Termin, den man Feli anbieten konnte, war im Herbst. Feli wollte nochmals zur Kunsthochschule und ihren Prof treffen, um ihn von der Entscheidung ihres Vaters zu berichten. Sie wollte ihn für ihr Scheitern mitverantwortlich machen, denn sie war immer noch der Meinung, dass ihre Eltern anders reagiert hätten, wenn sie die Performance selbst gesehen hätten. Doch diesen Vorsatz konnte sie nicht umsetzen. Ihr Prof war schon in Urlaub gefahren, die Beruhigung ihrer Gefühlswelt blieb aus. Sie fuhr zurück ins Wohnheim, hatte sich vorgenommen, noch ein wenig wie in alten Tagen zu zeichnen. Als Karl am späten Abend zurückkam und ins Zimmer trat, lag Feli auf dem Bett und im Zimmer waberte ein Alkoholduft, der Fliegenschwärme hätte betäuben können. Feli hatte drei Bier getrunken und war dann wohl in den Supermarkt gegangen, um ihr letztes Bares gegen Wodka und O-Saft umzutauschen. Jedenfalls standen eine leere Halbliterflasche Wodka und ein leeres Tetrapak O-Saft auf dem Schreibtisch. Feli schlief. Ein erster Versuch, sie aufzuwecken scheiterte. Karl schleppte die junge Frau unter die Dusche. Ohne Rücksicht auf ihre Kleidung ließ er den kalten Wasserstrahl auf sie herunterprasseln und wurde dabei selbst ganz nass. Zum Glück wachte Feli auf. Er kochte Kaffee und flößte ihr das schwarze starke Gebräu ein. Dann zwang er sie, mit ihm zusammen durch das Zimmer zu gehen, immer drei Schritte in die eine, drei in die andere Richtung. Ergebnis: Sie war wach, er kaputt. Es war spät, an Lernen war nicht mehr zu denken. Sie brauchte Schlaf, er auch. Ihre nassen

Klamotten hatte er ihr bereits vor dem Kaffee ausgezogen. Der Rest, ihre Unterwäsche und ein Shirt, waren ein Polyestergemisch und schon wieder trocken. Karl legte sie ins Bett, wo sie sofort einnickte. Und weil sie zu zittern begann, legte er sich daneben, statt auf die unbequeme Luftmatratze. Es war unbequem, dennoch schlief er schnell ein und fest. Als er mitten in der Nacht erwachte, schlief sie immer noch. Er nahm ein Schluck Wasser, lüftete das Zimmer und legte sich erneut neben sie. Als er am Morgen aufwachte, war Feli weg. Er fand sie in der Küche, sie kochte Kaffee. Sie lächelte ihn an und entschuldigte ihren Ausrutscher, wie sie es nannte. Karl war ratlos, wusste nicht, wie man mit so einer Situation umzugehen hatte. Da sie beide noch ihr Nachtzeug trugen, tranken sie den Kaffee im Bett. Dass er neben ihr lag, war nach der Nacht selbstverständlich. Ihr Kaffeepott war halb, seiner ganz leer, als sie ihr Shirt über den Kopf zog. Darunter war sie nackt, er hatte schon gestern unter der Dusche ihre zarten Nippel bewundert. Dann zupfte sie an seinem T-Shirt. Er wollte nicht, sagte ihr, sie schulde ihm keinen Dank. »Ich will mich nicht bedanken, ich will dich lieben«, wendete sie ein und es kam, was kommen musste, sie liebten sich. Feli hatte noch nicht viele Liebhaber gehabt und bei Karl war es das erste Mal seit Selin. Ansprechend ungeschickt gingen sie vor und an Verhütung dachte weder er noch sie. Im Anschluss tat Karl das, was er schon Tage zuvor hatte tun wollen, er fragte, was damals vorgefallen sei. Feli zeigte zunächst auf eine kaum noch sichtbare Narbe auf ihrer rechten Pobacke. Dann erzählte sie die Geschichte: Als Felicitas sieben Jahre alt gewesen war, hatte die Familie noch Schafe und einen Hund gehabt. Der Hund war eine Mischung aus Schäferhund und einem

Bullterrier. Feli hatte einen kleinen Bruder, er war vier Jahre alt. Am Nachmittag eines normalen Werktags im Frühjahr wurde Felis Mutter zu einem Feldeinsatz gerufen. Ihr Mann war mit dem Traktor auf einer Wiese unterwegs gewesen und hatte sich festgefahren. Es ging weder vor- nach rückwärts, der Rumpf des Schleppers lag auf und die Räder drehten ohne Wirkung durch. Die Mutter sollte mit einem zweiten Trecker helfen, den ersten mittels Kette ziehen. Die Mutter trug Felicitas die Verantwortung für ihren Bruder auf. Ja, sie dürfe mit ihm im Garten spielen. Kein Problem. Die Familie fand es damals umweltfreundlich, den Rasen von einem tierischen Rasenmäher pflegen zu lassen. Man hatte ein paar Schafe und eins dieser Tiere war in der Mitte des Rasens an einer Leine angepflockt und weidete dort. Der Hund, ein bissiges Tier, war in einem Zwinger untergebracht worden, nachdem er ausgerechnet einen Polizisten gebissen hatte, als dieser auf dem Hof gekommen war, um einen Sack Kartoffeln zu schnorren. Dieser Zwinger grenzte an einen Schuppen, in dem der zweite Traktor stand, ein altes Modell, fast ein Museumsstück. Zwischen Zwinger und Schuppen hatte es früher eine kleine Verbindungstür gegeben, als der Schuppen noch als Hühnerstall verwendet worden war. Als nun der alte Traktor reaktiviert worden war und die Eheleute damit raus auf die Wiese gefahren waren, hatte man vergessen, den Schuppen zu schließen. Wie ihre Mama es erlaubt hatte, ging Felicitas mit ihrem Bruder Dieter in den Garten. Feli liebte die Schafe. Es waren so friedliche Tiere. Man konnte sie streicheln, sie füttern und manchmal auch drauf reiten. An diesem Nachmittag tollten die beiden Kinder auf dem Rasen herum, als plötzlich der Hund vor ihnen stand. Er hatte ein Loch in den Boden unter der morschen Brettertür gekratzt, die Zwinger vom Schuppen trennte und dabei hatte das Holz der Tür nachgegeben und der Hund war entschlüpft. Auf den Rasen jagte das Schaf aus Angst an ihrer Leine im Kreis herum und löste damit den Jagdtrieb des Hundes aus. Er biss sich an der Kehle des Schafes fest und riss es. Feli wollte es nicht wahrhaben und versuchte, den Hund davon abzubringen. Ihr kleiner Bruder hatte ihr immer schon versucht alles nachzumachen. Er rannte hinter Feli her und wollte den Hund greifen. Das ließ der sich nicht gefallen und schnappte nach der Kehle des Jungen. Zwei Bisse reichten. Als Feli ihren Bruder retten wollte, schnappte er nach ihr, erwischte aber nur noch ihren Po, denn sie rannte zurück ins Haus und schloss die Tür. Als die Eltern zurückkamen, erschoss der Vater, der einen Jagdschein besaß, den Hund. Dem Schaf wurde das Fell abgezogen der Rest gegessen. Felis Bruder war tot und wurde ein paar Tage später auf dem Friedhof neben seiner Oma begraben. Feli wurde seitdem von ihren Eltern mit Schuld überladen. Ihr Ausweg war, immer wieder ihr Erlebnis in düsteren Farben zu malen und zu zeichnen.

Nachdem Feli die Geschichte unter Tränen zu Ende erzählt hatte, nahm Karl sie noch fester in den Arm, als er es zuvor getan hatte. Der geschilderte Vorfall war so voller Tragik, dass ihm fast schlecht geworden war. Natürlich erschloss sich die Semantik ihrer Performance nach dieser Schilderung sofort vollständig. Nicht erschloss sich die Tatsache, dass ihre Eltern, die nach dem Ereignis ihre landwirtschaftliche Tätigkeit aufgegeben hatten, so brüsk auf die seelische Aufarbeitung durch ihre Tochter reagiert hatten. Feli konnte sich auch keinen Reim darauf machen, schließlich hatte sie ja nur versucht, ihre Seele zu waschen.

Am nächsten Tag sagte Feli, sie könne keine Künstlerin sein. Mit ihrer gestrigen Beichte Karl gegenüber sei alle Motivation, die bisher zu ihren Werken geführt hätte, verflogen, sie sei leer und es sei nutzlos zu glauben, sie würde jemals ein neues Thema finden. Karl war anderer Meinung und fest entschlossen ihre Eltern zu besuchen. Er tat es am Sonntag. Die Adresse des Bauernhofs hatte er aus Felicitas Unterlagen entnommen, die er heimlich eingesehen hatte. Feli sagte er nichts davon, behauptete, er wolle mit einem Kommilitonen zusammen lernen und sei am späten Nachmittag zurück. Ihre Eltern waren überrascht, sie hatten nicht gewusst, dass ihre Tochter einen Freund hatte. Karl sprach sie direkt auf den Tod des Jungen und dessen Auswirkungen auf Felicitas an. Er schilderte ihre Performance und wie viel er über ihr Schicksal durch die fantastische Arbeit der Tochter erfahren hätte. Doch die Eltern ließen sich nicht überzeugen. Felicitas sei schuld am Tod des Bruders, auf dem sie große Hoffnungen gesetzt hatten, einen Hofnachfolger hatten sie in ihn gesehen und das alle hätte sie kaputt gemacht. Karl wurde ziemlich wütend und machte den beiden klar, dass der Hund und letztlich sie durch das Nichtschließen des Tores selbst verantwortlich seien und dies auch wüssten, aber wohl verdrängten. Es kam zu einem heftigen Wortgefecht, in dem Karl seine Position verteidigte und immer wieder den Eltern die alleine Schuld zuschob. Wütend über die Borniertheit fuhr Karl zurück. Am Abend des Montags stand ein Polizist vor der Tür des Wohnheims. Von der Vermieterin war er abgewiesen worden, doch sie hatte der Polizei das Kennzeichen des Kleinlasters genannt, mit dem Karl Felis Habseligkeiten transportiert hatte. Ein Anruf bei Karls Chef führte zum Wohnheim. Was der

Polizist dann mitleidsvoll auszudrücken versuchte, traf Karl und Felicitas, als wenn man ihnen den Boden unter den Füßen weggezogen hätte, ja wie auf einer Falltür stehend, vielleicht auch wie ein Schafott. Die beiden Eltern hatten sich am Vorabend umgebracht. Erst hatte der Vater seine Frau erschossen, dann sich selbst gerichtet. Felicitas kippte auf der Stelle um. Ein Rettungswagen schaffte sie in die Klinik. Von dort kam sie ein paar Tage später in die Psychiatrie. Die Beerdigung der Eltern fand ohne Tochter statt. Vom Vorfall und den Nachwehen erholte Felicitas sich nie. Karl litt unter dem Verlust. Doch er machte sich keine Vorwürfe wegen der Eltern. Er hatte ihnen die Meinung gesagt und basta. Der Rest war ihre Sache gewesen. Alles, was er gewollt hatte, war das Glück der Tochter, doch dieses Glück hatten die Eltern ihm mit ihrem Freitod verwehrt. Erneut hatte der Fluch des Tanzlehrers zugeschlagen.

15

Diplom und Vanessa

Nachdem Karl zum ersten Mal mit einer Frau, es war Selin, geschlafen hatte, hatte er die Fähigkeit des Gedankenlesens verloren. Es klappte nicht mehr. Frauen, wie Männer, alle waren sie undurchsichtig. Eine Zeitlang glaubte Karl, dass es mit seinem Cannabiskonsum zusammenhängen könnte. Doch von einmal Kraut rauchen? Und so erstaunte es ihn, dass nach dem Selbstmord von Felis Eltern und ihrem Nervenzusammenbruch, plötzlich die Gedanken nahezu aller Frauen einsehbar waren. Zum ersten Mal fiel es ihm im PC-Laden auf. Nachdem er wegen Felicitas ein paar Tage nicht hatte arbeiten können, trat eine Kundin in den Laden. Ohne, dass sie ihm ihr Anliegen nannte, griff Karl bereits ins Regal und reichte ihr das gewünschte Modem, nur weil er ihr kurz in die Augen gesehen hatte. Für die Kundin war es unheimlich. Sie sprach ihn darauf an, doch er behauptete, sie hätte das Gerät als Kaufwunsch benannt, dabei hatte sie noch nicht mal Guten Tag gesagt. Die Kundin wunderte sich, zahlte und ging. Erst als sie weg war, dachte Karl nach und wusste, dass ihm die Vorausseherei erneut erwischt hatte. Spaßeshalber probierte er es in einem Drogeriemarkt, indem er eine ältere Kundin ansprach und fragte, welchen Rasierer sie ihm empfehlen würde. Dabei schaute er ihr in die Augen. Ihr schoss durch den Kopf, ob das Jüngchen überhaupt Barthaare hätte oder noch Flaum tragen würde.

Karl war, ob so viel Ehrlichkeit schockiert. Doch weitere Versuche bestätigten seinen Verdacht. Eine Mitbewohnerin aus dem Wohnheim, dachte, als sie ihn sah (und kurz in die Augen blickte), dass es schrecklich für ihn sein müsse, jetzt wo die Freundin in der Klapse säße. Männer hingegen waren unverändert, zeigte weder Empathie noch Verständnis. Karl war ein Konkurrent, mehr nicht. Karl zog aus der neuen Transparenz weiblicher Gedanken Konsequenzen und schaute grundsätzlich keiner Kundin mehr in die Augen und Mitbewohnerinnen, die ihn ansprachen, bat er um einen telefonischen Rückruf. Natürlich führte dies zu einer weiteren Isolierung seiner Person. Im Wohnheim war er aufgrund seiner Doppelbelastung aus Studium und Job ein Randgänger, erntete mehr Spott als Achtung. Zum Glück war er nicht der Einzige. Karl konzentrierte sich auf sein Studium und schaffte jede freie Minute im PC-Laden. Zwar hatte der Chef inzwischen weitere Personen eingestellt, doch niemand arbeitete so schnell und zuverlässig wie Karl. Semesterferien, Ostern, Weihnachten, Karl hatte immer Zeit, nur die Prüfungen hatten Vorrang. In knapp sechs Jahren hatte er sein Diplom und nebenbei ein kleines Vermögen angesammelt, denn faktisch beschränkten sich seine Ausgaben auf Miete, Essen und Kleidung wobei er diesbezüglich nicht wählerisch war. Im Laden trug er einen grauen Kittel, was ihm bei Kunden den Spitznamen Meister einbrachte. Wie nach dem Abitur stand mit dem Diplom der nächste Lebensabschnitt bevor. Karl war 26, im Wohnheim war kein Platz mehr für ihn, die Wohnheimsleitung forderte ihn schriftlich auf, spätestens zum Semesterende das Heim zu verlassen. Die meisten Kommilitonen waren bereits verheiratet oder zumindest in einer festen Beziehung, ja einigen hatte sogar schon Kinder. Karl hatte noch nicht mal eine Freundin. Einmal im Jahr, meist im Mai, gab es eine Phase, in der es versuchte, doch dann schaute er einer Kandidatin in die Augen und augenblicklich war seine Lust passé. Zu erfahren, was sie über ihn dachten, war schrecklich. Einige nahmen ihn nicht ernst, glaubten er würde nur flirten, Spielen nannten sie es, anderen sahen seine Kleidung und dachten, er hätte kein Geld. Schlimm waren auch die, die Vorbehalte vor Ingenieuren hatten, und davon gab es eine Menge. Und dann die Unterschiede in der Ernährungsfrage. Karl war kein Fleischesser – mehr. Er hatte einen mit versteckter Kamera aufgenommenen Bericht über ein Schlachthaus gesehen und das hatte ihn bekehrt. Ab und an aß er ein Steak, doch den tageintagaus Genuss von Fleisch unterdrückte er. Als er nach dem Diplom erneut mit dem Sport anfing, fiel ihm der Verzicht auf Fleisch sehr schwer, doch er fand pflanzliche Alternativen, und gegen Müsli mit Milch und Joghurt hatte er nichts einzuwenden. Er fand eine kleine Altbauwohnung, eine, die ihn ein wenig an Lucias Wohnung erinnerte, und sein Chef freute sich, als Karl ihm mitteilte, er würde erst mal im Laden weiterarbeiten. Morgens machte er wieder seinen Sport, Schwimmen, Radfahren, Laufen, wie früher. Doch für Wettkämpfe reichte es nicht. Jüngere waren schneller. Bei seinem ersten Amateur-Wettkampf, ein Jahr nach seinem Diplom, erreichte er einen respektablen 32. Platz und nach dem Zieleinlauf bejubelte ihn eine junge Frau. Es war Vanessa. Ihr Mann war noch unterwegs und ihre kleine Tochter klammerte sich an Mamas Bein. Karl, total ausgepowert und verschwitzt, begrüßte seine ehemalige Klassenkameradin mit einem Küsschen, ganz wie früher. Dann holte er sich ein alkoholfreies Weizen und die beiden plauschten. Den Zieleinlauf ihres Mannes verpasste sie und als Tochter dann noch zu Papa sagte, ein fremder Mann hätte Mama geküsst, hing der Hausfrieden schief. Karl war längst zu Hause, als das passierte. Das Gespräch mit Vanessa hatte ihm gut getan. Er hatte vermieden, ihr direkt in die Augen zu schauen.

Ein Tag später, als er die Zeitung auf der Suche nach einem Bericht über den Triathlon aufschlug, entdeckte er die Todesanzeige seines Onkels Ewald. Ewald hatte wohl doch noch geheiratet, jedenfalls enthielt die Liste der Trauernden an erster Stelle eine Britt. Lucia kam an zweiter Stelle zusammen mit einem Joachim. Ihm hatte man nicht Bescheid gesagt, doch er hatte ja auch niemanden seine neue Adresse genannt. Kurz überlegte er, ob er zur Beerdigung gehen sollte, doch verwarf er den Gedanken schnell. Ewald hatte ihm nicht nahegestanden; Lucia hätte er gerne sprechen wollen. Mit 19 hatte er ihr einen Brief geschrieben und die Verwendung des Geldes hinterfragt, das während seiner Internatszeit geflossen waren. Sie hatte nie geantwortet. Stattdessen hatte er einen Brief von ihrem Anwalt erhalten, der alle Anforderungen abstritt und sich im Namen der Mandantin jegliche weitere Nachfrage verbot. Und dann war noch die Frage, wer Joachim war? Hatte sie erneut geheiratet? Er schaute genauer hin und stellte fest, dass die Beerdigung in Schweden stattfinden sollte. Damit war ein Besuch derselben obsolet.

Weitere zwei Jahre später musste Chef Konkurs anmelden. Die Nachfrage nach Computerteilen zum Selbstbau von PCs war stark zurückgegangen. Es gab inzwischen leistungsfähige und günstige Fertigmodell im Handel und die

Nachfrage nach Notebooks und Laptops hatte der PC-Laden ohnehin nicht erfüllen können. Im Lager standen noch kistenweise Gehäuse und Boards, doch die waren veraltet und somit nichts wert. Der Chef bedankte sich bei seinem letzten Mitarbeiter, die anderen hatte er bereits vorher entlassen. Karl hatte jegliche Entscheidung über sein Berufsleben hinausgeschoben. Prokrastinieren nannte er es und nun stand er ohne Perspektive da. Er hatte gespart, doch wollte auch einen Teil seiner Beiträge zur Arbeitslosenversicherung zurück. Und daher meldete er sich auf dem Arbeitsamt und dort arbeitsuchend. Mit der berühmten Nummer in der Hand, wie an einer Fleischtheke, wartete er auf seinen Aufruf. Er wurde Büro 3 zugewiesen. Dort erwartete ihn eine Beraterin, es war Vanessa. Er blickte ihr kurz in die Augen und las ihre Gedanken. Sie war überrascht, zum Glück positiv. Ja, er glaubte, sie würde sich über das plötzliche Wiedersehen freuen. Statt sein Anliegen zu bearbeiten, erzählte sie: Vormittags sei ihre Tochter im Kindergarten, und sie übe den Beruf aus, den sie erlernt hätte. Ihr Mann sei auch in der Verwaltung, im Stadtbauamt tätig. Dann daddelte sie am Computer herum und die beiden unterhielten sich, als sei es gestern auf der Grillfete in Garten der Eltern. Doch Vanessa hatte nur begrenzt Zeit und schlug ihm ein Treffen am nächsten Nachmittag vor, da hätte ihre Tochter Ballett und sie könne eine Stunde mit ihm Kaffeetrinken, im Café gleich gegenüber dem Ballettstudio. Karl sagte zu. Man verabschiedete sich mit Küsschen. Er wagte nicht, ihr in die Augen zu schauen und war froh, dass sie es nicht konnte.

Am nächsten Nachmittag, pünktlich um drei wartete Karl in dem Café, das Vanessa benannt hatte. Sie kam ein paar Minuten später, hatte noch die ersten Übungen ihrer

Tochter beobachtet. Sie bestellten Kaffee und Fruchttorte, Vanessa klagte über ihre Figur, die nach der Geburt nie mehr so geworden sei, wie vorher. Karl blickte sie nicht direkt an, schaute auf ihre roten Lippen, lobte ihre Figur und ihre Kleidung, doch kam ansonsten kaum zu Wort, doch er hakte ab und an nach. Nachdem sie das Thema Tochter ausgiebig besprochen hatte, wurde ihr Mann rezensiert, zumindest hatte Karl den Eindruck, es sei eine kritische Betrachtung ihrer Ehe und keine Lobhudelei. Höhepunkt ihrer Beschreibung war die Vorführung seines Schnarchens, dass Vanessa wunderbar nachahmen konnte. Karl fragte ganz spontan: »Hört sich an, als bräuchtest du einen Seitensprung?« Vanessa errötete und Karl sah im Gedanken das liebliche Gesicht seiner Klassenkameradin vor sich. Vanessa antwortete nicht, nein sie begann vom Abschlussball und von Karls Tanzkünsten zu schwärmen. Dass er sie gerettet hatte, erörterte sie nicht. Es war ihr wohl immer noch peinlich. Schnell war die Stunde um. Vanessa meinte nur: »Nächste Woche? Selber Ort, gleiche Zeit?« Karl nickte; er hatte nichts zu tun.

Eine Woche später, Karl kam leger wie immer, hatte Vanessa sich aufgebrezelt. Sie trug ein enges Kleid und elegante Schuhe. Die goldene Kette passte zu den Ohrringen und ihre braunen Haare waren frisch onduliert. Als sie dann auf das Kuchenstück verzichtete, den Kaffee ohne Zucker nahm und erzählte, sie sei seit einer Woche auf Diät, wusste Karl, dass er mit seiner Vermutung ins Schwarze getroffen hatte. Er mochte Vanessa. Gern hätte er nochmals mit ihr Jive getanzt, doch weder konnte er den Jive noch, noch gab es die Gelegenheit zum Tanz. Und so zeigte er Vanessa Fotos von seiner Wohnung mit der spartanischen Einrichtung. Natürlich entsprach seine

Einrichtung nicht ihrem Standard, doch es hatte etwas Verruchtes, etwas von Junggeselle, etwas von Jugend, genau das, was Vanessa suchte, eine Liebelei ohne Reue. Obwohl Karl Vanessas Gedanken nicht lesen wollte und deshalb einen direkten Augenkontakt vermied, schlug er ein Treffen in seiner Wohnung vor, er würde auch kochen und hätte auch Sekt im Kühlschrank. Sie müsse sagen, wann; er hätte immer Zeit. Zwei Tage später rief sie an. Sie hätte am nächsten Abend für zwei Stunden Zeit, käme um sieben. Karl freute sich, aber er putzte weder sich noch die Wohnung heraus und kochte eine Nudelsoße ohne Fleisch, aus kleingehackten Möhren und frischen Tomaten. Den Teig nudelte er selbst. Als Vanessa klingelte, war er ein wenig überrascht. Beim letzten Treffen hatte sie sich herausgeputzt, jetzt trug sie leger Jeans und Top. Die Nudeln waren schnell gemacht, der Rotwein einfach, aber gut und Vanessa fragte ihn aus, etwas, was er schon beim letzten Treffen erwartet hatte, aber nicht eingetreten war. Als er sagte, seine letzte Freundin hätte er mit 22, also vor etwa 6 Jahren gehabt und seitdem sei es zu keinem Verkehr gekommen, lachte sie laut auf und meinte, ihr Mann würde seit der Geburt der Tochter nur noch im Sommerurlaub mit ihr schlafen und kaum häufiger als zwei Mal während der zwei Wochen am Strand. Nun hatten sie ein Thema gefunden. Vanessa beichtete ihm, dass sie als Teenager mit einem Jungen geschlafen hätte, es wäre eine Katastrophe gewesen, er hätte nur knapp zwei Minuten gebraucht und sie eingesaut. Ihr Mann sei der zweite gewesen und sie hätte ihn kurz vorm Abi kennengelernt, damals als Karl unnahbar gewesen wäre. Mit dem Genuss des Weins waren beide sehr sparsam. Sie wollte später zu Hause keinen Ärger wegen einer Fahne ertragen und er wusste nicht so recht, wie er seinen Mann bei dem was kommen sollte, stehen würde. Vanessa machte es ihm leicht. Unter ihrer legeren Jeans trug sie rote Spitze und der gleiche Stoff zierte auch ihren BH. Karl überschüttete sie mit Komplimenten. Zweimal fragte er sie, ob sie wirklich wolle. Beim ersten Mal nickte, beim zweiten Mal erstarb seine Frage durch ihren Kuss. Karl war sehr zärtlich und zum ersten Mal seit Monaten hatte sie Spaß am Sex. Karl schaute ihr dabei in die Augen, ihre Gedanken zeigten ein heftiges Verlangen und später tanzten ihre Gefühle Walzer. Alles war so unverbindlich, jeder wusste, dass es keine Folge, keinen Herzschmerz geben würde.

Vanessa und Karl trafen sich noch ein weiteres Mal, ein paar Wochen später. Vanessa hatte für ihn eine Stellenanzeige dabei, kein Stellenangebot der Bundesanstalt, sondern eine Anzeige aus einer Wochenzeitung und sofort an Karl gedacht. Ein Berliner Unternehmen suchte einen PC-Spezialisten. In Berlin sei nur der Sitz der Personalabteilung, sagte Vanessa, der Job selbst könne überall sein. Er solle einfach mal eine Bewerbung schreiben. Karl dankte und sagte, er hätte noch nie eine Bewerbung geschrieben. Vanessa gab ihm Nachhilfe, zuerst im Bett und dann in Bezug auf ein Bewerbungsschreiben.

In der Tat erhielt Karl auf seine Bewerbung hin eine Einladung zum Gespräch in Berlin. Das Unternehmen war IT-Dienstleister für die Industrie und gesucht wurde jemand für die Neugestaltung der Netzwerkinfrastruktur einer Niederlassung eines deutschen Großunternehmens in Mexiko. Upps, dachte Karl, da fährt man nach Berlin und soll dann in Mexiko arbeiten. Die Konditionen waren jedoch nicht schlecht, die Bezahlung auf deutschem Niveau und der Vertrag befristet auf zwei Jahre. Karl unterschrieb an Ort und Stelle. Vanessa, die gedacht hätte, Karl könne in der Stadt blieben und ihr wöchentlich Gesellschaft leisten, war tief enttäuscht, Karl froh, ihre Ehe nicht zerstört zu haben.

16

Mexiko

Der Hausmeister des Internats glotze groß, als Karl mit ein paar Pappkisten vor seinem Büro stand. Er hatte Karl seit fast acht Jahren nicht gesehen, aber sofort wiedererkannt. Ja, für die Kisten sei in der Dachkammer Platz, antwortete der Hausmeister auf Karls Frage. Karls Gepäck für seinen Aufenthalt in Mexiko beschränkte sich auf zwei Koffer. Alle Dokumente hatte er eingescannt und im Internet auf einem Server deponiert, den er extra für diesen Zweck angemietet hatte. Die Papieroriginale landeten im Safe der Bank.

In Mexiko am Flughafen erwartete ihn ein dunkelhaariger Herr mit schwarzer Chauffeurs-Uniform und einem großen Pappschild in der Hand. Karl konnte kein Wort Spanisch und doch klappte die Verständigung mit seinem Fahrer erstaunlich gut – mit Gesten und auf Englisch. Nach einer Nacht in einem Hotel begrüßte der Geschäftsführer des Unternehmens Karl am nächsten Morgen. Das Unternehmen hatte seinen Sitz in einer Kleinstadt mit nur 700.000 Einwohnern, etwa 150 km von Mexiko City entfernt. Kleinstadt im Vergleich zu Mexiko Stadt, mit seinen zig Millionen. Es gäbe noch einiges zu organisieren, sagte sein Chef, noch sei Karls Büro nicht eingerichtet, ein Schreibtisch würde auch noch fehlen und der Computer, das wichtigste Arbeitsmittel, schlummere noch in einer Kiste. Immerhin hatte die Personalabteilung seinen Ausweis fertig. Chef zeigte ihm die Firma und benannte seine Aufgabe, alles in einer Stunde. Danach hatte Chef anderes und Wichtigeres zu tun. Karl erhielt einen Autoschlüssel und einen Mitarbeiter, einen deutschen Praktikanten, der sich bereits seit einem viertel Jahr in Mexiko aufhielt, die Sprache zumindest leidlich beherrschte und alle Restaurants, Kneipen und Ausflugsziele in der Nähe kannte. Kevin, der Praktikant, zeigte Karl seinen Dienstwagen. Es war ein alter VW Käfer, grünschwarz und bestimmt 15 Jahre alt. Karls Fahrkünste waren schon auf deutschen Straßen schlecht gewesen, da ihm die Praxis fehlte, in Mexiko fühlte er sich unwohl, denn die Polizei sei nicht dein Freund und Helfer, sondern mehr der Feind und Abzocker, sagte Kevin. Karl ließ ihn fahren. Die erste Aufgabe bestand darin, eine Wohnung zu finden. Der Chef war der Meinung, dass neue Leute so besonders schnell Land und Leute kennenlernen würden. Damit hatte er im Falle Karl auch Recht. Zwei Tage gurkten Kevin und er durch die Stadt, besichtigten eine Wohnung nach der anderen. Schließlich bezog er eine kleine Wohnung, aus einem Zimmer, Bad und Küche bestehend. Dass die Gefahr ausgeraubt zu werden, sehr hoch war, wurde Karl erst viel später klar. Auch war das zur Wohnung gehörende Haus nur mittels Auto zu erreichen und dazu musste er den mexikanischen Einbahnstraßenverhau kennenlernen, was nach zwei Tagen an einer Polizeikontrolle endete, die ihm viele Pesos abzockte.

Der Job war okay. Karl organisierte das IT-Netzwerk mit deutscher Gründlichkeit und schon ein halbes Jahr später hatte er die IT-Landschaft im Griff. Kurz bevor Kevin zurück nach Deutschland gehen wollte, gab es Riesenärger. Es stellte sich heraus, dass Kevin zwei mexikanische Geliebte hatte, Mädchen im Alter von gerade mal 18. Er hatte sie durchgewechselt, jeden zweiten Tag eine andere im Bett gehabt und am Sonntag ausgeruht vom Stress der kurzen Nächte. Wie auch immer er es geschafft hatte, die beiden Mädchen liebten ihn abgöttisch. Die eine wusste von der anderen, aber die andere nicht von der einen. Als Kevin abreisen wollte, kam alles raus. Die Mädchen stritten erst miteinander und gingen dann gemeinsam auf Kevin los. Als dann noch die Väter dazukamen, musste Karl seinen Mitarbeiter in einer Nachtaktion zum Flughafen bringen, wo Kevin einen Tag im Abflugbereich verbrachte, zu dem die Bräute und deren wütende Väter keinen Zutritt hatten. Auch Karl wurde von den Vätern angefeindet, doch da die Töchter ihn gar nicht kannten, entpuppte sich der Verdacht als haltlos. Nach dieser Aktion war Karl im Umgang mit mexikanischen Frauen sehr vorsichtig. Sie waren recht klein, reichten ihm maximal bis zur Schulter und ihre Hintergedanken schockierten ihn. Nie hätte er gedacht, dass europäische Männer so attraktiv auf mexikanische Frauen wirkten, doch die Attraktivität war häufig vor allem materiell. Lediglich die Dame in der Firmenkantine lächelte er jeden Tag an. Sie hatte Maja-Blut, gemischt mit andalusischem Feuer. Leider war sie über 50 und hatte zwei Töchter, einen Sohn und eine Enkeltochter. Ab und an, wenn Karl zum Essen kam, gab sie sich bei der Zubereitung seines Lieblingsgerichts einer Maistortilla besonders viel Mühe und sie fügte reichlich Cilly hinzu, was angeblich guten Sex geben würde.

Karl war ungefähr ein Jahr in Mexiko, als ihn ein Headhunter anrief. Seine gute Arbeit hatte sich bis nach Deutschland herumgesprochen und man bot ihm eine Gruppenleitung in einem Industrieunternehmen an. Karl war kein Typ für so einen Job. Er war weder Klassensprecher noch Fußballkapitän gewesen, immer eher ein Einzelkämpfer und Außenseiter. Das sagte Karl dem Anrufer auch. Zwei Wochen später rief derselbe Mann erneut an. Er habe einen Posten für einen IT-Spezialisten, Typ Einzelkämpfer. Ob er Interesse hätte? Karl fragte nach dem Einsatzort und erhielt zu seiner Freude den Hinweis, es sei sein bisheriger Wohnsitz in Deutschland. Spontan sagte Karl zu.

17

Liane

Karl hatte von Mexiko aus ein Hotelzimmer reserviert und sich auch ein paar Wohnungen angeschaut, wollte jedoch keine mieten, ohne sie besichtigt zu haben. Bei allen Vorteilen, die das Internet bot, Fotos ansehen oder im Original besichtigen waren und sind zwei Paar Schuh. Zwei große Koffer drehten sich schon auf dem Gepäckband, als Karl es endlich durch die Passkontrolle geschafft hatte. Auf ihn wartete niemand. Am nächsten Tag hatte er morgens um neun einen Termin in der Personalabteilung, Zeit genug auszuschlafen. Sein neuer Chef, er kannte ihn nur vom Telefon, hatte große und vor allem dringende Erwartungen, schließlich hatte man lange nach einem fähigen Mann gesucht und ihn schließlich in Karl gefunden. In Mexiko war aus Karl Carlos geworden, hier fiel ihm das »Hallo, ich bin Karl!«, noch schwer. Wie viel einfacher war »Hola, soy Carlos!«, gewesen. Jetzt war er wieder zurück, zurück in der Stadt, in der zwar nicht geboren, so doch die längste Zeit seines Lebens verbracht, ja aufgewachsen war.

Die ersten Tage waren voller Termine und erst am Wochenende studierte er die Vermietungsanzeigen, sowohl im Internet, als auch in den Zeitungen. Er war mit Zeitungen aufgewachsen und missen wollte er dieses Medium nicht. Drei Wohnungen gefielen ihm, von der Papierform. Am Samstag machte er sich mit seinem Dienstwagen auf und klapperte die Adressen, zumeist in den Randbezirken liegend ab. Schließlich unterschrieb er den Vertrag der Wohnung, die als Nächstes frei wurde, in ihrem Fall war dies binnen Wochenfrist. Es war eine Wohnung in einem Haus aus den 1920er und die Renovierung abgeschlossen. Nur das Klobecken fehlte noch. Es war weiß getüncht, auf dem Fußboden lag Laminat und eine Miniküche war auch schon betriebsbereit. Was brauchte ein Junggeselle wie Karl mehr? Außer Arbeit, und die gab es genug. Die Einrichtung der Wohnung zog sich. Eine Matratze wurde spät am Abend gekauft. Der Hausmeister des Internats erinnerte sich dunkel an Karl und daran, vor zwei Jahren ein paar Kartons für ihm im Dachgeschoss aufbewahrt zu haben. In der Tat waren die Kisten noch da. Doch ein erster Check, ob die Bettwäsche noch brauchbar sei, scheiterte. Die Wäsche müffelte und der Hausmeister lieh ihm Wäsche aus dem Internat, schließlich hatte Karl acht Jahre dort gewohnt und Karl war so etwas wie der Sohn des Hausmeisters gewesen, hatte zu Weihnachten mit dessen Modelleisenbahn gespielt.

Nach den ersten Monaten Hektik, wurde es im Herbst etwas ruhiger. Seit Mexiko träumte er von einem VW Käfer Cabriolet. Dort hatte er einen grünschwarzen Käfer als Dienstwagen gefahren, in Deutschland hatte man ihm eine schwarze Limousine angedreht, Einheitsbrei, wie er zu Tausenden auf den Parkplätzen herumstand. Nicht mal die Farbe hatte er wählen dürfen. Das Käfer Cabrio fand er in einer Oldtimer Zeitschrift. Die Anschaffungskosten waren eine Sache – er hatte gespart – die Gebühr für einen Garagenplatz die andere. Doch er wollte es, wollte auch einmal aus der Rolle fallen, kein Nullachtfünfzehn sein. Nach dem Käfer folgten ein paar Möbel und auch endlich ein Bett, einssechzig breit, wozu wusste er nicht, denn eigentlich brauchte er so ein Modell nicht, schließlich war da keine Frau, die übernachten wollte. Doch man wusste ja nie. Wie er das Bett montierte, erinnerte er sich an Vanessa, die als Letztes sein Bett, wenn auch nur für ein paar Stunden, mit ihm geteilt hatte. Bei all der Betriebsamkeit hatte er ganz vergessen, sie zu kontaktieren, was ja auch schwer war, denn sie teilte mit Mann und Tochter ein Telefon, zumindest hatte sie dies vor 2 Jahren getan. Er hatte sie in der Agentur für Arbeit besucht, wo sie gearbeitet hatte, doch tat sie dies immer noch? Am Donnerstagnachmittag meldete Karl sich für zwei Stunden von der Arbeit ab und fuhr zur Ballettschule. Dort hoffte er, Vanessa anzutreffen. Im Café gegenüber saß er kurz vor drei am Fenster und beobachtete die Mütter und ihre Töchter. Fast alle Mütter huschten um kurz vor drei mit ihren Kindern ins Haus. Heraus kamen nur wenige, die meisten guckten ihren Kindern zu. Vanessa war nicht dabei. Zwei Jahre waren eine lange Zeit. Vielleicht tanzte die Kleine gar nicht mehr. Kurzerhand fuhr Karl zum Arbeitsamt und als ein Client Zimmer 3 verließ, trat er ein, ohne eine Nummer gezogen zu haben. Vanessa begrüßte ihn neutral, ohne aufzublicken. Er räusperte sich und versuchte, so auf sich aufmerksam zu machen. Sie blickte auf, strahlte zuerst, um dann duster dreinzublicken und auch ihre Gedanken waren so trübe, wie der Asphalt bei Nebel. Um vier hätte sie Zeit, aber nicht viel. Gegenüber der Straße sei ein neues Café, da könnten sie sich unterhalten. Karl wartete. In der Tat kam Vanessa kurz nach vier. Jetzt wo sie über die Straße lief, sah er ihr nicht mehr junges Kleid, sah, dass sie zugenommen hatte, sah, wie ihre Frisur nach einem Figaro schrie. Zur Arbeit legte Vanessa nie Make-up auf, sie wollte gegenüber Arbeitsuchenden nicht protzen. Zeit hatte sie nicht viel. Ihr Mann erwarte sie. Einen Kaffee gerne. Karl hätte ihr gerne von seinen Erlebnissen in Mexiko berichtet, davon wie er an einer Ampel stoppend überfallen worden war. Doch sie fragte nur, wie viele Frauen er gehabt und ob sie gut gewesen seien. Als er sagte, er habe mit keiner Frau nach ihr geschlafen, lachte sie. Dann stand sie auf und sagte beim Gehen, sie dürften sich nicht mehr sehen, ihr Mann hätte es herausgefunden gehabt, konkret die Tochter hätte gepetzt. Er habe ihr verziehen und würde jetzt mit ihr einen Tanzkurs machen. Karl zahlte und überlegte, während er zum Auto ging, ob Tanzen nicht etwas für ihn wäre. Als Schüler war der Tanzkurs ein Erlebnis gewesen und der Jive mit Vanessa war immer noch in seiner Erinnerung. Doch er hatte keine Partnerin. Frauenkontakt gab es in seinem Beruf höchstens per Telefon, privat gestaltete es sich schwieriger. Ledige Damen waren Mangelware und wenn er doch eine traf, dann hatte sie irgendeinen Makel. Kurzum, zu ihm passte keine, zudem erstickte seine Eigenschaft, die Hintergedanken des weiblichen Gegenübers zumeist lesen zu können, alle sich anbahnenden Freundschaften im Keim. Abhilfe bot das Internet. In einer Tanzpartnerbörse gab er eine Suche auf: ›Karl (32), 1,85, sucht Tanzpartnerin für Anfängerkurs‹. Die Anzahl der Zuschriften überraschte ihn. War er zu jung? Womöglich Zielscheibe, wie so oft? Er schaute sich die Anfragen ganz genau an. Die Hälfte davon war schnöde Anmache, er ein willkommener Adressat für geschäftstüchtige Damen. Von den anderen Schreiben stammten viele von älteren Damen, an sich nichts Schlimmes, doch wollte er mit einer 58jährigen erneut Jive tanzen? Dann war da noch eine Dame ein Jahr älter als er mit bescheidenen 1,60

Meter Größe. Es ist ein Tanzkurs, keine Ehe, sagte er zu sich und verabredete ein Treffen mit ihr. Ihr Name war Biggi. In der Tat war sie 1,60 Meter groß - mit hohen Schuhen, doch verteilte sich diese Körpergröße auf eine Masse von 75 Kilogramm. Karl dachte zurück an den Tango beim Abschlussball. Damals hatten das Pummelchen und er Beifall und ein Bild in der Zeitung erhalten. Er sagte zu und sie meldeten sich zu einem Anfängerkurs Standard/Latein bei einer namhaften Tanzschule an. Geplant war der Unterricht der Tänze langsamer Walzer, Wiener Walzer, Foxtrott, Jive, Cha-Cha-Cha und Rumba. Optional an Zusatzterminen konnte Discofox belegt werden. Wichtig bei der Auswahl der Tanzschule war vor allem der Termin gewesen, denn sowohl er als auch Biggi bevorzugten den Sonntag. Die Zeiten von 19:30 bis 21 Uhr erschienen vor allem ihm ideal, denn heimlich träumte er wieder vom Triathlon. So ein Wettbewerb war spätestens am frühen Nachmittag beendet. Dass Vanessa dieselbe Tanzschule besuchte, wusste er nicht. Ihr Fortgeschrittenenkurs fand unmittelbar vor dem Anfängerkurs statt. Gleich am ersten Abend trafen sich ihre Blicke. Vanessa kam aus dem Saal, ihr Mann folgte ihr; er saß im Flur auf einer Bank und wechselte die Schuhe. Schnell hielt sie den Zeigefinger vor ihren Mund und deutete so an, dass er sie nicht begrüßen möge. Er nickte unscheinbar, hatte ihren Gedanken längst gelesen gehabt. Diese Heimlichtuerei machte ihm Freude und er hoffte, sie könnten ihr Techtelmechtel bald wieder aufnehmen. Biggi kam bereits am ersten Unterrichtsabend zu spät. Karl stand allein in der großen Runde, die Tanzlehrerin Kirsten fragte gerade, wo seine Partnerin sei, als Biggi in den Saal trat und gleich »Entschuldigung« sagend zu Karl huschte.

Kirstin legte Musik auf, alle Anwesenden sollten tanzen, was sie noch in gemeinsamer Erinnerung hätten. Biggi und Karl hatten keine gemeinsame Erinnerung und rätselten, ob es ein Cha-Cha-Cha oder Foxtrott sei, was gespielt wurde. Danach ging es los mit langsamem Walzer. Als die Doppelstunde um war, war Biggi durchgeschwitzt; sie wollte kurz auf die Toilette und sich trockenlegen, wie sie sagte. Karl wartete artig und als sie nach ein paar Minuten wieder vor ihm stand, wollte er sich verabschieden und gehen. Doch sei bellte ihn an. Er solle sie gefälligst nach Hause bringen, nur für ihn würde sie den Tanzkurs und die Schwitzerei auf sich nehmen. Karl kannte derartige Sprüche von seinen mexikanischen Kolleginnen und wusste damit umzugehen. Er tat Biggi den Gefallen, fuhr wegen ihr einen Umweg. Vor dem Haus schaltete er den Motor kurz aus und wünschte ihr eine gute Nacht. Mit einem inneren Lächern sah er Biggi fluchend zur Haustür gehen. Am folgenden Sonntag wiederholte sich das Spiel. Erst tauschte er mit Vanessa einen sehr intimen Blick. Er wusste, dass sie ihn wollte, genau wie er sie wollte. Doch eine Ehe ist ein Versprechen und Vanessa hatte sich nicht versprochen. Im Saal stand er während der ersten Takte alleine herum. Biggi kam vier Minuten zu spät. Kirsten hatte sich bereits daran gewöhnt und wenn sie einen Tänzer brauchte – sie unterrichtete allein – dann wählte sie Karl, wollte ihn offensichtlich bei Laune halten und ahnte, dass Biggi es nicht lange aushalten würde. Vor der dritten Stunde gab Vanessa ihm ein geheimes Zeichen. Nur er achtete auf ihr Ruf-mich-an Symbol aus zwei Fingern. Sein Nicken erschien allen anderen zufällig. Den Warmmachtanz nutzte Karl für ein paar Gymnastikübungen, denn Biggi kam erneut zu spät, viel zu spät. Kirsten tröstete ihn, indem er mit ihr den Jive vortanzen durfte. Jive saß ihm im Blut. Bereits nach ein paar Takten hatte er den Grundschritt und die Führung der Unterarmdrehung drauf. Als Biggi endlich erschien, übte Kirsten Rache und spielte drei Jive hintereinander, worauf Biggi die Schweißperlen im Gesicht standen, ihre Achseln Flecken zeigten und sie einen Tanz zur Erholung aussetzen musste. Nach der zweiten Stunde hatte Karl sie noch wortlos nach Hause gefahren, doch nach dieser dritten Stunde redete Biggi während der Heimfahrt unentwegt. Sie beschwerte sich über Kirsten, die sie extra schinden würde, sie wohl nicht ausstehen könne. Und dann drohte sie: Wenn die Trine sie in der nächsten Stunde auch so schikanieren würde, dann würde sie aufhören und er, Karl solle ihr die Kursgebühr komplett erstatten. Karl hielt vor dem Haus, stieg aus und öffnete Biggi die Beifahrertür. Zum Abschied sagte er nur: »Komm doch einfach mal pünktlich!« Wie sagt man: Wenn Blicke töten könnten…

Gleich am Montag rief Karl auf dem Amt an und verlangte Vanessa zu sprechen. Die Vermittlung stellte noch zwei Rückfragen zu, sagte, dass der direkte Kontakt eigentlich nicht möglich sei und so weiter, doch dann stellte sie Karl doch durch und er notierte sich erstmal ihre Durchwahl. Vanessa schwatzte nichtssagend. Karl war ein wenig pikiert. Dann meinte sie: »Jetzt ist der Client weg, jetzt kann ich offen sprechen.« Und dann erzählte sie vom Tanzkurs mit ihrem Mann und wie sehr er sich bemühen würde, seit er herausbekommen hätte, dass sie und Karl was miteinander gehabt hätten. Karl glaubte schon, sie wolle nur mal quatschen und es sei nichts Ernstes, doch gegen Ende des Gesprächs meinte sie, dass ihr Göttergatte bald auf Fortbildung sei und sie bloß noch nicht wüsste, wohin mit der Kleinen. Und dann legte sie auf, der Nächste bitte.

Der nächste Sonntag kam, Vanessa schüttelte den Kopf, als sie aus dem Saal trat und Karl, wie in den Vorwochen, auf der Bank sitzend seine Schuhe wechselte. Ihr Blick verriet den Grund des Kopfschüttelns. Etwas war dazwischengekommen. Biggi war ausnahmsweise pünktlich. Doch Kirsten brummte dem Kurs nach einem Wiener Walzer, zwei Cha-Cha-Cha und zwei Jive auf. Das war nicht nur für Biggi zu viel. Zwei weitere Personen, Männer, machten schlapp. Biggi verschwand auf die Toilette, eine der gerade verlassenen Damen wollte mit Karl tanzen; Kirsten hatte eine Rumba aufgelegt. Rumba sei wie Cha-Cha-Cha ohne Cha-Cha-Cha meinte Kirsten. Karl und die Andere, deren Namen Karl nicht kannte, machten das sehr gut. Kirsten lobte. Er hatte die ganzen letzten Stunden nicht mit einer fremden Dame getanzt, höchstens bei Kirsten ausgeholfen. Als die beiden Herren zurück in den Saal kamen, glotzte einer von ihnen dumm, da seine Partnerin mit Karl am Tanzen war. Er sagte dann laut, dass Biggi gerade gegangen sei und in der nächsten Woche auch nicht mehr erscheinen würde und er Kirstin ausrichten solle, sie sei ein Menschenschinder, in der Armee besser aufgehoben als auf dem Parkett und ihr Partner Karl ein Arsch ohne Arsch in der Hose. Alle Anwesenden lachten laut und innig, alle, außer Karl und Kirsten.

Vanessa sagte am Telefon, er hatte angerufen, dass ihr Mann die Fortbildung abgesagt habe, irgendwas auf dem Amt sei dazwischengekommen. Doch aufgeschoben sei nicht aufgehoben. Am folgenden Sonntag war Vanessa nicht im Fortgeschrittenenkurs, Karl wartete vergebens auf ihr Lächeln, während er seine Schuhe schnürte. Biggi erschien nicht, Karl durfte zwar mit Kirstin ein paar Figuren nach Anweisung vortanzen, doch es fehlte die Praxis, das Üben, das Wichtigste beim Tanzen. Nach dem Unterricht nahm Kirsten ihn zur Seite. Das mit seiner Partnerin täte ihr leid. Ob sie seine Frau wäre, fragte sie. Karl verneinte. In diesem Fall hätte sie einen Vorschlag. Im Jugendtanzkurs gäbe es einen Mädchenüberschuss. Das sei normal, weshalb man immer kräftig wechseln würde. Doch keine Sorge, sie wolle ihm keine 16jährige andrehen, nein, es sei eine 23jährige dabei. Sie hätte keinen Tanzkurs während ihrer Jugend gemacht, ihre Mutter sei dagegen gewesen. Einen Tanzpartner hätte sie nicht und deshalb hätte sie sich für den Kurs der Jugendlichen angemeldet, wohlwissend dort auf Pennäler zu treffen. Allerdings würden die Jungs sie nie auffordern, dächten wohl, es sei ihre Mama. Nun sei Liane, so hieße sie, todtraurig. Ob er Interesse hätte, mit Liane zu tanzen. Karl antwortete sehr spontan: »Ja, aber nicht im Kindertanzkurs!« Kirsten musste lachen und bot an, Liane zu fragen. Die Kontaktdaten durfte sie nicht weitergeben. Er solle einfach nächste Woche vorbeikommen. Entweder Liane sei da, oder er hätte Pech gehabt und könne es in der nächsten Saison mit einer eigenen Partnerin erneut versuchen.

Der Anruf bei Vanessa am Montagvormittag scheiterte. Unter der Durchwahl nahm niemand ab. Versuche am Dienstag und Mittwoch zeigten das gleiche Ergebnis. Karl kam zu dem Schluss, dass sie entweder krank oder in Urlaub sei. Jedenfalls hatte es nicht so geklappt, wie sie es vorgehabt hatte. Warum auch immer.

Am Sonntag fehlten Vanessa und ihr Mann im Fortgeschrittenenkurs und dies bestätigte Karls Vermutung. Doch mehr interessierte ihn seine neue Partnerin. Liane kam pünktlich. Er erkannte sie sofort, denn sie war allein und ihre 23 Jahre unterschieden sich von dem meist schon gesetzten Alter der restlichen Paare. Liane stürmte gleich zu Kirsten, die noch im Saal ein paar Nachzügler des letzten Kurses verabschiedete. Kirsten sah Liane und zeigte sofort in Karls Richtung, worauf Liane sich umdrehte und Karl prüfend ansah. Karl war von der jungen Frau spontan begeistert. Sie war jung, sie war schlank, sie hatte schöne Beine, rotblonde lockige Haare, ein hübsches Gesicht mit spitzer Nase und einem verschmitzten Lächeln. Warum nur, hatte sie keinen Tanzpartner? So eine junge Frau musste täglich und zu jeder Stunde begehrt werden. Es war ihm ein Rätsel. Artig gab er ihr die Hand und schaute ihr in die Augen. Er sah nichts, keine Hintergedanken, keine offenen Fragen, keine Bitten. Es war wunderbar. Endlich eine Frau, die sich nicht beim ersten Blickkontakt erschloss. Sie hatte in drei Lektionen des Jugendtanzkurses vor allem viel Theorie gelernt, an Praxis fehlte es ihr. Daher war sie froh endlich einen Jive, einen Cha-Cha-Cha und eine Rumba austanzen zu können und es fühlte sich gut an. Karl kam sich wie ein Lehrer vor, wusste aber, dass sie ihn bald einholen und dann übertrumpfen würde, denn sie hatte die Schnelligkeit, die ihm durch den Langlauf verloren gegangen war. Nach dem Unterricht erkundigte sich Kirsten bei Liane. Liane antwortete mit Begeisterung in der Stimme, dass sie sich das genau so vorgestellt habe und es für ihre Arbeit gut sein würde. Karl fragte sich, was für Arbeit sie meinte, doch er fragte weder Liane noch Kirsten. Ohne ihre Sneaker zu wechseln, hatte sie inzwischen ihre Jacke angezogen und griff nach ihrem Fahrradhelm, was sie gleich noch sympathischer machte. In der folgenden Woche erreichte er Vanessa am Telefon. Ihr Mann hatte ihr spontan angeboten, ihn auf einer Dienstreise zu begleiten, sie hatte die Chance genutzt und sich krank gemeldet. Ihr Mann hätte sich sehr viel Mühe gegeben und daher könne sie Karl in nächster Zeit nicht treffen. Später vielleicht.

Außerhalb des Tanzkurses kam es zu keinerlei Kontakten zwischen Karl und Liane. Ansonsten waren sie beste Freunde. Sie begrüßten sich mit Küsschen und verabschiedeten sich mit Zuwinken. Sie kam immer nach und ging vor ihm, sofern es nicht regnete, kam sie mit dem Rad, zumindest hatte sie einen Helm mit. Natürlich hätte er gerne mehr über diese hübsche Frau erfahren, aber wollte sie nicht verprellen, denn die Worte von Biggi hingen immer noch in seinen Ohren fest. Am Ende des Kurses stand für beide fest, dass sie gemeinsam den Fortgeschrittenenkurs belegen würden, der unmittelbar nach dem Jahreswechsel startete. Tag und Uhrzeit blieben gleich, lediglich Vanessa und ihr Mann erschienen nicht mehr, die erlernten Kenntnisse reichten ihnen oder sie hatten anderes vor, jedenfalls sah Karl sie lange Zeit nicht wieder. Im Februar hatte es geschneit. Liane wurde von ihrem Freund abgeholt. Der zeigte gleich seine Besitzansprüche durch eine Umarmung und einen Mundkuss an. Als sie gingen, umarmte er ihre Taille und warf Karl einen abschätzigen Blick zu. Am nächsten Sonntag sprach Karl Liane auf ihren Freund an. Ja, Benni wäre sehr eifersüchtig. Manchmal fühle sie sich eingeengt, er würde klammern. Sonst wäre er lieb und nett und sehr besorgt um sie. Jetzt wo Schnee liegen würde, würde er extra mit dem Auto kommen, um sie abzuholen. Meist gingen sie dann noch eine Kneipe.

Der Fortgeschrittenenkurs brachte neue Tänze, wie Tango und Samba und dauerte bis Ostern. Am Ende des Kurses fragte Kirsten, ob sie Interesse hätten, am Bronzekurs teilzunehmen. Liane meinte »Ja, gerne!« Karl musste die beiden Damen leider enttäuschen, denn die Firma hatte etwas anderes mit ihm vor. Just vor der letzten Tanzstunde hatte Chef ihm verkündet, dass er ab Ende April für ein halbes Jahr in Berlin auszuhelfen hätte. Er sei ledig und erfahren, alle anderen Mitarbeiter hätten Familie und seien örtlich gebunden. Zwar könne er gerne am Freitag zur Projektrunde in die Zentrale kommen, doch Montag bis Donnerstag sei Dienst vor Ort notwendig. Karl wollte nicht am späten Sonntag tanzen und montags in der Früh im Stau stehen. Liane war enttäuscht und machte daraus keinen Hehl. Es wäre ein Rückschlag in ihrem Projekt. Dieser Satz löste bei Karl erneut Neugierde aus, doch wollte er sich nicht in das Leben der jungen Frau einmischen. Kurz bevor sie sich verabschiedeten, tauschten sie ihre Handynummern.

Die Zeit in Berlin war für Karl harte Arbeit. Er war allein beim Kunden, machte jeden Tag Überstunden und kam kaum dazu, Sport zu treiben. Die Schwimmhalle war aus dem vorletzten Jahrhundert, die Radwege nur was für Selbstmörder und auf den Laufstrecken mehr Hundekacke als Pflaster oder Rasen. Das viel gepriesene Nachtleben fand ohne Karl statt. Er wollte möglichst schnell zurück und schuftete dafür so viel wie möglich. Vanessa hatte seine Nummer und er hoffte anfangs auf ihren Anruf, war süchtig nach ihrer zarten Haut, doch sie meldete sich nicht oder ließ sich verleugnen, wenn er es versuchte. Anfang Oktober rief überraschenderweise Liane an. Karl hatte zwar sein Projekt abgeschlossen, doch der Kunde war so zufrieden mit den Ergebnissen, dass man eine Auftragserweiterung unter der Auflage erteilte, dass Karl die Arbeiten durchführte. Karl hatte mehr Geld und mehr Flexibilität hinsichtlich seiner Arbeitszeit gefordert und dabei an Triathlon und Laufwettbewerbe gedacht. Bevor Liane anrief, war sein Chef auf seine Forderungen eingegangen, wollte wohl den Kunden nicht verlieren. Entgegen ihren sonstigen Gewohnheiten unterhielten sich Karl und Liane lange am Telefon. Er erzählte von Berlin und machte aus der wichtigsten Stadt Deutschlands ein aufgeblasenes Provinzkaff ohne vernünftige Sportanlagen, deren einziger sportlicher Glanz aus einer Zweitligafußballmannschaft und einem Marathon bestehen würde, wobei letzterer mehr Plastikmüll auf den Straßen hinterlassen würde, als alle Haushalte in Kalkutta zusammen. Liane lachte über den Spott, war jedoch sehr schweigsam, was ihre Person anging. Weshalb sie angerufen hätte, fragte Karl nach ungefähr 10 Minuten. Wie zu erwarten, wollte Liane mit ihm tanzen. Nein, nicht den Bronzekurs, sondern Privatstunden mit Kirsten. Der Termin sei nur von ihm und Kirsten abhängig, sie könne es sich einrichten. In Karls Kopf schwirrten Fragezeichen: Warum, weshalb, wozu? Sie stutzte einen kurzen Moment, dann entschuldigte sie sich. Sie hätte ihm ja gar nie erzählt, dass sie Kunst studieren würde. Kirsten hätte es gewusst, und sie hätte geglaubt, Kirsten hätte ihm davon erzählt. Nun sei sie eines Besseren belehrt worden, aber jetzt wüsste er es ja. Immer schon hätte sie den Tanz künstlerisch verarbeiten wollen, wahrscheinlich weil ihre Mutter ihr jegliche Art des Tanzes zwar nicht verboten, aber doch madig gemacht hätte. Besonders der Paartanz, Standard und Latein, aber auch Swing, Samba, Salsa und der argentinische Tango seien faszinierend und würden von jungen Künstlerinnen unterbewertet werden. Ihr Freund Benni, zum Beispiel, könne nicht tanzen, höchstens zu Sprechgesang herumhotten. Ihr Ziel für die nächsten beiden Semester sei, die Ambivalenz zwischen Tanz und Gesellschaft herauszuarbeiten, wobei es ja auch den Kriegstanz gäbe, also eine Zeremonie um sich auf den Kampf einzuschwören. Und um dieses weite Spektrum auszuleuchten bräuchte sie Karl als Tanzpartner, an der Kunsthochschule kennte sie keinen, der sie unterstützen könnte. Gesellschaftstanz sei so was von out. Kirsten würde sie unterstützen, wenn der Name der Tanzschule genannt werden würde. Zwar hasse sie die kommerzielle Ausbeutung der Kunst, doch so ganz ohne Knete ginge es auch nicht und da sei so eine liebe Frau, wie die Besitzerin einer traditionellen Tanzschule das kleinere Übel. Karl hatte mit diesen Sätzen mehr über Liane und Kirsten erfahren, als während der Sonntage beim Unterricht. Karl bohrte nachmals nach: Was konkret sie für Vorstellungen hätte? Liane meinte nur, es sei alles noch nicht spruchreif, sie hätte in der Folgewoche einen Termin beim Prof und wolle das Projekt mit ihm besprechen. Geplant sei auf jeden Fall ein Video mit einem Tanzpaar und da käme Karl ins Spiel. Er solle nämlich mit ihr zusammen tanzen, ihr würde die Rumba vorschweben, als Ritual des Flirts und des Vorspiels zum Sex. Und die Tanzaufnahmen wolle sie mit anderen Bildern konterkarieren. Vielleicht wäre auch der Tango geeignet, schließlich hätte der europäische, ja militärische Wurzeln. Mit Schrecken dachte Karl an Felicitas und ihr Kunstprojekt zurück und er hoffte innig, dass Lianes Psyche stabiler sein möge.

Inzwischen hatte das Internet weitere Fortschritte gemacht und ermöglichte das Arbeiten aus der Ferne, neudeutsch auch Homeoffice genannt, für alle, die ihre Arbeit mit einem Computer erledigen konnten, wie zum Beispiel Karl. Daher richtete er es so ein, dass er nur drei Tage die Woche in Berlin beim Kunden vor Ort sein musste und Freitag bis Montag zu Hause verbringen konnte. Liane fädelte die Trainingstermine so ein, dass sowohl er als auch Kirsten Zeit hatten. Dies war zumeist an Wochenenden vor oder nach den Unterrichten der Fall.

Die Tanzfläche in Kirstens Tanzschule war für ein Paar riesig groß und man konnte die ausladensten Figuren tanzen, wenn man denn wollte. Doch Liane grenzte die Tanzfläche mit ein paar Stühlen künstlich ab. Für die Semesterferien ab Mitte Februar hatte sie an der Kunsthochschule ein Studio reserviert, dessen Wände komplett grün gestrichen waren. Sogar der Boden war grün. Auf beengtem Raum sollten dort Aufnahmen einer Rumba gemacht werden, wobei der Tanz laut Willen der Künstlerin sehr erotisch ausfallen sollte, Zitat: »Gerade so, als ob die beiden im Anschluss gleich Sex hätten.« Nun war sie, Liane, selbst die Angebetete und Karl, ein eigentlich trockener Norddeutscher, hatte sich in einen Latin Lover zu verwandeln. Liane benötigte nur drei Minuten Filmaufnahme, doch Kirsten drei Monate, um Karl und Liane in der Rumba gut aussehen zu lassen. Der zweite benötigte Tanz war ein Tango, allerdings nicht einfach im Paar. Liane wünschte sich einen Tango eines Mannes mit nur einem Bein und einer Schaufensterpuppe. Karl wurde der linke Unterschenkel hochgebunden, am Knie eine Prothese befestigt und die Aufnahmen erfolgten von vorne rechts, so dass sein hochgebundener Fuß nicht zu sehen war. Die Prothese fertigte eine Werkstatt der Kunsthochschule passgenau an. Kirsten brauchte einige Wochen, um Karl das Führen einer Schaufensterpuppe beim Tango beizubringen, zuerst natürlich mit beiden Beinen. Als er den zackigen Tango mit seiner typischen Phrasierung in lang, lang, schnell, schnell, lang beherrschte, musste er mit Prothese erneut von vorne anfangen und da er sie nur höchstens zehn Minuten tragen konnte, zog sich die Übungseinheit sehr in die Länge. Schließlich übte Karl allein und bei sich zu Hause, um den Tanzsaal nicht länger zu blockieren. Für die Studioaufnahmen nahm sich Karl sogar Urlaub. Liane besorgte aus einem Second-Hand-Laden Kleidung für Karl, Fetzen, wie sie es nannte. Das Studio war für vier Tage reserviert, Lianes Freund führte die Kamera. Benni wohnte in derselben WG wie Liane, war Autoschrauber gewesen und hatte immer geträumt, einen Film zu drehen, aber die Filmhochschule kostete, er hatte kein Geld, begnügte sich daher mit einem Assistenzjob bei einer Filmproduktionsgesellschaft und hoffte, irgendwann seine Arbeit beim Film als Ersatz für die fehlende Hochschulreife beim Einschreiben zur Kunsthochschule geltend zu machen. Er hatte Liane erst auf die Idee mit dem Filmprojekt gebracht; sie selbst kam von der Zeichnung über die Malerei und interessierte sich nebenbei fürs Kino. Benni hinter der Kamera gab Karl doppelt das Gefühl beobachtet zu werden. Zum einen war da dieses Objektiv, welches wie eine Waffe auf ihn gerichtet war. Und dann waren da die eifersüchtigen Augen des Freundes, der jede erotisch anmutende Figur argwöhnisch geäugte. In Folge war Karl bei der Rumba stark gehemmt. Statt sich auf die Musik und die Partnerin zu konzentrieren, schaute Karl ängstlich zur Kamera, er fürchtete den Kameramann, wozu ihm Benni auch allen Grund gab, denn zwischen den Takes tätschelte er an Liane herum, um zu zeigen: Schaut her, mit dieser schönen Frau gehe ich ins Bett. Kirsten, die vormittags dabei war, fluchte über Karls Patzer, der Tanz sähe nicht erotisch, sondern abturnend aus. Schließlich ließ sich Kirsten die Technik erklären und schickte Benni zum Kaffeeholen. Dann griff sie selbst zur Kamera und bereits der zweite Rumba-Durchlauf war sehr gut, besser als alle dreißig davor. Liane war zufrieden, fiel erst Kirsten um den Hals und gab dann Karl ein Küsschen, leider im falschen Moment, denn just in diesem Augenblick kam Benni mit vier Kaffee zurück, für die er in der Kantine hatte lange anstehen müssen. Wenn Blicke töten könnten, wäre Karl gestorben. Als er dann noch hörte, dass der entscheidende Take von einer Amateurkamerafrau aufgenommen worden war, verließ er beleidigt das Studio. Liane brauchte Nächte, um ihn zu beruhigen. Kirsten wünschte den beiden Verbliebenen viel Erfolg und verließ das Set ebenfalls, denn bei dem, was jetzt folgte, konnte sie nicht helfen.

So war es Liane, die die entscheidenden Aufnahmen von Karl mit Prothese und Schaufensterpuppe machte. Es gelang bereits im dritten Durchgang. Erst am Drehtag hatte Karl die richtige Prothese erhalten, vorher war es nur ein Provisorium gewesen. Er erschrak, als er das Ding sah, welches die Werkstatt gezaubert hatte. Doch die künstlerische Freiheit erforderte es so. Die restlichen Aufnahmen und die Nachbearbeitung fertigte Liane im Sommersemester selbst an. Karls Job war getan, Karl konnte gehen. Natürlich würde er zum Rundgang am Ende des Sommersemesters eingeladen. Dort könne er sich den finalen Schnitt des Films ansehen und bis dahin würde sie, keine Informationen über ihr Werk herausgeben, sagte Liane zum Abschied. Karl machte sich wieder in Berlin an die Arbeit, verzichtete sogar auf die Möglichkeit des Homeoffice. Dafür besuchte er ab und an Clärchens Ballhaus in der Auguststraße. Zwar tanzte er, mangels Partnerin recht wenig, doch es war schön anzusehen und unterhaltsam zudem.

Zum Rundgang erhielt Karl eine schriftliche Einladung. Liane hatte extra eine Karte drucken lassen und sie als Postkarte an seine Berliner Anschrift adressiert. Zur Premiere am Donnerstag um 18 Uhr hatte Liane einen eigenen Raum zur Präsentation ihres Werks zur Verfügung gestellt bekommen, den sie an den Folgetagen mit anderen Künstlerinnen teilen musste. Natürlich wollte Karl sich die Erstaufführung des Films ansehen. Tagsüber hatte er in Berlin gearbeitet, schätzte seine Fahrzeit auf 3 Stunden und fuhr daher um 14:30 Uhr los. Es kam, was kommen musste: Er stand mehrfach im Stau, seine Ankunft verzögerte sich. Kurz nach sechs parkte er halb verboten in der Nähe der Hochschule, um viertel nach stand er abgehetzt im Raum. Liane sprach gerade und kündigte ihren Film an und bedauerte lautstark, dass Karl leider nicht dabei sein könne, sie hätte ihn gerne bei der Premiere dabei gehabt. Im selben Moment erblickte sie ihn und ein Strahlen setzte sich auf ihr Gesicht. Sie begrüßte ihn in aller Öffentlichkeit und startete dann das Video, welches per Beamer auf eine übergroße Leinwand übertragen wurde. Karl betrachtete es gespannt. Der Film begann mit einer Schwarzblende und Musik. Das Dunkel separierte sich und man sah schemenhaft zwei Personen tanzen. Es war die Rumba. Wie bei einem Scherenschnitt bewegten sich die Silhouetten der Tänzer. Selbst diese verzerrt Schwarzweißdarstellung versprühte einen Hauch von Erotik. Dann erwachte eine Handlung im Hintergrund zum Leben. Ein kleiner Junge, vielleicht neun Jahre alt, bastelte an einem Fahrrad herum. Man sah seine kleinen Finger an den Bremsen werkeln. Schon fuhr das ganze Bild, also der Hintergrund mit dem Jungen und die Silhouette mit dem Tanzpaar nach links, die Musik verstummte. Stattdessen tauchte das Fahrrad, das eben gerade noch repariert worden war, auf der Straße auf. Ein Mann fuhr es, er fuhr schnell. Dann wurde die Leinwand erneut dunkel und man hörte die Geräusche eines Unfalls: Bremsgeräusche eines Autos, dann das Quetschen von Blech. Wieder separierte sich das Dunkel, wieder erschien ein Tanzpaar schemenhaft. Das Bild wurde deutlicher, man sah denselben Mann, doch er tanzte mit einer Schaufensterpuppe und es fehlte ihm ein Bein. Stattdessen trug er eine Prothese, die aussah wie eine Kalaschnikow, mit Mündung nach unten. Das ungleiche Paar tanzte einen Tango, rhythmisch, zackig. Wieder erwachte der Hintergrund zum Leben. Man sah zwei Menschen nackt auf einer Matratze liegen und sich lieben, es war die Frau, die mit dem nun versehrten Mann Rumba getanzt hatte, doch sie liebte einen anderen. Es war Benni. Zum Schluss erschien erneut eine Schwarzblende. Dann separierte sich das Dunkel erneut. Man sah das schemenhafte Gesicht des Jungen in Großaufnahme. Dann alterte der Junge. Das Schlussbild zeigt einen Mann im Alter von Karl. Abspann.

Der Film war sehr gut, doch Karl war geschockt über das Narrativ. Ab und an tauchten in seinen Träumen ähnliche Fragmente seiner Jugendstreiche auf und zu gerne verdrängte er die Auseinandersetzung damit. Gerne hätte er mit Liane über den Film diskutiert, doch sie wurde umringt von Freunden und Gästen, erhielt Küsschen von ihrem Freund, der nicht von ihrer Seite wich. Karl winkte ihr zu und ging. Erst auf der Straße holte sie ihn ein. Karl begrüßte sie herzlich mit einer Umarmung und bedankte sich für die Einladung. Sie entschuldigte sich, ein Pressemensch wolle sie sprechen, auch ein Foto sei geplant. Morgen bis Sonntag hätte sie mehr Zeit und Danke fürs Kommen. Dann rief schon Benni, sie solle kommen, man warte auf sie.

Unentschlossen stand Karl noch eine Weile vor der Kunsthochschule, beobachtete die jungen Menschen in ihrer kreativen Kleidung und die Älteren, zumeist die stolzen Eltern, die im Rundgang eine Rechtfertigung ihrer finanziellen Ausgaben sehen wollten. Erst jetzt fiel ihm auf, dass die Agentur für Arbeit und die Kunsthochschule nur durch eine vierspurige Straße getrennt waren. Auf dieser Straße spielte das Leben. Es wurde gerast, er wurde überholt. Wer zu langsam ist, den bestraft das Leben. Wer nichts kann, landet nebenan. Karl ergriff sein Telefon und wählte die Nummer von Vanessa. Es war spät. Um diese Zeit nimmt niemand ab, die Agentur für Arbeit ist längst zu, dachte er. Doch Vanessa meldete sich. Donnerstag hätten sie lang. Sie freute sich. Über ein Jahr hatten sie sich nicht miteinander gesprochen. Fünfzehn Minuten würde sie noch arbeiten, dann könnten sie sich sehen. Auf der anderen Straßenseite im Café, dem Künstlercafé. Die verrückten Hühner der Kunsthochschule würden auch spät abends ins Café gehen. Es sei nett da.

Karl wartete nicht lang. Er hatte die Karte gerade einmal durchgeblättert, war bei den Eissorten angekommen. Den ganzen Sommer hatte er noch kein Eis gegessen.

Jetzt ist der richtige Moment, dachte er und da stand Vanessa auch schon vor ihm. Sie trieb mehr Sport, ging regelmäßig schwimmen, sah zum Anbeißen aus. Karl machte ihr Komplemente. Beide orderten Eis und Kaffee. Karl konnte sein Glück kaum fassen. Eben noch dieser verstörende Film und jetzt vor ihm die schöne Vanessa. Als das Café schloss flüsterte Vanessa ihm ins Ohr, ihr Mann wäre auf Bildungsurlaub und ihre Tochter würde heute bei ihrer Freundin übernachten. Er hätte den richtigen Tag gewählt. Ach ja, morgen hätte sie frei. Karl versank im Glück. Sie verbrachten die Nacht zusammen und auch den Freitagvormittag. Dann kam die Tochter von der Schule, und nachmittags der Mann von der Bildungsreise, auf der er eine nette Kollegin mehr als kennengelernt hatte, was er aber nicht sagte. Vanessa genoss und schwieg. Karl vergaß die Kunsthochschule am Freitag, weil er mit Vanessa zusammen war und der Samstag ging für den Haushalt drauf. Wäschewaschen und Staubwischen muss auch der single Mann.

18

Benni

Nach dem Rundgang der Kunsthochschule interessierte Karl sich mehr für moderne Kunst. Gerne streifte er durch Berlins Galerien, konnte jedoch mit den meisten Werken nichts anfangen. Einige waren sehr dekorativ, andere sollten, wenn es nach der Galeristin ging, Tiefgreifendes aussagen, taten sie aber für Karl nicht. Auch interessierte er sich fürs Tanzen. Zwar waren seine Kenntnisse rudimentär, doch für ein paar Schritte Cha-Cha-Cha oder Rumba war er immer zu haben. Leider spielte man derartige Musik nur selten. In die einschlägigen Clubs in Berlin ließ man ihn gar nicht herein, beschimpfte ihn als Opa. Zu einem weniger bekannten Club im Randgebiete schaffte er es zwar am Türsteher vorbei, aber die Welt drinnen war nicht seine. Bier aus Flaschen, dafür teuer, überall Junkies und Dealer im Milchbubbialter und junge Frauen, die ihre Colaflasche aus Furcht vor K.-O.-Tropfen mit der Hand abdeckten; die Musik sehr laut, die Tanzfläche fast leer, nur mit zwei oder drei polnischen Mädchen drauf. Karl war zu alt für diese Kreise. Tanzveranstaltungen, auf denen man Cha-Cha-Cha, Rumba oder Tango tanzen konnte, gab es einfach keine mehr.

Im Herbst rief Liane an. Karl hatte seine Arbeiten in Berlin beendet und schaffte wieder an seinem Wohnort. Die doppelte Haushaltsführung mit zweimal putzen und nur einer Waschmaschine war ihm zunehmend auf den

Wecker gegangen. Am Telefon unterhielten sie sich. Liane war in den Sommerferien ein paar Tage unterwegs gewesen, hatte allein Paris besucht, Ideen für ein neues Kunstprojekt gesammelt. Auch war sie mit ihrem Freund an der Ostsee gewesen, dort, wo Karl mal vor Jahren Badeaufsicht geführt und sich in ein Mädchen verliebt hatte, dessen Name ihm nicht mehr einfiel. Natürlich rief Liane nicht ohne Grund an. Sie fragte Karl, ob er sie bei einem neuen Kunstprojekt unterstützen könne. Karl erbat Bedenkzeit. Liane schlug ein Treffen vor. Samstagabend, 20 Uhr. Der Ort, den Liane als Treffpunkt genannt hatte, war weder Kneipe noch Café, sondern ein Hinterhof und dort im Obergeschoss ein Saal. Als Karl eintrat, glaubte er am falschen Ort zu sein. Rotes Licht und Musik aus den 1930er. Liane wartet schon. Sie sah sehr hübsch aus mit ihrem Ballkleid, sie sagte, es sei second hand, und ihren Tanzschuhen. Karl hatte keine Tanzveranstaltung erwartet und daher Straßenschuhe an. Liane erklärt ihm, dass sie auf einer Tango-Milonga seien, einer Veranstaltung auf der man argentinischen Tango tanzen würde, also nicht dieses zackige Ding, welches Karl für den Film geübt hätte. Vor der eigentlichem Tanzveranstaltung, die um neun Uhr abends beginnen würde, böte der Veranstalter einen Schnupperkurs an und an dem wolle sie mit ihm teilnehmen. Drei weitere Paare waren auch zum Schnuppern gekommen. Karl hatte in Berlin bereits einen Schnupperkurs in Lindi Hop besucht, doch Tango fehlte in seiner Sammlung. Im Schnupperkurs wurden ein paar einfache Schritte gezeigt und natürlich der Tango angepriesen. Alles in allem: Für jemanden, der schon getanzt hatte, wie Karl, war es Routine. Einige Aspekte des Tanzes gefielen ihm, andere nicht. Liane hingegen war begeistert. Während der Sommerferien in Paris wohnte sie zwei Nächte in einer billigen Absteige in der Vorstadt. Tagsüber hatte sie Paris durchstreift, sich von Monets riesigen Seerosen inspirieren lassen. Am Abend suchte sie nach einem Café oder einer anderen typischen Lokalität. Sie lief an einem Kanal entlang, nicht an der Seine, sondern irgendeinen Stichkanal und kam an einer Veranstaltungshalle vorbei, in der eine Tango-Veranstaltung stattfand. Vor der Tür wies ein Plakat auf eine Milonga hin. Sie hörte drinnen Musik, war neugierig und trat ein. In der Halle mit ihrem Betonfußboden hatte man eine Holzbühne aufgebaut, etwa 40 cm hoch. Auf der tanzten die Leute und man musste fast ein wenig zu ihnen hochgucken. Die Tanzfläche war mit einem Geländer gesichert. So konnte niemand aus Versehen herunterfallen. Wer tanzen wollte, musste hochklettern. Aus vier großen Lautsprechern dudelten uralte Tangos, so aus dem 1930er. Die Tanzfläche war brechend voll. Liane schaute sich das Treiben an und erkannte den Tango, den sie in der Tanzschule gelernt hatte, nicht wieder. Doch den Leuten schien es zu gefallen und sie tauschten nach drei oder vier Musikstücken den Partner. Tanzte eine Dame eben noch mit einem dunkelhaarigen Herren, so wurde sie alsbald von einem Blonden aufgefordert. Dies alles machte den Tango für Liane sympathisch. Etwa gegen elf Uhr wechselte der DJ das Genre und spielte nur noch sehr moderne Stücke, bekannte Tangomelodien auf modernen Instrumenten. Sofort leerte sich die Tanzfläche. Die verbliebenen Tanzpaare dankten es mit ausladenden Figuren.

Nach dem Schnupperkurs blieben Liane und Karl noch ein wenig und schauten sich die Tänzerinnen und Tänzer genauer an. Man tanzte gut, doch in Lianes Erinnerung, war man in Paris besser, expressiver gewesen. Vielleicht war es auch nur Einbildung. Nach einer Weile probierten sie es auch. Ihr Tango war sehr holprig, beide hatte ja gerade erst im Schnupperkurs den Grundschritt gelernt. Daher setzten sie sich abseits an einen Tisch und unterhielten sich bei einem Glas Wein. Karls Weg seit ihrem letzten Treffen beim Rundgang an der Kunsthochschule war schnell erzählt. Sie erzählte von ihrer Mutter, die in einer Kleinstadt weit weg leben würde und sich fast umgebracht hätte, als ihr Vater sie verlassen hatte. Jetzt lebe sie mit einem Neuen zusammen, den Liane nicht ausstehen könne, und daher sei der Kontakt zur Mutter leider abgebrochen. Jetzt würde sie beim Drogeriediscounter an der Kasse arbeiten und so ihr Geld verdienen. Kunst sei schön, aber leider wenig ertragreich. Karl fragte nach der Semantik ihres letzten Films, er hätte ihn wohl nicht verstanden. Sie sagte, dass Bennis Vater ihrem Freund so eine ähnliche Geschichte aus seiner Jugend erzählt hätte und daraus hätte sie diese Story entwickelt. Wenn es nach dem Prof gehen würde, dann wäre die Erzählung zu narrativ gewesen, hätte noch abstrakter sein sollen. Und so kam sie auf ihr neues Projekt zu sprechen. Ihr schwebten Bilder von kahlen Wäldern im Gebirge vor, unterbrochen von urbanen Szenen. Karl schlug Aufnahmen eines Berlin-Marathons vor. Haufen von Plastikmüll auf den Straßen, Sinnbild unserer Verschwendung, Gegenbild zum Recycling der Natur. Es war schon spät, als Karl sie fragte, wo ihr Freund sei. Benni, sei gerade am Set. Der Dreh dauere drei Wochen, sie drehten in den Alpen. Die Aufnahmen seien abhängig vom Wetter. Vielleicht wäre er auch länger weg. Er wäre hier in der Großstadt aufgewachsen und hätte seinen Vater erst spät kennengelernt, da dieser vorher mit einer anderen zusammen gewesen war. Sie hätte seinen Vater noch nicht kennengelernt, nur seine Mutter sei mal in der WG aufgetaucht. Als Schüler sei er stinkefaul gewesen, hätte an Mopeds und Autos herumgeschraubt. Fürs Abi hätte es nicht gereicht. Später hätte er auch gerne Kunst studieren wollen, so wie sie. Jetzt hoffe er durch seinen Job beim Film, doch noch einen Zugang zur Kunsthochschule zu bekommen. Dann schwärmte Liane von den handwerklichen Fähigkeiten ihres Freundes, der quasi alles in der WG reparieren könne, was praktisch sei. Leider hätte er keinen Führerschein mehr. Vor etwa einem Jahr habe er unter Drogen einen schlimmen Unfall gehabt. Nur Blechschäden auf beiden Seiten. Doch sein Auto sei im Arsch und sein Führerschein eingezogen. Durch die Idiotenprüfung, ihr Wort für die MPU, sei er durchgefallen. Fraglich, ob er den Lappen jemals wiederbekomme.

In diesem Moment wurde Karl klar, warum Liane ihn angerufen hatte. Liane hatte kein Auto und auch keinen Führerschein. Sie brauchte einen Fahrer! Bevor sie sich trennten, verabredeten sie sich für den kommenden Sonntag zu einer Fahrt in den Harz. Es war schönes Wetter angesagt, und man könne Orte für ihren neuen Film suchen. Karl hatte einen Dienstwagen, durfte diesen aber nur dienstlich nutzen. Daher fuhren sie mit seinem Käfer Cabriolet. Mit dem maximal 100 km/h schnelle Gefährt, dessen luftgekühlter Boxermotor eine Unterhaltung auch bei langsamer Fahrt nahezu unmöglich machte, brausten sie in den Harz. Das Mittelgebirge lag etwa 100 km entfernt und Karl wählte Landstraßen, um nicht auf der Autobahn den Verkehr zu sehr aufzuhalten. Im Westharz in der Nähe der Okertalsperre fanden sie vom Borkenkäfer zerfressene Fichtenwälder. Ein apokalyptisches Bild. Lianes Fotoapparat kam mit ihren Auslöseversuchen gar nicht hinterher. Karl entwickelte die Idee, im Film einen intakten Wald mit einem abgestorbenen zu überblenden und dann Müllhalden aus Plastik und Papier anzuzeigen. Doch Liane war dies zu offensichtlich, zu wenig künstlerisch. Auf dem Rückweg fuhren sie von Torfhaus in Serpentinen runter nach Bad Harzburg. Die Bremsen des Käfers glühten hellrot, so stark war das Gefälle. Wieder zu Hause, verabredeten Liane und Karl sich ?für das nächste Wochenende zur erneuten Harztour. Liane wollte die komplette Filmausrüstung mitnehmen und zwei Tage lang drehen. Die Buchung eines Hotels war noch offen. Doch es gab ausreichend davon vor Ort.

Benni, Lianes Freund war auf Filmdreh gewesen und am Sonntagnachmittag zurückgekehrt. Aus dem Fenster der WG sah er Liane sich von Karl verabschieden. Man umarmte sich und sie drückte ihm Küsschen auf die Wangen. Als sie die Wohnung betrat, machte Benni ihr Vorwürfe. Er unterstellte ihr, hinter seinem Rücken eine Beziehung mit Karl zu führen. Natürlich widersprach Liane vehement, doch konnte sie seinen Eindruck nicht vollständig entkräften. Auch die Fotos reichten nicht als Beweis ihrer Unschuld. Schließlich blieb ihr nichts anderes übrig, als Benni zur Harztour am kommenden Wochenende einzuladen. Er stimmte zu. Gleich im Anschluss rief sie Karl an und erklärte ihm alles. Karl hatte keine Einwände, meinte nur, auf der Rücksitzbank des Käfers sei es bei offenem Dach recht zugig und bei geschlossenem Dach recht eng. Wer auch immer von beiden hinten sitzen würde, solle sich eine Mütze aufsetzen und einen Schal tragen, egal wie warm es sei. Liane suchte ein Hotel heraus, das im Ostharz liegend viele gute Bewertungen hatte. Es lag auf einem Hügel und es gab Zimmer mit herrlichem Panoramablick. Sie buchte ein Doppel- und ein Einzelzimmer. Karl war am Samstag bester Laune. Es war ein schöner Herbsttag und am Vorabend hatte er sich erneut mit Vanessa getroffen. Vanessa hatte am Freitagnachmittag einen Termin vorgetäuscht und beiden hatten ein Stelldichein für etwa zwei Stunden. Nicht viel, aber immerhin. Auf der Fahrt erzählte Karl von Vanessa, ohne sie mit Namen zu nennen, wollte damit Bennis Eifersucht den Wind aus den Segeln nehmen. Hinten im Wagen sitzend verstand Benni aber nur die Hälfte des Gesprächs und in Folge steigerte sich seine Eifersucht sogar. Der Filmdreh am Samstag war recht erfolgreich und wäre noch erfolgreicher gewesen, wenn nicht Bennis destruktives Verhalten gestört hätte. Karl nahm es gelassen, versuchte, mit Witzchen die Atmosphäre aufzulockern und spendierte den beiden ein Mittagessen in einem Gasthaus. Doch für Benni war dies nur ein weiterer Beweis für seine Vermutung. Das Hotel lag in der Tat auf einem Berg. Karl musste den ersten Gang einlegen, um zum Parkplatz hochfahren zu können. Der 50-PS-Motor quälte sich trotzdem.

Nach dem Abendessen wollte Benni noch ein paar Schritte in den Wald, seine Beine taten weg, es war hinten im Auto nicht gerade bequem gewesen. Liane und Karl sichteten in der Zwischenzeit das Filmmaterial. Karl schlug extra einen Tisch im Gastraum vor, um nicht den Verdacht eines Techtelmechtels zu erwecken. Erst nach Einbruch der Dunkelheit kam Benni zurück. Er war aufgekratzt und forderte von Liane, sofort mit ihm aufs Zimmer zu kommen. Kopfschüttelnd kam sie seiner Forderung nach. Beim Frühstück am nächsten Morgen meinte Benni, Karl solle erst tanken fahren, der Tanz sei fast leer und man würde sonst stehen bleiben. Liane und er würden in der Zwischenzeit die nahen Wälder erforschen. Liane schaute Benni erstaunt an. Das war nicht mit ihr abgesprochen und sie hatte am Vorabend mit Karl etwas anderes geplant. Auf der anderen Seite kannte sie die Launen ihres Freundes. Also willigte sie zunächst ein. Jedoch, als Karl bereits im Auto saß, sagte sie zu Benni, sie bräuchte noch Tampons von der Tankstelle. Es sei dringend und sie würde mit Karl kurz dorthin. Danach könne man zu dritt in den Wald. Karl startete das Auto. Benni wollte sie noch zurückhalten, doch sie schwang sich auf den Beifahrersitz, Karl gab Gas. Dieses alberne Pennäler-Verhalten nervte ihn. Auf der Gefällestrecke gleich hinter dem Hotel versagten die Bremsen des alten Käfers. Das Auto beschleunigte immer mehr und Karl konnte es kaum kontrollieren. Liane geriet in Panik und wollte abspringen. Dazu löste sie den Gurt. Im selben Moment raste der wildgewordene Käfer eine Böschung herunter, überschlug sich mehrfach und kam dann auf dem Cabrio-Dach liegend zum Stehen. Karl hing im Sicherheitsgurt, doch seine Beine waren eingeklemmt, da der gesamte Vorderwagen beim Aufprall demoliert worden war. Er konnte sich nicht bewegen und auch nicht Liane helfen. Sie war durch den Aufprall aus dem Auto geschleudert worden und mit dem Kopf gegen einen Baum geprallt. Vielleicht hatte sie noch ein paar Minuten gelebt. Als nach einer dreiviertel Stunde der Rettungswagen die Unfallstelle erreichte, war sie bereits tot.

Man schaffte Karl in eine Klinik, wo man versuchte, seine Beine zu retten. Die Operation am Sonntag dauerte sieben Stunden. Als Karl am Montag aus der Betäubung erwachte, saß Lucia am Bett. Ihre Augen funkelten rot. Karl sah sie erstaunt an. Er hatte seine Tante seit über 20 Jahren nicht gesehen und sie kaum wiedererkannt. Als sie merkte, dass er wach war, sagte sie: »Jetzt hast du auch noch meine Tochter umgebracht!« Böse schaute sie ihn an, pfefferte mit voller Kraft ihre flache Hand gegen seine Backe, dass es nur so klatschte. Dann verließ sie den Raum.

Die Polizei verhörte ihn am nächsten Tag. Nachdem man seine Schilderung des Unfalls aufgenommen hatte, sagte man ihm, dass die Bremsschläuche angeschnitten worden wären. Saubere Schnitte mit dem Cuttermesser. Ob er einen Verdacht habe? Karl schüttelte den Kopf. Ob er mit Benni befreundet gewesen sei? Karl beteuerte: »Nein, ganz und gar nicht! Ich bin Kunstliebhaber und unterstütze gerne.« Ob er gewusst hätte, dass Liane und Benni Halbgeschwister gewesen wären? Karl glotzte den Polizisten ungläubig an, war völlig perplex. Nachdem die Polizisten gegangen waren, stand Vanessa in der Tür. Sie hatte Blumen dabei und strahlte ihn mit hellen Augen an. Er hielt ihren Blick stand und las – nichts. Endlich fühlte er sich vom Fluch des Tanzlehrers geheilt.

Der Autor.

Bert Sieverding arbeitet in Braunschweig. Viele Jahre lebten seine Romane von dem, was das Arbeitsleben bietet. Mit »Der gedankenlesende Fluch« betritt er Neuland, denn es handelt sich um seinen ersten Fantasieroman.